KEITAI
SHOUSETSU
BUNKO
SINCE 2009

青に染まる夏の日、
君の大切なひとになれたなら。

相沢ちせ

スターツ出版株式会社

カバーイラスト/花芽宮るる

『君の、大切なひとになりたい』

　愛しいほど透明な
　青に満ちた夏の日

　君に、恋をした

『池谷くんも、好きなひと……いるの？』
『さあ。どーでしょう』

　いろんな想いが絡まって
　本当の気持ちが見えなくなって
　不器用に傷つけあったあの日

　それでも僕らは4人で
　いつまでも笑いあっていたかった

『約束だよ』

　さみしいさみしい、ふたりきりの夏
　置き去りにされた君を
　今度は3人で助けにいくよ

contents.

第 1 章

転校生	8
雨のことば	30
動きだしたのは、青	45

第 2 章

空と雲の時間	58
彼の好きなひと	69
その瞳の先に	87

第 3 章

彼と彼女の関係	106
水飛沫の中で	125
嘘つきたちの涙	143

第 4 章

気になるのは恋心	156
ふたりきりの夏祭り	167
告白	179

第 5 章

出会い	198
海辺の約束	217
つながる糸	236

第 6 章

大切なひとを助ける方法	254
手紙	266
『強い人』が流す涙は	269

第 7 章

『天泣』	290
君の嘘、海の名前	310
空は勇気を出して	328

第 8 章

「さぁ、助けに行こう」	354
君という海	361
僕らの『青』	371

あとがき	376

第 1 章

転校生

【麗奈side】

7月のはじめ。

梅雨のこの時期、雨は毎日のように降っている。

学校の窓ガラスに、パタパタと雫が打ちつけられていた。

「麗奈ちゃーんっ」

廊下の窓から雨を眺めていたら、ふわふわの長い髪の女の子が、こっちへ駆け寄ってきた。

あたし、小城麗奈は、いつもどおり「ハイハイ」と言って振り返る。

「見てっ、見て！ 赤点じゃなくなったの！ ホラ!!」

ぱあっと表情を明るくして、数学の解答用紙を見せてくる。

校内でも可愛いと有名な彼女の名前は、滝本利乃。

彼女が持っている紙には、名前の横に青色で『30』と書かれていた。数時間前に見たときは、赤色で書かれた『28』の点数がでっかく目立ってたけど。

今ではそこに、斜線が引かれている。うちの学校の赤点は30点未満だから、利乃はギリギリ赤点を回避したみたいだ。

「採点ミス見つけてねっ、急いで先生のとこ持っていったんだよ〜！」

「よかったじゃん。追試受けずに済んで」

「うんっ、うん！」

他の教科は悪くないのに、利乃は数学だけできないんだ

よね。計算式が、『暗号にしか見えない』らしい。

あたしは数学が苦手なわけじゃないから、よくわからないんだけど。

利乃とあたしは、同じ文系クラス。去年高校に入学して知り合ってから、ずっと一緒にいる仲だ。

「じゃあ、帰ろっか」

学生カバンを、肩に掛け直す。あたしがそう言うと、利乃は「うんっ」と機嫌よくうなずいた。

「私、教室にカバン取りに行ってくるね」

「ん」

パタパタと小走りで、利乃は教室へ戻っていった。あたしはそのうしろ姿を見送りながら、耳を澄ませた。

……放課後の廊下で、雨音が静かに鳴り響く。

その心地よさに目を閉じて聞き入っていると、利乃がカバンを持って教室を出てきた。

焦らなくていいのにあわてるせいで、途中でつまずいてこけそうになってるし。

あたしは「何してんの」と笑いながら、いつもどおり利乃と一緒に廊下を歩きはじめた。

高校2年生の7月。

1学期の期末テストが終わって、あとは夏休みを待つばかりの時期。

あたしは今まで大きな問題もなく、特別な出来事が起きるわけでもなく、平々凡々と生きてきた。

どこにでもいる女子高生。あたしの通う高校は一応進学

校ではあるけど、特別に偏差値が高いわけじゃない。

　顔立ちだって、可もなく不可もなく。性格でいえば、少しだけまわりの女子より冷めてるかもしれない、というくらい。

　特技があるわけでも、何か変わった趣味があるわけでもない。

　本当にあたしはどこにでもいる、"普通"の女子高生だ。
「あのね、今日の昼休みにね？　2組の高田くんに告白されちゃった」

　それに比べ、利乃は"特別な"女子高生だ。

　学校を出てからしばらくして、利乃はポッと頬を桃色に染めてそう言った。

　利乃は、校内1と言ってもいいくらいに可愛い。

　低い身長と華奢な身体、ふわふわの長い髪をして、愛想よく笑う。長いのは面倒だからと、髪はバッサリ肩口で切っているあたしとは大違い。

　彼女のピンク色のスニーカーが、水たまりの端っこを踏んだ。水玉模様の傘が、よく似合ってる。まさに女の子って感じ。

　……だけど、少しだけ問題があるんだよね。
「またぁ？　利乃、ほんと多いね」

　あたしが驚くと、利乃は当然のように「まぁね」と言った。
「だって、私だもん。可愛いから好きになっちゃうのは、しょうがないよね」

　まるでいたずらっ子のように、エヘヘと笑う。

聞き慣れたそのセリフに、あたしは「あー、そうだね」とあきれた目をして返した。
　利乃は、たしかにすごく可愛い。だけど、それを自覚した上で男子と接している、隠れ小悪魔ちゃんでもあるのだ。
「で？　返事は？」
「もちろん断ったよ？　なんか高田くん、カッコよすぎてつまんないんだもん」
「……今のセリフ、高田のこと好きな女子が聞いたら、たぶん怒り狂うね」
「あはは。かもねー」
　利乃は笑ってるけど、実際にありえる話だ。
　2組の高田といえば、明るくてルックスもいいって評判だし。彼を好きな女子は、結構いると思う。
「笑ってる場合じゃないよ、利乃。高田をフった時点で、一部の女子から反感持たれてるかも」
「だろうねえ。でもいいよ、今に始まったことじゃないし。それに、麗奈ちゃんがいてくれるもん。麗奈ちゃんは、こんなことで私にムカついたりしないでしょ？」
　利乃は、自信満々の顔でこっちを見てくる。
　……まあね、そのとおりですけど。正直、男子が絡んだくらいで一方的に相手をきらいになっちゃうなんて、もったいないと思う。
　利乃は女子に嫌われやすい。ぶりっこだって思われるからだ。
　でも、あたしは利乃のいいところもたくさん知ってる。

いつも堂々としてるところとか、可愛くなるためにちゃんと努力してるところとか。すごく尊敬してる。
「だって、そんなのでいちいちムカついてたら、疲れるじゃん」
「ふふ。麗奈ちゃんのそういう飾らないところ、好きだよ。私、去年のあのときのこと、ずーっと忘れられないもん」

利乃がニコニコしながら、恥ずかしい話題を出してきた。

去年のあのとき。高校1年の秋頃の出来事だ。

あたしと利乃が教室でしゃべってたら、クラスの女子たちがあたしに話しかけてきて。

『滝本さんなんかと一緒にいないで、こっちで話そうよ』って。利乃を目の前にして言ったんだ。

今思えば、利乃のことをよく思ってなかった彼女たちにとって、あたしは仕方なく利乃と一緒にいるように見えたのかもしれない。

それがわかっていればもう少しやりようもあったんだろうけど、そのときあたしが返した言葉は、『なんで？』だった。
『え……なんでって』
『滝本さんなんかって何？　あたしは好きで利乃といるんだけど』

ついカチンと来て、真正面からぶつかっちゃって。そのあと、彼女たちとは気まずいままだ。
「あのときの麗奈ちゃん、超カッコよかった〜！　私、感動で泣いちゃうかと思ったよー」

利乃はいまだに時折この話題を出して、あたしをほめまくる。べつに、ほめられるようなことは言ってないんだけどな。正直に答えただけだ。
　利乃と一緒にいることで、あたしがまわりからどう思われてるかなんて、どうでもいい。あたしが仲よくしたいと思ったから利乃といる。それだけだ。
　だけど、あたしは少し正直すぎるところがあるんだよね。マイペースっていうか。おまけに口下手だから、人と話すのがあまり得意じゃない。だからついネガティブになりがちで、なかなか自信が持てない。
　その点、利乃は性格も積極的できらきらしてて、彼女を見てるとあたしも頑張らなきゃなって思う。
「そういえば、もうすぐ夏休みだよね。楽しみー！　あ、でも、課題がいっぱい出るのはやだー！」
　表情をくるくる変えながら、利乃が話す。あたしは傘に打ちつけられる雨音を聞きながら、「そうだね」と相づちを打った。
「夏休みね～……これ以上暑くなると思うと、来ないでほしい気もするけどね」
　傘を持ってない方の手で顔を扇ぎながら、ため息をつく。
　雨が降っているとはいえ、暑いことに変わりはない。むしろ、そのせいで蒸し暑いくらい。雨自体は好きなんだけどな。
　汗が、じわりと首のうしろでにじむ感覚がした。
「ジメジメ、だねぇ～。テストの点もあんまりよくなかっ

たし、夏休みは勉強しなきゃねっ」
　利乃が、そう言って伸びをする。
　……夏休み。
　勉強、か。
　進学する生徒が多いうちの学校は、やっぱり先生の誰もが『勉強しろ』って言う。
　高校２年の夏休みといえば、受験勉強を始める時期だ。
　……だけどそれが本当にできるのは、今のうちから進路について、明確な目標がある人くらいだと思う。
　将来なりたいものとか、行きたい学校とか。
　あたしはまだそれが、何も決まってないんだ。
　先生はいつものことだけど、ついに昨日、親にまで『将来のこと、ちゃんと考えてるの』なんて言われてしまった。
　いろんな人に、勉強さえしていれば将来の選択肢(せんたくし)が増えるよって言われ続けて、とりあえず勉強はしてきたけど。
　あたしはいったい何がしたくて、何ができるのか、わからない。あたしには、"特別"好きなものとか、興味があることとか、そういうものがないんだ。
　あたしは将来、何になるんだろう。
　10年後、何をして生きてるんだろう。
　想像できなくて、見えない未来に少し怖(こわ)くなって。
　同級生がきらきらした瞳(ひとみ)で夢を語るのを、いつもうらやましい気持ちで眺めている。
　このまんまじゃダメだって、わかってはいるんだけど。
「じゃあバイバイ、麗奈ちゃん」

あたしは駅の改札口を通ると、こっちへ手を振る利乃の方へ振り返った。
「また明日ね」
　そう言って、いつもどおり利乃と別れる。駅のホームは閑散としていて、さすが田舎町だなぁと思った。
　……あたしも、夢が欲しい。
　夢を見つけるきっかけは、他の人とのかかわりからだって、みんなは言うけど。
　そんなことを思えるような特別な出来事も、起こらない。
　……特別なひとも、いない。
　あたしの何かを変えてくれるような、そんなひとが、あたしにはいないんだ。
　そのことにもまた怖くなって、焦る。
　あたしも、何かと出会いたい。没頭できる趣味とか、なりたい職業とか……"大切な誰か"とか。
　何かに対して一生懸命になって、生きてみたい。
　ここのところ、毎日。
　変わらない雨音を聞きながら、あたしはそんなことを考えていた。

　　＊

「うちのクラスに、転校生が来るんだって！　麗奈ちゃん、知ってた？」
　翌朝教室に着くと、利乃がニコニコしながらそう言って

きた。
　……転校生？　なんでこんな、変な時期に。
「今日？」
「うんっ。男子なんだって。カッコいい人だといいなぁ」
　クラス中、この話題で持ちきりみたいだ。
　とくに女子が、利乃みたいにテンション高く騒いでいる。あたしは「ふーん」という短い返事をして、席についた。
「えーっ、なんか反応薄いっ」
「べつに、カッコよかろうがそうじゃなかろうが、どうでもいいし」
　もしそのひとがイケメンだったとしても、今後あたしと何かかかわりを持つことなんて、ないだろうし。
　期待なんて、するだけ無駄な気がする。
　……って、いけないいけない。こうやってネガティブに考えちゃうから、いろんなチャンスを落っことすんだ、あたしは。
「おーい、席つけー」
　しばらくして、担任が教室へ入ってきた。それに合わせて、みんな席につく。
　だけど、転校生の存在を意識しているのか、どことなく浮ついた空気が漂っていた。
　この２年４組の担任である武崎先生は、これから登場する転校生への期待を隠しきれない女子たちを見て、ニヤッと笑った。
「みんなももう知ってると思うが、今日からこのクラスに

新しい仲間が加わる。……喜べ、イケメンだ」

最後のひと言に、女子たちが黄色い歓声をあげて喜びはじめた。

対照的に、男子はうんざりという様子で女子を見ている。

……ほんとにイケメンなんだ。

しばらく女子たちが騒がしくなりそうだな……。

ななめ前の席で利乃が嬉しそうに瞳を輝かせる中、あたしはやっぱり他人事のように考えて、雨の降りしきる窓の外を眺めていた。

……ガララ、と教室の扉が開く。数秒後、まわりから小さく感嘆の声がして、あたしは少しずつ窓から教卓の方へ視線を移した。

そうして見えたそのひとの姿に、あたしは息をのんだ。

やわらかそうな黒髪、吸いこまれそうな真っ黒い瞳。

綺麗な顔立ちをした彼は、姿勢よく立って教室を見渡していた。

……なんでだろう、彼から目がそらせない。

興味なんか持たないって思ってたのに。今、彼を見ている自分にとまどった。

理由はわかんない。わかんないけど、でも。

——ザー、と。

外で降り続ける雨の音が、耳の奥でやけに強く響いた。

まるで、あたしの心の中まで雨が降ってるみたいに。あたしの中の、何かが騒ぎだす音がする。

彼の白いシャツの半袖が、少しだけ雨に濡れていた。

「東京から来た、池谷くんだ。1年前はこっちに住んでたみたいだから、知り合いもいるかもな」

女子たちが、惚けたように前を見ている。

おだやかな表情を浮かべて、彼は口を開いた。

「池谷慎也です。沢西中学に通ってました。気軽に話しかけてください。よろしく」

その声を聞いてから、ハッと我に返った。

……沢西って、利乃と同じ。

ちらりと利乃の方を見ると、口に手を当てて、目を見開いていた。その様子は見惚れているというより、ただただ驚いているという感じで。

……利乃?

「会いたかったよ慎也ぁー!」

教室の端から聞こえたその大声に、ビクッと肩が揺れた。

見ると、クラスのムードメーカー的存在の松山智樹……通称トモが、心底感動という顔で池谷くんを見ている。

池谷くんはトモを見て、「久しぶり」と困ったように笑った。

「おっ、松山、知り合いだったのか」

担任がそう言うと、トモは「知り合いなんてモンじゃないっすから!」と熱く語りはじめた。

「中学のときからの大親友ですから!　なぁ慎也!?」

「……あー、うん。そうだね。よく一緒に遊んだね」

池谷くんの微妙な反応に、派手めな女子が「ちょっとトモぉー」と笑いながら言う。

「池谷くん、困ってるけどぉ？　ホントに大親友だったの？」
「マジだし！　慎也が東京行ってからも、連絡取り合ってたし！」
　……東京、か。
　こんな田舎町から東京へ行って、そうして1年でまた帰ってくるなんて、さぞかし大変だったに違いない。
　家の事情か何かだろうか。
　トモと女子が言い合いを始めたところで、担任が「ハイハイ、静かにー」と口を挟んだ。
「みんな、池谷と仲よくな。ほい、じゃあホームルーム終わり」
　委員長が、号令をかける。起立、礼、といつもどおりのあいさつをしながら、転校生の姿をちらりと見た。
　……あたし、べつに面食いとかじゃなかったはずなんだけどな。
　ただ、どうしてか気になった。彼の優しそうな笑み。触れたら崩れてしまいそうな、そんな雰囲気がして。
　窓に打ちつけられた雨粒が、ぽた、と音を立てた。

　＊

「慎也ぁーっ」
　ホームルーム後、いつも以上にハイテンションなトモが、さっそく池谷くんに抱きつこうと飛びかかった。だけど池谷くんはそれをサラリとかわすと、こっちを向いた。

……え？

　目が合って、一瞬ビクリとする。クラス中が注目する中、彼はあたしのうしろを見て、口を開いた。
「利乃」
　……澄んだ、声。そのひと言だけで、すぐにわかった。
　これは、呼び慣れた名前を呼ぶ声だって。
　あたしのうしろで隠れるようにして縮こまっている利乃は、池谷くんと目が合うと、あきらめたようにひとつため息をついた。
　そして、いつもどおりの利乃の明るい笑顔で、返事をする。
「久しぶりっ、慎ちゃん！」
　……『慎ちゃん』。
　おたがいの名前を呼ぶ声だけで、ふたりの関係が親しいものだってわかった。
　あたしを含め、みんながふたりの雰囲気に驚いている。そんな中、ふたりは１限目が始まるまで、楽しそうに話をしていた。

　　　　＊

「幼なじみ？」
　その日の放課後。
　やっぱり雨が降りしきる中、あたしと利乃はいつもどおり、ふたりで帰り道を歩いていた。
　池谷くんについて聞くと、利乃はにっこりと笑って「幼

なじみなの」と答えた。
「家が隣でね、ちっちゃい頃からよく遊んでたんだけど。中学卒業したあと、慎ちゃんがお家の都合で、東京に引っ越すことになって」

そこで、利乃の家の隣が空き家だったことを思い出した。

……あの家が、池谷くんの家なのか。

売りにも出されてなかったみたいだし、短い期間で帰ってくることがわかってたなら、納得だ。

池谷くんは1限目が終わったあたりから、男子に話しかけられたり女子に話しかけられたりで、忙しそうだった。

だから、朝のホームルーム後以来、今日利乃と池谷くんが話すことはなかったんだよね。

だけど時折、女子の利乃を見る目がやたら厳しくて、またこの子は敵を増やす体質だなぁなんて思ったのを覚えてる。
「短い期間だとは聞いてたけど、まさか1年で帰ってくるとは思わなかったなぁ。ふふ、びっくり〜」

……あれ？ それって……。

ニコニコ笑いながら話す利乃に、ひとつ疑問が浮かんだ。
「……連絡、取り合ったりはしてなかったの？」

自称大親友のトモも、連絡取り合ってたって言ってたし。

家が隣で、あんなに仲よさそうだったら、今日転校してくることを知っていておかしくないはず。

雨が、ポツポツと傘を濡らす。

ぱしゃん、とあたしの靴が水たまりを踏んだ。
「……んー、それは……」

利乃は一瞬気まずそうな顔をしたけど、すぐに取りつくろうように笑った。
「連絡先、聞くの忘れちゃっててさ。手紙とかはやりとりしてたんだけどねー」
　……いろいろと、突っこんで聞きたいことも、あったけど。
　でも利乃の表情が、それ以上聞かないでって言ってるみたいで。
「……そっか」
　あたしが返したのは、そのひと言だけだった。
　……池谷くんと、利乃が幼なじみ。
　雨のあがった空を見て、傘をたたむ。雫が、ポタポタと地面に落ちた。
　澄んだ優しい空気に目を細め、鼻を動かす。
　雨あがりの、じんわりとした匂い。不思議と、池谷くんを思い出させた。

＊

　それから数日経って、池谷くんはすっかりクラスになじんだ。
　自称大親友というのは嘘ではなかったらしく、トモとよく一緒にいるところを見かける。
　あたしはあたしで、利乃と一緒にいることで、必然的に彼とトモと顔を合わせることが多くなっていた。
「あっ、慎ちゃん！」

朝、利乃と教室へ入ろうと廊下を歩いていると、トモと池谷くんのうしろ姿を見かけた。

　利乃が駆け寄ると、池谷くんは笑う。

　トモが「おはよう」と言うと、利乃が「トモくん、おはよう」と返す。

　あたしはその少しうしろで、彼らの姿を見ていた。

　……3人は、同じ中学だったんだし。

　仲いいのは、わかるんだけど。最近、この3人とあたしっていう構図が多くなった気がする。

　利乃、池谷くんと話したいのはわかるけど、あたしを放置しないでほしい。

　ひとりでいじけながらうしろを歩いていると、トモがあたしの方へ振り返った。そして、へへっと笑う。

　……な、何。

「おはよー、麗奈ちゃん」

　池谷くんの横から離れて、トモはあたしの横に並んでくれた。

「……おはよ」

「ハハ、慎也に利乃ちゃん取られたから、すねてんの？」

「すっ、すねてない！」

　思わず声をあげると、池谷くんと話していた利乃が、「えっ!?」とすかさずこっちへ振り返ってきた。

「麗奈ちゃん、すねてるの!?　私がいないとさみしいの!?」

「違うから！」

「照れなくていいよ、麗奈ちゃん！　私のいちばんは麗奈

ちゃんだから！」
 そう言うと、利乃はぎゅっと抱きついてきた。
「麗奈ちゃんも、私のこと大好きだもんねーっ」
「バ、バカ利乃っ……」
 そこで、池谷くんがぽかんとしてあたしを見ているのに気づいた。
 わーっ、恥ずかしいんですけど！
「暑苦しい、離れろ！」
「やだぁーっ」
 トモが、おもしろそうに笑う。
 すれちがう生徒たちも、あたしたちを見てる。
 男子は利乃に抱きつかれているあたしを、うらやましそうに見てて。女子は騒ぐあたしたちに、迷惑そうな視線を向けてくる。
 ……ああもう、目立つ！
 トモは明るくて誰にでもフレンドリーだから、顔が広いし。
 利乃は可愛くてモテるから、校内で知らない人はいないし。
 おまけに池谷くんも、その整った容姿のおかげで、この数日で一気に有名人になっていた。
 ただでさえ、声がデカい利乃とトモがいるのに。目立ちすぎ！
 早くこの場から立ち去りたいという思いを隠すことなく、抱きついてくる利乃を引きずりながら歩く。
 すると近くから、ハハッと笑い声が聞こえた。
 ……え？

驚いて横を見ると、池谷くんがあたしを見て笑っていた。
「……え」
「おもしろいね、小城さん」
 彼が、目を細めてあたしの名前を口にする。
 ……お、おもしろいって。
 なにげに彼と話すのは初めてで、うまく舌が回らない。
 ……でも、笑った。
 その澄んだ瞳に、あたしが映った。
「……な、なんで、あたしの名前」
「知ってるよ、そのくらい。利乃と一緒にいるし。小城さんて、おもしろいよね」
 初めて言われたんだけど、そんなこと。何がおもしろいんだ、ぜんぜんわからない。
 あたしは目をそらしながら、「何もおもしろくないしっ」と可愛くない返事をした。
「……池谷くん、変」
「ハハ、よく言われる」
 そう言っておだやかに笑う池谷くんを、あたしは頭の芯が熱くなるのを感じながら、見つめていた。
 ……変だ、彼は。
 あたしから見える席に座っている彼は、授業中、時折窓の外を眺めている。
 普段からぼうっと雨を眺めているあたしは、同じように窓を見つめているその綺麗な横顔に、すぐに気づいた。
 彼の目は、いつもどこか遠くを見ていて。

その不思議な雰囲気に、女子も男子も不用意に近づけない。
中学から友達の、利乃とトモくらいだ。
彼との距離(きょり)が、こんなにも近いのは。

*

「……最悪……」
7月も中旬に入った。
あれから、あたしと利乃、池谷くんとトモの4人でいることが多くなっていた。
そんな日の放課後、あたしは昇降口で外を見つめて立ち尽くしていた。
……大雨。なのに、今日に限って折りたたみ傘を忘れてきた。
朝、電車に間に合わなくなりそうで急いでたし、朝の時点で雨は降ってなかったから、つい忘れてた。
ザー……と雨がしきりに降っている。
あたりは霧(きり)がかかったみたいに曇(くも)っていて、あたしは目を細めた。
こんな雨の中、バス停まで走ってもびしょ濡れになってしまう。
いつもなら、利乃に相合傘を頼むところだけど。実は今日、利乃は家の事情で早退した。
だから、今日はあたしひとりだ。こういう日に限って、傘忘れちゃうなんて。我ながらついてないっていうか……。

さてどうしようかな、と靴箱の前で立ち止まっていると、ふいに近くで足音がした。
「……小城さん？」
その優しい声に、思わずビクッとする。
振り返ると、案の定『彼』だった。
「……池谷くん……」
彼は外靴に履き替えながら、昇降口で立ち止まっているあたしを不思議そうに見ている。
……トモとは、一緒じゃないみたいだ。
そういえばトモのヤツ、放課後はこの前のテストでとった赤点教科の追試だって、教室で叫んでたっけか。
きっと今ごろ、追試に苦しんでるに違いない。
「誰か、待ってんの？」
あたしは軽く笑って、「ううん」と首を横に振った。
「傘、忘れちゃって」
池谷くんは外を見つめて、そしてあたしをもう一度見て、ハハ、と笑った。
「この雨で、傘忘れるって。どーすんの」
……その笑顔に、頭の奥がぼうっとする。そしてやっぱり、彼の声と雨音だけが、強く耳に響いてきた。
あたしはぎゅっと拳を握って、いつもどおり唇を尖らせた。
「あ……朝、急いでたし」
「わかる。そういう日に限って雨降るよね」
そう言うと、池谷くんはあたしの横に立って、大きな黒い傘を開いた。

黙ってその様子を見ていたあたしに、彼は傘を見つめて言った。
「よかったら、入ってく?」
　……えっ。
「ええ!?」
　思わずあとずさる。い、いやいや、『入ってく?』って。
　それ、相合傘ってことでしょ!?
「そんなの、わ、悪いし……!　いいよ、走って帰るよ!」
　あわてて手を振って拒否したら、池谷くんはムッとして「ダメだよ」と言った。
「風邪引くよ」
「引かないよっ、あたし丈夫だし!」
　ねっ!?　と胸を叩く。池谷くんはそれでも「ダメ」と言った。
「小城さんを雨の中走って帰したとか、俺が利乃に怒られるから」
　……あ。そういう、こと。
「……それは、そうかもね……」
　妙に納得してしまって、呆然とする。なんか、過剰に反応しちゃった自分が恥ずかしい。
　……何、思いあがってんの。
　池谷くんにとって、あたしは『幼なじみの友達』だ。
　だから仲よくしてくれるし、こうやって親切にもしてくれる。
　ほんと、何思いあがってんだろ……。

あたしなんか、なんにも持ってない、その辺にいくらでもいるような女子なのに。
　池谷くんがあたしに興味を持つことなんて、ない。
「じゃあ……お言葉に甘えて。入れてもらおうかな」
　眉をさげて笑うあたしに、池谷くんは綺麗に優しく笑った。
　……こっちが、くるしくなるくらいに。

雨のことば

　雨が、黒い傘に容赦(ようしゃ)なく降りしきる。
　時折肩(かた)が彼の腕に当たって、ドキッとした。
　学校を出てから、5分。
「…………」
　大きな傘の下で、あたしと池谷くんは無言で歩いていた。
　……流れで、傘に入れてもらっちゃったけど。
　何を話せば、いいんだろう……。
　よく考えたら、あたしと池谷くんはふたりきりになったことがない。
　4人でいるときは、だいたいトモと利乃が話してるから。
　池谷くんとあたしは、それにときどき口を挟んだり、笑ったりしてるだけだ。共通の話題なんてない。
　何を話せばいいのか、さっぱりわからない……！
　隣を、ちらりと見あげる。
　彼は、まっすぐ前を向いている。
　……どこを、見てるんだろう。
　池谷くんはいつも、遠くを見ている。その視線の先をたどってみても、なんにもない場所に行きつくあたり、ただ単にぼーっとしてることが多い人なのかもしれない。
　そんなことを考えていると、ふいに目が合った。
「！」
「……何？」

池谷くんはちょっとだけ笑いながら、首をかしげる。
　あたしはあわてて首を横に振ると、「な、何も」と言って前を向いた。
　……うう、恥ずかしい。
　池谷くんが転校してきてから、調子が狂うことばっかりだ。
　なんでだろう。特別な誰かと出会いたいって、思ってたから？
　だから、ちょうど転校してきた彼のことが、気になってしまうのかな。
　だとしたら、なんて単純なんだろう。
　そう思いながらも、期待してる自分が浅はかで、嫌になる。
　あたしが欲しい"大切なひと"は、誰でもいいわけじゃないはずだ。
　こんな、よくわからない気持ちで池谷くんと接するのは、ものすごく失礼な気がする。
　たとえ彼があたしの"大切なひと"になるかもしれない、としても。
　……きっとあたしは、彼のそれには、なれない。
　そう。あたしは結局、自信がないんだ。
　誰かを真剣に想ってみたいと思ってる。だけど、もしも自分が相手の"大切なひと"になれなかったらと思うと、怖くて動けない。
　だってあたしには、なんにもない。平凡な人間だ。
　彼の瞳がいつも何を映していて、何を考えているのか。
　あたしは、知ることができない。

だから、ダメだ。
　池谷くんに期待しちゃ、ダメだ。
「……小城さん、さ」
　突然(とつぜん)名前を呼ばれて、驚く。
「な、何!?」
　あわてて池谷くんを見あげると、彼は小さく笑いながら「なんか、緊張してるね」と言った。
　……ヤバ、ホント恥ずかしい。落ち着けよ、あたし。
「アハハ、ごめん。そうかも。それで、どうしたの？」
　頑張って、なんでもないような顔で笑う。
　池谷くんはそんなあたしを見て、言った。
「なんか、悩んでる？」
　……え？
　池谷くんの言う意味がわからなくて、ぽかんとしてしまう。
　悩んでる……あたしが？
　池谷くんは何も言えなくなったあたしに気づいて、「あ」と言って付け足した。
「小城さんときどき、窓の外見てため息ついてるからさ。ちょっと気になって」
　その言葉に、あたしは目を見開いた。
　……嘘。池谷くんも、あたしのこと、見てた？
「………」
　驚くばかりで、声が出ない。
　見て、くれてたんだ。
　進路のことで、あたしはずっと悩んでた。

でもため息なんて、みんなが見てないときにしかついてない。誰も気づいてないと思ってたのに。
　……あ、ヤバイ、嬉しい。
　池谷くんはあたしのことなんか見てないって思ってたから、余計に。
　情けなくて利乃にも言えなかったけど、こうして気づいてもらえるのって、それだけでこんな嬉しいものなんだ。
「あ、べつに何もないんだったら、いいんだけど……」
「ううん」
　あたしは、首を横に振った。
　いい人、だな。
　こんな人の『大切なひと』になれたら、どれだけ幸せなんだろう。
「……話、聞いてくれる？」
　小さく笑ってそう言うと、池谷くんはあたしを見て、すぐに「ん」と笑ってくれた。
　あたしは前を向いて、相変わらず降り続ける雨を見つめながら、口を開いた。
「池谷くんは、将来なりたいものって、ある？」
　踏んだ水たまりが、ぱしゃん、と飛沫をたてる。
　裾が濡れたスカートを、ぐっと握りしめた。
「…………」
　だけど返事がない。ちらりと横を見あげてみると、彼は前を向いていて、少し考えるような仕草で「んー」と言った。
　その目は、やっぱりどこか遠くを見ていて。

「……海、かな」
　そう、池谷くんはポツリとつぶやくように、答えた。
「……は？」
　海？
　あたしが眉を寄せてポカンとした顔をしても、彼は「うん」と真剣な目で言う。
「俺、海になりたい」
　う……海、ですか。
　海のように広い心を持ちたい、とか……？
　池谷くんの思わぬ返答に、とまどうことしかできない。
「えっと……あたしは、職業的なものを聞いたんだけど……」
　苦笑いしながらそう言うと、池谷くんは「ああ、そっちね！」とやけに納得したような素振りを見せた。
　そっちって、どっち。
　どうしよう、たしかに不思議なひとだなぁとは思ってたけど。
　結構ホントに、まわりの男子とは違う感じの人みたいだ。
　あたしの困惑した表情に気づいたのか、池谷くんはハハッと笑って言った。
「ごめんって。冗談だよ」
　……わかりにくっ。
　たぶんあたし、この人がいきなり「宇宙人になりたい」とか言いだしても、今なら受け流せる気がする。
　……変なひと。
　でも、笑顔が無邪気で可愛いひと。

「……海になりたいっていうのも、まぁ、嘘ではないんだけどさ」

池谷くんは、おだやかに目を伏せる。

……あ、嘘ではないんだね。

雨が小降りになってきて、彼の声がよりハッキリと聞こえてくる。あたしは静かに、「うん」と相づちを打った。

「海ってさぁ、見てると安心するじゃん」

そのとき、この近くにある小さな海を思い浮かべた。

白い砂浜があって、テトラポッドが広がっている。

たしか、学校の窓からも見えたはずだ。

潮風が気持ちよくて、ずっと見ていたくなる、水の空間。

「……うん」

「俺は、それがなんでか知りたいんだ」

……海を見たら、安心する。

それがどうしてか、ってこと？

黙って彼を見あげるあたしに、池谷くんは変わらず前を向いて、目を細めた。

「だから大学で心理学を学びたい、とは思ってるよ」

……あたしは、びっくりした。

海を見ていると安心する。それがどうしてか知りたい、だから心理学を学びたい……なんて。

そんな風に考えられることに、びっくりした。

「単純でしょ？」

そう言って笑う池谷くんに、あたしはぶんぶんと首を横に振った。

「そんなことないっ。だって、すごいよ。あたし、そんな風に考えられないもん」
「そう？　安直だと思うけど」
　ちょっとした興味から、夢につなげられるってことがすごい。
　すごいっていうか、うらやましい。
　あたしは興味を持っても、すぐに無理だってあきらめちゃうから。あたしには無理だって、思っちゃうから……。
「あたしも、そうやって決められたらいいのになぁ……」
　思わずポロリと口から出てきて、ハッとした。
　あわてて「な、なーんて」と笑ってごまかす。
　けど、池谷くんはまっすぐにあたしを見ていた。
「……悩んでるの、それ？」
　うっ……。なんか、カッコ悪いな。
　しっかり決めてる人に、『将来のことがなんにも思いつかない』なんて言うの。
　なんか……とたんに、情けなくなるっていうか。
　あたしは苦笑いしながら、「うん……そんな感じ」と曖昧な返事をした。
「あたしってさ、なんにもないからさ。特技とか趣味とか、そういうの。だから、将来の職業とか、思いつかないっていうか……」
　なんか、ウザいな、あたし。
　こんなの、言い訳にしか聞こえないよ。
「みんな、ちゃんと夢があってすごいよね」

でも、不安が堰を切ったようにあふれだしてくる。
情けない思いが、口からこぼれていく。
「あたし、特徴がなんにもないからさぁ。普通っていうか。利乃みたいに可愛くないし、トモみたいに誰とでも仲いいわけじゃないし」
こんなこと、池谷くんに言ったって迷惑なだけなのに。
でも、止まらなかった。
この人なら、バカにしないで、軽く受け流したりもしないで、聞いてくれそうだって。そう、思ったんだ。
「進路、どうしよっかなって……ちょっと、悩んで、る」
恥ずかしくて、目をそらす。
池谷くんは、ずっと黙って聞いてくれていた。
「…………」
自然と沈黙がおりて、やっぱり言わなきゃよかったかなと後悔した。
こんなの、いきなり言われても困るよね。
どうしようもないことなのに。
あたしが自分で決めなきゃ、いけないことなのに。
何も言わずに前を向いた池谷くんに、あたしはあわてて口を開いた。
「ごめ——」
「小城さん」
謝ろうとしたのをさえぎるように名前を呼ばれて、あたしは思わず口を閉じた。
彼は、前を向き続けている。

「……普通なんて、ないよ。その人の特徴なんて、探せばいくらでもある」

落ち着いた声色で話す池谷くんを、あたしはじっと見あげた。

「些細(ささい)な違いでも、それだけで個性にだってなると思うよ。たとえば、ものの感じ方とかさ」

彼は傘を少しだけあげて、手を前へ伸ばした。

その手に雨水が落ちて、指の間から雫(しずく)が滴(したた)る。

「小城さんはこの雨、どう思う？」

どう……？

前を向いて、今も降り続ける雨を見つめた。

手を伸ばすと、瞬(また)く間に肌(はだ)が冷たい雨水に濡れていく。

傘に打ちつけられる、パタパタとした雨音が聞こえてくる。

あたしは目を細めて、口を開いた。

「……さっき、池谷くんが『海を見てると安心する』って言ったみたいに、あたしは雨を見てると安心する、かな」

いつだって、変わらない雨音。

あたしのまわりは、日々ぐるぐると変化し続けてるのに。

その変化に追いつかなきゃいけなくなって、焦って。ずっと変わることのない雨音に、安心する。

「雨は、みんなの上に平等に降るものでしょ。あたしみたいな平凡なヤツの上にも、すごく才能ある人の上にも」

池谷くんが「うん」と言って、ちょっとだけ笑う。

……なんか恥ずかしくなってきた。

だけど、池谷くんの目が変わらず優しいから、せっかく

だし言葉にしてみようと思った。あたしの、素直な気持ち。
「ホラ、よく、雨は神様とか空が泣いてるって、言うでしょ。泣きたくても泣けない人のために」

我ながら、痛いこと言ってる。だけど気にならなかった。

キャラじゃないとかそんなの考えずに、言ってみたかった。
「そう考えるとさ、神様はこの世に生きてるみんなのために、泣いてくれてるんだなって思うの。みんな平等に、見てくれてるんだなって」

だから、ホッとする。

雨降る空の下で、生きてること。

それが、あたしだけじゃないんだって、こと。
「……雨を見てたら、あたしはひとりじゃないんだなって、思う」

以上です、とぎこちなく付け足して、話を終えた。

……どう、思ったかな。

不安になりながら、横を見てみたら。池谷くんは小さく肩を震わせて、笑いをこらえていた。

傘を持つ手が震えてるから、傘まで揺れて雫が肩に落ちてくるんですけど。
「……何笑ってんの」
「だって小城さん、意外と詩人……っ」

かぁっと、顔が熱くなった。

さっきまでの自分の言葉を思い出して、やっぱり恥ずかしくなってくる。
「わっ、わかってるよ、言われなくても！　そ、そんなに

笑わなくたっていいじゃん！」
　あんなに優しい目してたくせに！　笑われると思わなかった！
　ムーッとしてそっぽを向くと、池谷くんは「やっぱりね」と笑いながら言った。
「小城さん、おもしろいよ。雨に対してそんな風に考えてるの、初めて聞いた」
　……これは、ほめられてるのかな。
　そう思いながらも、単純なあたしはちょっと嬉しくなってくる。『初めて』って言われて、特別感を感じてる、浅ましいあたし。
　だけど、池谷くんは複雑な気持ちを露わにするあたしを見て、安心させるように微笑んだ。
「だからもう、小城さんは『普通』じゃないよ」
　……ああ、もう。
　この人の笑顔は、ホントにずるい。
　こんなあたしでも、大丈夫って言ってもらえてるみたいで。
　嬉しくて、喜んじゃう自分がちょっと嫌で。複雑な気持ちになりながら、あたしは震える声で「ありがとう……」と言った。
　……池谷くんに『おもしろい』って言ってもらえるくらいには、あたしにも何か、あるのかな。
　あったら、いいな。
　すると、池谷くんが思い出したように「あ、そういえば」と言った。

「さっき小城さんが言ってた、神様とか空が泣いてるってやつだけどさ」
「……うん」
　恥ずかしいから、あんまり口に出さないでほしいんだけど。
　あたしがちょっと頬を膨らませると、池谷くんは楽しそうに笑った。
「『テンキュウ』って言葉、知ってる？」
　……テンキュウ？
　あたしが首を横に振ると、彼は雨を見つめながら、目を細めた。
「『天が泣く』って書いて、『天泣』。晴れた空に降る雨のことだよ」
　……天泣。天が、泣く……って。
「えっ……スゴ！　まんまじゃん！」
「ね。日本語ってすごいよね」
　驚きと感動のあまり、声がデカくなる。
　そんなあたしを見て、池谷くんはやっぱりおもしろそうに笑った。その笑顔にキュンとして、あわてて顔をそらす。
「へぇ、天泣……。すごいね、綺麗な言葉。こういうの、もっと知りたいかも」
「……そういう興味からでも、いいんじゃない？」
「え？」
　駅が近くなるにつれて、雨がまた激しくなっていく。
　ザー……という音が、あたしと池谷くんのまわりを包んだ。
「無理に今、職業を決めなくてもさ。そういう知りたいっ

て気持ちを、学びたいって気持ちに変えてみたら？　職業は、大学に入ってからでも遅くないよ」
　俺もそれだし、と池谷くんは自らを指さす。
　あたしはそれを見て、何かがストンと胸の中に落ちた。
　……あ、そっか。
　焦らなくても、いいのか。
　学びたいって気持ちがあれば、それだけでこれからの道を作れるんだ。
　聞こえてくる雨音が、ちょっとだけ小さくなった。
　あたしは池谷くんを見つめて、「……うん」とつぶやいた。
　うん……うん。
　そうだ。今、ぜんぶを決めなくてもいいんだ。
「……うんっ」
　もう一度大きくうなずいたあたしに、池谷くんもうなずき返してくれた。

　＊

「今日は、ホントにありがとうございましたっ」
　人通りの少ない小さな駅の、改札前。
　あたしは池谷くんに、ペコッと頭をさげた。
「相談……のってくれて。なんか、気が楽になったっていうか。ありがとう」
「ん。それならよかった」
　顔をあげて、池谷くんを見あげる。

目が合って、なぜかドキッとした。
あわてて目をそらして、口を動かす。
「え、えっと……じゃ、じゃあ、あたしはこれで」
「小城さん」
　え？
　池谷くんの方を見た瞬間、ぐいっと腕を引っぱられた。
　目の前に立たされて、耳もとに唇を近づけられる。
　ええっ……なに!?
　心臓がすごい速さで脈打ちはじめたあたしに、池谷くんはささやくように言った。
「……小城さんは、おもしろいよ。もう、なんにもない、普通の人じゃない」
　まるで、勇気づけるように。
　繰り返し言ってくれるその言葉に、また胸が締めつけられる。
「……うん」
　あたしがそっと返事をすると、池谷くんはフ、と耳もとで笑った。
「小城さんはおもしろいって、知っちゃったから。俺の中で、『特別』になった」
　目を見開いたあたしの身体を離して、彼は笑う。
　最初に感じた、あのつかみ所のない不思議な雰囲気で。だけど今度は子供のように無邪気に、彼は笑った。
　……ああ、まだだ。
　あたしの中の雨音が、騒がしくなった。

動きだしたいと焦る雨が、足もとに水たまりをつくる。まるで、想いがたまっていくみたいに。
　彼の笑顔に、惹かれてる自分がいる。
　こんなあたしをおもしろいって言って、笑ってくれた。なんにもないって思ってたあたしの、"特別"を見つけてくれた。このひとにもっと近づきたいって、思ってる。
　……変わらない雨音には、安心するけど。
　もう、それだけじゃいられない。
「……あっ、あたしの中でも、『特別』になったよ！　池谷くん！」
　駅を出ようとするその背中に、思い切り叫んだ。
　まわりにいた人々が、驚いたようにこっちを見る。
　池谷くんは少しの間、何も言わずにあたしを見ていたけど。すぐにこっちへ手を振って、笑ってくれた。
　……強く強く、雨音が響く。
　傘もささずに、心の中のあたしは走りだした。
　……あたし、池谷くんの"大切なひと"になりたい。

動きだしたのは、青

【利乃side】
「どう？　優しい人でしょう、彼」
　——カタン。
　学生カバンをテーブルの上に置いて、私は静かに「そうだね」と返した。
　お母さんはリビングの扉を開けながら、パチ、と部屋の電気をつける。急に明るくなった視界に目を細めながら、私は携帯で時間を確認した。
　7時。もう、こんな時間。
　昼に学校を早退して、まさかこんなに長引くとは思わなかった。
　何も言わずに携帯を触る私の態度が気に障ったのか、お母さんは少し苛立った声を出した。
「……利乃。もうすぐあなたのお父さんになるかもしれないんだから、もっとよく考えなさい」
　……いきなりそんなこと言われても、無理なものは無理。
　ため息をつきたくなる衝動を抑えて、私は携帯をカバンにしまった。
「わかってる」
　そう曖昧に答えると、カバンを持ってリビングを出た。
　電気のついていない階段を、ゆっくりとあがる。自分の部屋へ入ると、扉をバタンと閉めた。

その場に、ずるずると崩れ落ちる。
「……疲れたなぁ………」
　街灯の明かりがベランダから見えるだけの暗い部屋に、長いため息が落ちる。
　私は目を閉じて、今日のことを思い返した。
　……お昼休みに、いつもどおり麗奈ちゃんとお弁当を食べようと思って。
　そしたら担任に呼び出されて、早退することになった。
　なんでも、用事があるからとお母さんが担任にわざわざ電話を入れたらしい。
　なんだと思って電話すると、お母さんは『会ってほしい人がいる』なんて答えるから。
　逃げてしまおうかと思ったけど、早退した以上、それもできなかった。
　お母さんはきっと、それをわかってこんな面倒なことをしたんだろう。誰もいない空間が嫌で家にできるだけいたくない私は、土日はだいたい朝早くから出かけてる。
　だから、無理やりにでも学校を早退させたんだ。
　新しい恋人と、私を会わせるために。
「一度会ったくらいじゃ、他人にしか思えないっつーの……」
　目を閉じて、今日喫茶店で会った男性を思い返す。
　優しそうな人だった。
　無愛想にしていた私に気遣って、打ち解けようと必死になってくれていた。
　それでもしょせん、他人は他人。

……うちは、母子家庭だ。小学生の頃、両親は離婚した。
　父親がダメな人だったから、お母さんは昔からよく働いていた。たぶん今日も、これから夜の仕事へ行くんだろう。
　……だけど同時に、恋するひとりの女性でもあって。
　父親と離婚してからというもの、男の影が絶えない。
　よくやるなぁ、と思う。
　お母さんは容姿がとても整ったひとだから、いろいろうまくいくのかもしれない。
　その遺伝子のおかげで、私は今まで可愛い可愛いと言われ続けて、生きてこれたけど。
　……会って、と言われたのは初めてだった。
　だから、怖くなってる。憂鬱になってる。
　あの人と再婚するのかな。そうしたら、必然的に彼は私の『父親』になるけど。
「…………」
　……ダメだ、考えられない。頭が痛くなってきた。
　やめたやめたとため息をついて、私は立ちあがった。制服を脱いで、部屋着に着替える。
　カララ、とベランダの扉を開けて、外へ出た。夜風が顔に当たって気持ちいい。もうすっかり、夏の夜だ。
　あんなに土砂降りだった雨もやんで、澄んだ匂いが鼻をかすめた。風に混ざって、近くの海の潮の匂いもする。
　……嫌なことも、忘れられる気がした。
　ひょい、とベランダから下の道路を見てみる。すると、学校帰りなのか、ちょうど慎ちゃんが歩いてくるのが見えた。

「！」
　口を開けようとして、やめる。
　……声は、かけない。かけちゃ、いけない。
　今は、『夜』だから。
　慎ちゃんが隣の家の門をキィ、と開けるのを、じっと見つめる。気づかずに中へ入っていくだろうと思っていたのに、彼はふいにパッと顔をあげた。
「あ」
　バチっと目が合って、一瞬だけ固まる。だけど慎ちゃんが何かを言う前に、あわててにっこり笑った。
「し、慎ちゃんっ。おかえりー！」
　できる限りの明るい声色で、慎ちゃんはあの頃のように、優しく微笑んでくれた。
「……ん。ただいま」
　やわらかな、表情。おだやかな声。
　ぜんぶ、あの頃のまま。
　慎ちゃんはそのまま、門を開けて家の中へ入っていく。私はそれを、ほうっと見つめていた。
　……冷たい夜風が、頬を刺す。
　懐かしい匂いを連れて、私を揺さぶる。
　喉の奥が痛くなりそうで、必死に抑えた。ベランダの手すりから手を離す。
　その場に座りこんで、私はギュッと目を閉じた。
「……慎ちゃん」
　潮風が、私をあの頃へ戻す。

海の『青』が、私を責める。
　……もうすぐ、あの季節がやってくる。

　＊

【麗奈side】
『池谷くんの、大切なひとになりたい』
　なんて乙女なことを思った日の、翌朝。
　あたしは一晩経って、冷静になっていた。
　……昨日、なんか勢いあまって、あんなこと思っちゃったけど。よく考えたら、ぶっとびすぎだよね？
『大切なひとになりたい』って、何？　あたし、池谷くんのことが好きってこと……？
　え……好き？　そうなの？
　ベッドの上で自問を繰り返してから、あらゆることを考えてみる。そして、ぶんぶんと首を横に振った。
　……いやいやいやいや。
　いくらなんでも決断が早いわ、あたし。
　たしかに、あんなに真剣に話を聞いてくれて、いい人だと思った。素敵なひとだとも、思った。
　でも……本気で恋ができるかって、聞かれると。
「…………」
　洗面台の鏡の前に立って、可愛くもない自分の顔を見てみる。
　……いや、ない。

この顔で、性格までいいあのイケメンにアタックしていこうなんて、図々しいにもほどがあるでしょ。
　なーに言ってんだか、と、いつものように自虐で終わらせようとして、昨日の彼の言葉を思い出した。
『小城さんはおもしろいって、知っちゃったから。俺の中で特別になった』
　……『特別』。
　それってつまり、池谷くんの中であたしが、"幼なじみの友達"から"小城麗奈"って存在に変わったってことだよね。
　……そーいう、ことだよね。
　その事実が嬉しくて、胸の奥に温かいものが広がる。
　あたしもいつか、利乃やトモくらいの距離で、池谷くんと話せる日が来るのかな。来たら、いいな。
　……でも。せっかく走りだしたあたしの足を、重たい何かが引っぱってる。
　池谷くんの大切なひとになりたいって思ったのも、嘘じゃない。だけどやっぱり、踏みだせない。
　あたしが『自分は普通』だって言ってばかりだったから、彼はああ言ってくれたんだ。自信を持てって。
　それは嬉しいし、素直に受け止めたい。あたしにとっても彼は "特別" だ。大切なひとになりたいって思った。
　……だけどやっぱり、あたしは彼の大切なひとにはなれないんじゃないかな。
　彼を素敵なひとだと思うからこそ、あたしじゃ釣り合わ

ないと思う。
　好きになっても、あたしがつらいだけなんじゃ……。
「…………」
　ついネガティブになって、また暗い気分になりはじめる。
　ダメだと思って、すぐにそんな考えを振りはらった。
　……もう少し、自分の気持ちが身体に追いつくのを、待った方がいいかもしれない。
　よし、と気を取り直して、家を出る。外の暑さに目を細めた。今日の空は快晴だ。
　もうそろそろ、梅雨が明ける。夏休みまであと２週間だっけ。んーっと伸びをして、駅まで小走りで向かった。
　いつもどおりの通学路、いつもどおりの電車。
　だけど、なぜだか胸の奥がドキドキしてる。
　早く学校へ着けばいいのに、なんて思ったの、久しぶりだ。
　あたしの中の雨は、今も不規則に降り続いている。
　……ああ、暑い。
　だけどそれも、悪くないなと思った。

　＊

「麗奈ちゃーん、おはよー！」
　教室に入ると、すでに学校に来ていた利乃が、抱きついてきた。何そのテンション！
「あっ、暑い！」
「ふふふ、昨日のお昼ぶりだね〜」

「だから何!?」
　暑いし、あたし汗臭いし!
　無理やり利乃をひっぺがす。きょとんとする利乃を見て、小さく息をついた。
　……利乃はホント、いつも元気だよなぁ。
　うらやましいくらいに。
　自分の席へ向かう途中、教室のうしろで話している池谷くんと、トモの姿が見えた。
　池谷くんと目が合って、思わず心臓が跳ねる。昨日の今日だから、なおさら。
「……お、おはよっ」
　ふたりにあいさつすると、ふたりともそれぞれに「おはよー」と返してくれた。
「あ、あの、池谷くん」
「ん?」
　あたしはもう一度「昨日はありがとう」と頭をさげた。
「あのあと、親に話してみたんだ。進路のこと。行きたい大学見つけたら、言うって」
　そうしたら、お母さんは少しの間、驚いたようにあたしを見たあと、『そう』と微笑んだ。それだけだったけど、お母さんは納得してくれたみたいだ。
　進路は３年になるまで、ゆっくり考えようと思う。まずは学びたいこと。小さな興味も、無理だって思わずに考えるんだ。
　昨日、相談にのってくれた池谷くんには、言っておきた

いと思った。
「……そっか、うん。あ、大学決まったら、俺にも教えてね」
　そう言って笑う彼に、やっぱりいい人だなぁと感じる。
　あたしは「うん」とうなずいて、笑った。
「えっ、なになに。ふたり、昨日何かあったの？」
　利乃があたしの肩越しに、ひょこっと顔を出す。
　苦笑いしながら、「あたしが傘忘れてさ」と答えた。
「池谷くんに、駅まで送ってもらったんだ」
　あたしがそう言った瞬間、利乃はハッとした表情をして、トモは顔をこわばらせた。
　……えっ、何。
　ふたりの様子の変化にとまどう。だけどすぐに利乃が「そうだったんだー」と明るい声を出した。
「まぁ、当然だよね。麗奈ちゃんを雨の中帰らせたら、私が慎ちゃん許さないもん」
　ふふふー、と池谷くんに向かって含み笑いをする利乃。
　池谷くんと目が合って、「やっぱりね」と肩をすくめられた。そんな彼に、アハハと苦笑いを返す。
　……さっきの利乃とトモの表情が、気になるけど。
　気のせい、だよね。たぶん。

＊

　放課後、4人で寄り道をしながら帰ることになった。
　利乃が、学校近くに新しくできたお店のアイスを食べた

いとか、トモが新曲のCD出たから買いに行きたいとか。
　池谷くんが転校してきてから、4人でいるのが自然になってきたから不思議だ。
「あっ、待って。私、自販機で飲み物買いたい」
　昇降口を出ると、利乃がそう言って近くの自販機へと走っていった。そんなに急がなくても、ちゃんと待ってるのに。
　……いや、早くアイスが食べたいだけか。
「あ、利乃。俺も行く」
　すると、そう言って池谷くんがあたしの横を通りすぎた。
　少しだけドキッとして、利乃のもとへ走っていく彼のうしろ姿を見つめる。
「慎ちゃんもー？　あっ、私オレンジジュースがいい！」
「『いい』ってなに。おごれってこと？」
「えー、おごってくれないの？」
「むーりー」
　楽しそうに会話をするふたりは、まるで恋人同士みたいだ。
　昼頃に降っていた雨のせいで、地面にはところどころに水たまりができていた。雨上がりの空が反射して、透き通った青が映っている。あたしの隣で、トモが息をついてその場にしゃがみこんだ。
「ホント仲いいよなぁ、あのふたりは」
　目を細めて利乃と池谷くんを見つめるトモに、「うん」と返した。
「……中学の頃から、あんな感じなの？」

「まあね。つねに一緒にいたわけじゃないけど、なんかこう、他人が入りにくいような、2人だけの空気があったっつーか」

　ああ、わかる気がする。

　池谷くんが『利乃』と呼んで、利乃が『慎ちゃん』と呼ぶ。

　それだけで、ふたりがどれだけ仲がいいかわかるんだ。

　おたがいの名前を呼ぶ、その声が。

　すごく、すごく大切な響きに感じるから。

「……なぁ、麗奈ちゃん」

　自販機へと歩いていったふたりの姿が見えなくなった頃、トモがほうっと前を向いて言った。

「何？」

　トモにしては真面目な声色に、ちょっと驚く。

　白い雲がゆっくりと流れる青空を見あげて、トモは目を細めた。

「俺、麗奈ちゃんのことが好きなんだけどさ」

　……え？

　トモは今度こそまっすぐにあたしを見あげて、言った。

「……俺と、付き合ってくれませんか」

　トモの茶色がかった瞳に、空が映る。

　雨に濡れた木々の葉から、雫が落ちた。

　瑞々(みずみず)しくて、愛しいほど透明な青。

　……忘れられない夏が、始まろうとしていた。

第 2 章

空と雲の時間

【トモside】

去年の、高校1年の頃のはなし。

ものすごく晴れた、夏の日。

ちょうど今と同じ、夏休みに入る前のこの時期だった。

『トモ。進路調査票、なんて書く？』

高校に入ったばっかりだっていうのに、進路調査票なんてものを渡(わた)されて。

友達に尋(たず)ねられて、『サラリーマンとでも書いとくわ』と笑いながら答えた記(き)憶(おく)がある。

だいたい、俺らは数ヶ月前にやっと高校受験を終えたばっかりなんだ。今度は大学のことなんか、そんなに続けて考えられるわけがない。

……あー、めんどくさ。

その時期はとくに、家の中が荒れていた。

俺のふたつ上の兄は不真面目な人で、中学の頃から校(こう)則(そく)違(い)反(はん)を繰り返していた。ついには高校受験に失敗して、通信制の学校へ通ってはいるものの、毎日遊びまわっている。

それに怒(おこ)った親が、兄へ怒(ど)鳴(な)りつける日々。ああはなるなと言われ続けて、俺は公立の進学校に合格したけど。

……もともと、勉強なんかするタイプじゃないし。

成績なんか、さがる一方だ。

そうして進路調査票に何も書けないまま、数日が経った

ある日の朝。
　俺はものすごく、不機嫌だった。
　兄貴がまた何かやったのか、親は不機嫌で。朝食をとっていた俺にまで、期末テストの結果について説教してきた。
　完全にとばっちりだ。
　兄貴が親を怒らせなきゃ、俺は何も言われなかった。
　今にも舌打ちしそうなほど苛ついた顔で、教室へ入る。
　いつも能天気に過ごしている俺がこんな風になるのは初めてだからか、みんなが驚いた。そして大袈裟なくらいに心配してくる。
　……いや、嬉しいけどさ。
　心配してくれるのは、ありがたいんだけどさぁ。
　みんなの言葉を聞いていると、無理にでも笑わないといけない気がした。
　『いつも笑ってる俺』じゃないと受け入れてもらえない気がして、怖くなった。
『あー……だりぃ』
　誰に向けるわけでもない文句をつぶやきながら、昼休みは誰にも何も言わずに屋上へ行った。
　普段だったら、こんなにブツブツ言ったりしない。
　荒い言葉も、使ったりしない。
　自分のまわりに、今誰もいないからだ。もしかしたら俺は、普段から我慢していたのかもしれない。
　……なんかもう、わかんねーな。
　はぁ、とため息をついて、屋上の扉を開く。

暑い空気と涼しい風が、頬に当たった。
　コンビニ弁当の入ったビニール袋を持って、壁にもたれかかる。太陽の光がさえぎられていて、涼しかった。
　久しぶりにひとりになった気がする。
　高校に入って、学校ではつねにまわりに人がいたから。
　小学生の頃から友達は多かったし、人付き合いも下手な方ではないんだと思う。
　だけど、いつのまにか気疲れしていたのか。
　『いつも明るいキャラ』が定着して、無意識にそれを保とうと必死になっていたのかも。だから、心配してくれたみんなのことを素直に受け止められなかったんだ。
　なんだか何もかもが面倒になってきて、弁当もそのまま開けずに置いた。静かな屋上で、ごろ、と寝転がる。
　見える空は、悔しいほどの快晴だった。
『……はぁ』
　ため息をついて、目を閉じる。
　やわらかく吹いてくる風が、心地よかった。
『……大丈夫？』
　突然頭上から降ってきた声に、目を開ける。
　心配そうな目をした女子が、かがみこんで俺を見ていた。
『……え』
『あ、いや、具合悪いのかと思って……』
　ホラ熱中症とか、と言うその子に、『いや』と俺は首を横に振った。
『べつに、なんともない……です』

一応敬語を、と思って付け足したとき、彼女の校章の色が自分と同じことに気がついた。
　学年ごとに、色分けされた校章。
　この子、俺と同じ学年だ。
　肩口で無造作に切られた髪と雰囲気が、可愛いっていうよりカッコいい。
　なんか、見たことある子だな。何組かな。
　俺の『なんともない』という言葉を聞いて、彼女はホッとした顔をする。
　それを見て、ふと視線を下へ向けると、俺は『あ』と声をあげた。
『パンツ見えそう』
　瞬間、彼女の顔が一気に赤く染まった。
　……あ、ヤベ。
　つい、思ったことが口から出た。
　バッとスカートを押さえて、俺の近くから飛びのく。彼女は唇を噛んで、俺をにらんできた。
『みっ、みっ、見えた!?』
『……いや、残念ながら』
　俺は少し上体を起こして、じっと彼女を見つめ返した。
　雰囲気はカッコいい女の子、だけど。
　結構、可愛い反応するんだなぁ。
　……なんて、ちょっと最悪かもしれないけど。
　それが、麗奈ちゃんとの出会いだった。
　そのときは知り合いと話したくない気分だったし、何よ

り目の前の女の子に興味が湧いて、気づけば『ねえねえ』と声をかけていた。

『ここで何してんの？　てか何組？　名前は？』

立て続けに質問したからか、あからさまに嫌そうな顔をされる。はぁ、という短いため息のあと、『……小城麗奈。3組』と言われた。

3組。俺は2組だから、隣のクラスだ。

『小城さんって……あっ』

名前を聞いて、やっと思い出した。

利乃ちゃんといつも一緒にいる子だ。

利乃ちゃんがお姫様なら、小城さんはお姫様に付きそう騎士。最初はみんな、系統のまったく違うふたりが一緒にいるのを不思議がってたけど。

お姫様が楽しそうに話しているのを、騎士が優しい目をして聞いている。そんな構図が似合っていて、やがてみんな何も言わなくなった。

俺は利乃ちゃんと中学の頃から知り合いだったから、『利乃ちゃんとその友達』としてふたりを見てたけど。

まさか今になって、小城さんに興味が湧くとは思わなかった。

俺は嬉しくなって、上体を起こす。

あぐらをかいて座ると、『あ、俺は』と自分の名前を言おうとした。だけど、立ちあがって俺を見おろすムッとした顔の小城さんに、さえぎられた。

『知ってる。……から、言わなくていい』

……えっ。

　思わず、俺は表情を輝かせた。

『俺のこと知ってんの!?』

『知りたくなくても耳に入ってくるの！　アンタいっつも声デカいし！』

　えー……嬉しいんですけど。

　俺、声デカくてよかった。騒がしいヤツでよかった。

　思わずニヤける俺を、小城さんは冷たい瞳で見おろしてくる。

　うわぁ、今絶対イラっとしてる。反応、超おもしろい。

　俺がふざければ、たいていの女子は可愛らしく笑って『トモ、何言ってんの〜』なんて、言ってくる。

　それはそれでいいんだけど、こういう新鮮な反応をされると、ますますふざけてみたくなるというか。

　意地でも、笑顔にさせてやりたくなるというか。

　そう言ったら、だいたい友達には『変わってんな』とか言われるんだけど。

　その意地のおかげでいろんなタイプの友達ができるんだから、バカにしちゃいけない。

　どんなに笑い下手なヤツとでも、めげずに向かってくのが俺。

　興味を持ったら突進してくのが、俺だ。

『なぁなぁ、麗奈ちゃんはココで何してんの？』

　今回も、めげずに話しかけてみる。

　この呼び方はさすがに怒るかなと思ったけど、見えたの

は照れた表情だった。
『れ、麗奈ちゃんって……』
　わあ……やっぱ、反応可愛すぎじゃね？
　男慣れしてねえのかな。
　調子に乗って、『じゃあ、俺のこともトモって呼んでいいよ』と言ってみる。すると、さっきよりも嫌そうな顔をされた。この子の照れの基準がわからない。
『……なんか、すごい元気だね。心配して損した』
　ニコニコ笑う俺を見て、ジトッとした目を向けてくる麗奈ちゃん。
　そんなに、具合悪そうに見えたんだろうか。
　麗奈ちゃんは俺をじっと見て、『そういえば』と言った。
『めずらしいね。ひとりでいるの』
　風が、彼女の髪をふわふわと揺らす。それを見あげながら、俺は静かに『……うん』と返事をした。
『ちょっと、面倒くさくなって』
『……何が？』
　ぜんぶ、とか。
　言えるわけ、ないんだけど。
『今、俺んちゴタゴタしててさぁ』
　気づけば、声に出していた。
　誰かに聞いてほしかったのかもしれない。
　仲のいい友達には、言えないから。
『それで今朝、イライラしたまんま学校行ったら……みんな、すげー心配してくれんの。変にふざけて盛りあげよう

とするヤツまでいてさぁ』
　偶然知り合った麗奈ちゃんに、俺、愚痴ってる。
　……嫌なヤツ。
　彼女はまっすぐ、俺を見ていた。
『心配してくれるのは、嬉しいけど。ちょっと、そっとしといてほしいっつーか……』
『…………』
　そこまで言って、沈黙に焦りだす。
　いや、何言ってんだ、俺！
『と、とかな！　最低だよなぁ！　心配してくれてんのに』
『べつに、いいと思うけど』
『え？』
　顔をあげて見えた麗奈ちゃんは、空を見あげていた。
　それにつられて、俺も見あげる。
　空は広く、青い。様々な形をした雲が、ゆったりと流れていた。
『あたしが見かける限りじゃ、あんたいっつも笑ってるもん。疲れたりしないのかなって、ずっと思ってた』
　空を見あげながら、聞こえる声に目を見開く。
　心配、してくれてた？
『いいんじゃん、たまには。怒ったり、落ちこんだりしてても』
　麗奈ちゃんの声色は、励ますでもなく、慰めるわけでもなく、普段友達と話すときみたいな、なにげないものだった。
　この雲のようにゆったりしていて、落ち着いていて。思っ

ていることを、そのまま口にしている感じ。
　……それがやけに、心地よかった。
　目を閉じて、優しい風に当たる。
　空はどこまでも青くて、雲はゆっくり動いていて。
　さっきまでイライラしてた気持ちとか、友達は俺をどう思ってるんだろうとか、進路への焦りとか不安とか。
　そういうので気が立っていたのが、少しずつ落ち着いていく感覚がした。
　すぅ、と静かに深呼吸する。
　……吸いこんだ空気は冷たくて、それでいて澄んでいた。
『そう、だよなぁ』
　一度こんなことがあったからって、みんなが俺のことをきらいになったわけじゃない。
　麗奈ちゃんみたいに受け入れてくれるヤツもいれば、受け入れてくれないヤツもいるかもしれない。
　それは仕方ないことだ。なら、それでいい。無理して疲れてまでみんなに好かれる必要は、よく考えたらないなって思った。そんな風に手に入れた友情なんか、きっと崩れやすくてもろいものだ。
　……俺は俺のまま、怒って泣いて、笑えばいい。
『雲は、いいよなぁ』
　うらやましいほど真っ白で、マイペースに空の海を流れている。
　どこまでも色褪せない青が、支えてくれてるみたいで。
『俺もあのくらい余裕持って、生きられたらいいのに』

そのまま仰向けでパタリと倒れた俺に、麗奈ちゃんは『わかる』と小さく笑った。
『あたしたちの世界は、いっつも急いでるもんね。目の前のことだけで精いっぱいなのに、先のことばっかり意識させられて』
　……ほんと、それ。
　俺は今、この高校１年っていう貴重な青春を謳歌するのに精いっぱいだ。
　大学だとか将来だとか、そんな先のことまで考えられない。
　勉強しとかなきゃあとが大変だぞ、とか、そんなんばっか。
　わかるんだけどさ、大変なのは。けど、先の見えない未来より、友達と笑い合える今の方が、よっぽど大事なんだよ。
　そう思いながら、また目を閉じる。
　麗奈ちゃんの、飾りっ気のない落ち着いた声が耳に響いた。
『急かされるのに疲れたなぁって思ったら、たまに空を眺めるの。なんか、落ち着くんだよね』
　……うん。
『曇り空でどんよりしてたり、雨音がうるさかったりするけどさ。悩んでることぜんぶ忘れて、それだけを見てるの。癒されるよ』
　癒される、か。
　俺はどちらかといえば、麗奈ちゃんのこの淡々とした声を聞いてる方が、癒されるんだけど。
　……とか、思っちゃうってことは。
　結構、ヤバイなぁ。

騒がしい人の声から遠ざかって、マイペースな青空の下、麗奈ちゃんの声だけを聞いている。
　それがとてつもなく心地よくて、安心した。
　沈黙がおりて、俺は片目を開ける。空を見あげる麗奈ちゃんが見えて、俺は『なぁ』と声をかけた。
『なんか、しゃべってよ』
『……何を？』
『なんでもいいよ。あ、さっきみたいに熱く語ってくれても』
『か、語ってないっ！』
　そう言って、ツンとそっぽを向く。だけどすぐにこっちを向くと、彼女は唇を尖らせた。
『……トモもしゃべってくれるんなら、いいよ』
　……俺なんかよりずっと余裕があって、落ち着いてて、カッコいい。でもすごくすごく可愛いこの女の子のことを、もっと知りたいと思った。
『ふは、もちろんっ』
　青空の下、俺は思い切り笑った。

彼の好きなひと

【麗奈side】
「……え?」
 射抜くようなトモの視線に、一瞬外の音が何も聞こえなくなった。今言われたその言葉を、頭の中で反芻する。
 ……『好き』。
 トモが、あたしを。
 好きって……え?
 言葉の意味を理解すると同時に、頭の奥が熱くなっていく。
 目を見開いたあたしを、トモはやっぱりじっと見つめてきた。
 嘘、でしょ。
「トモくん、麗奈ちゃーん! おまたせー!」
 聞こえてきた利乃の声に、ビクッと肩が跳ねた。
「……え、あ、おっ、おかえり」
 あわててトモから目をそらして、こっちへ戻ってくる利乃と池谷くんの方を向く。だけど、心臓はいまだにバクバクと音を立てていた。
 ……え、本当に? 本気? 正気?
「じゃあ、行こっかぁ」
 利乃の言葉で、あたしたちはまた歩きだす。
 あたしのうしろで、トモが立ちあがった。
 それだけで驚いてしまって、なんだかもう、うしろも向

けない。だけどトモは、先へ行こうとするあたしの腕を、しっかりとつかんだ。
「麗奈ちゃん」
　ドキ、と。
　いつも呼ばれているはずなのに、なぜだか胸が痛くなる。
　彼にしては落ち着いた声で、あたしの耳もとでささやいた。
「さっきの、本気だから。返事、今度聞かせてね」
　利乃と池谷くんが、あたしたちのやりとりには気づかずに歩いていく。トモの手が腕(うで)からゆっくりと離されると同時に、あたしは弱々しく口を開いた。
「……わ、かった……」

　＊

　午後６時。
　家に着いて、バタリとベッドに倒れこんだ。
　ハァーっと、大きくため息をつく。
　……今日の放課後は、トモとのなにげない距離にものすごく緊張した。
　トモがちょっと近づいてくるだけで、ドキッとしちゃって。そしたらトモ、ニコニコ笑うし。
　なんなの、もう。
「…………」
　……いつから？
　トモとあたしが知り合ったのは、去年の夏頃だ。

昼休みに、屋上で。あのときの事は今でも覚えてる。一緒に空見て、話して。あれからよく話すようになったんだよね。２年で同じクラスになってからは、ますます。
　……あれ、いつから？　ホントに、いつから!?
　てか、なんであたし？
　トモは男女問わず友達多いから、当然あたしなんかよりずっと可愛い子とも仲よくて。
　利乃じゃなくて、あたし。たいして可愛くもなくて、決して愛想がいいわけでもない、あたし。
　なんで!?
　ガバッと起きあがって、薄暗い窓の外を見る。
　てゆーか、問題は返事だ。ど、どうすれば……。
　今度って、いつ言えばいいの？
　急かさないよ、って意味なんだろうけど。
　考えなきゃ、いけないんだよね。告白なんてされたの初めてだから、ものすごくとまどう。
「……どうしよ……」
　枕に顔を突っぷして、くぐもった声でつぶやく。
　……今夜は、たぶん眠れない。

　＊

【トモside】
「トモ、何やってんの」
　翌朝。

俺は教室の扉の前で、座りこんでいた。
　　そんな俺を、友達があきれた目をして見てくる。
　　俺は「いやー、ちょっと……」と頭をかいて、煮えきらない返事をした。
　　……昨日、麗奈ちゃんに告白したのはいいけど。
　　ひと晩経って、なんか恥ずかしくなってきた。
　　どんな顔して会えばいいのか、ぜんぜんわからない。
　　……いや、わかってるよ。フツーにしてりゃいいんだ、フツーに。そう思って、立ちあがる。
「よし、開けていいよ」
「開けるの俺かよ」
　友達がガラッと扉を開ける。いつもどおりいつもどおり、と思いながら、教室へ入った。
「あ、トモ！　おはよー」
「はよー、トモ。あのさー」
「昨日のテレビ見たー？」
　次々とかけられる声に答えながら、ちらりと麗奈ちゃんの席の方を見た。
　彼女はいつもどおり、利乃ちゃんと仲よく話している。
　……けど。
　ふと目が合うと、麗奈ちゃんがビクッとしてそらした。その姿に思わずキュンとする。
　か、可愛いー……。あの麗奈ちゃんが、俺のこと意識してる。めちゃくちゃ可愛いんですけど。
　返事を急がせるつもりはないけど、このままは地味につ

らい。
　慎也と麗奈ちゃんが、なんかいい感じになってたから。
　思わず焦って告ったけど、慎也のこと、やっぱり好きなんだろうか。
　もやもやと考えていたら、慎也が教室に入ってきた。
「あ、池谷くん、おはよー」
「おはよ、慎也」
　慎也は、もうすっかりクラスになじんでる。
　クラスメイトからのあいさつに答えるその姿は、腹が立つほど爽やかだ。くっそ……男の俺から見てもカッコいい。
　ムーッとした顔でにらんでいると、慎也が俺に気づいた。
「ハハ、なにその顔。おはよ、トモ」
　カラッとした笑顔を向けられて、思わず毒気を抜かれたような気分になる。
　……いいヤツ、なんだよなぁ。
「……ん。おはよ」
「なんか、元気なくない？」
「べつに、なんでもねーし」
　ツンとして唇を尖らすと、軽く笑われる。その顔を見て、ため息をつきたくなった。
　……やっぱなあ。
　麗奈ちゃん、慎也くらいカッコいいヤツに出会っちゃったら、ほれちゃっても仕方ねえって思ってたけどさ。
　雨の日、ふたりが一緒に帰ったって聞いたとき、焦った。
　麗奈ちゃんが、ものすごく可愛い顔をしてたから。

あ、ヤベェなって、思った。

とられるって……思った。

ちら、と麗奈ちゃんの方を見る。彼女は窓の外を眺めながら、時折、利乃ちゃんの話に相づちを打っていた。

外は小降りの雨が降っている。もう梅雨が明ける時期だっていうのに。

サー……と、シャワーのような細やかな雨音が聞こえる。

耳を澄ませながら、1年前の麗奈ちゃんの言葉を思い出した。

『急かされるのに疲れたなぁって思ったら、たまに空を眺めるの。なんか、落ち着くんだよね』

……雨を眺めて、落ち着く。

今、そうさせているのが俺なんだと思うと、不思議な感じがした。

雨が、降る。空は曇り、太陽は見えない。

友達といつもどおりの会話をしながら、雨音に耳を澄ませた。彼女も今、そうしているんだろうと思いながら。

＊

雨があがった空には太陽が堂々と居座り、快晴になっていた。

昼休みは俺の提案で、外の中庭のベンチで4人、昼食をとることになった。

理由なんか、決まってる。

俺が麗奈ちゃんと食べたいから。
　いや、この４人でいるのが楽しいっていうのは、もちろんあるんだけど。
「じゃーんけん、ポンッ」
　昼飯にする前に、ジャンケンして負けたふたりが、自販機へ飲み物を買いに行くことになった。
　利乃ちゃんが言いだしたことだけど、大賛成をしたのは俺。
　ふたりで行こうと、言ったのも俺。
　……なんだけど。
　まあ実際、そんなにうまくいくわけがない。
　ジャンケンの結果、負けたのは麗奈ちゃんと慎也だった。
「はーい、じゃあ慎ちゃんと麗奈ちゃん！　行ってらっしゃーい」
　利乃ちゃんが楽しそうに笑うと、麗奈ちゃんと慎也は苦笑いしながら昇降口へと歩いていった。
　その姿が見えなくなるまで無言で見ていると、横から声がした。
「ふたりに行かせてよかったの？」
　その言葉に驚いて、バッと横を向く。
　利乃ちゃんはふたりのうしろ姿を見つめながら、感情の読み取れない笑みを浮かべていた。
「……え、なんで……」
「ごまかさなくていいよ。トモくんの気持ちなんて、私にはずーっと前からバレバレだったんだから」
　ま……マジか。

恥ずかしいな、俺。
　利乃ちゃんは俺を見あげて、いたずらっ子のようにフッと目を細めた。
「なんか、今日といい昨日といい、麗奈ちゃんとトモくん、ぎくしゃくしてるよね。告白でもしたの？」
　思わず持ってる弁当箱を落としそうになる。
　俺の反応が予想どおりだったのか、利乃ちゃんはニヤニヤ笑っていた。
　……あー、もう。
　利乃ちゃんは天使みたいに可愛いことで有名だけど、実際はかなり小悪魔だ。
　その可愛さを自覚してるし、かといって性格が悪いというわけでもないから、たちが悪い。
　利乃ちゃんもまた、俺が普段話しているノリのいい女子たちとは、少し違っていた。
「……利乃ちゃん、知っててずっと黙ってたわけだ？　俺、すげー恥ずかしいじゃん」
「ふふふ、だっておもしろいんだもん。私たち４人が集まってるのは、トモくんのおかげだもんね」
　その言葉には、さすがに目を見張った。
　気づいてた？
　たしかに、そのとおりだ。
　利乃ちゃんと慎也が幼なじみだとしても、４人で自然と集まるほど、俺らは接点があったわけじゃない。
　言いだしっぺはだいたい利乃ちゃんだけど、それに賛成

してるのは、ほぼ俺だ。
　この4人を引き合わせてるのは、俺が麗奈ちゃんを好きって気持ち、だ。
　それをわかって、利乃ちゃんは4人が集まりやすいよう、何かと用事をつけて、俺と慎也を誘ってきてたのか。
　……どこからどこまで自分のためで、どこまでが俺のためなんだろう。それとも、ただ単におもしろいから、なのか。
　ホントにこの子はつかめない。
「……利乃ちゃんて、ときどき怖いよね」
「うわ、ヒドーっ。私だって、4人でいるのが楽しいからだもん。トモくんは違うの？　麗奈ちゃんとさえいれれば、それでいい？」
　利乃ちゃんの大きな瞳が、俺を見つめる。
　それをまっすぐに見つめ返して、俺は笑った。
「んなわけねーじゃん。俺も利乃ちゃんと同じだよ」
　彼女は、にっこりと笑い返してくれた。

　＊

【麗奈side】
「えーと。利乃が紅茶で、トモがコーラ……」
　3つある自販機を見比べて、目的のものがある場所を確認する。
　隣を向いて、「池谷くんは何にする？」と聞いた。
「……んー、どうしよ。迷う」

池谷くんは自販機を見渡して、考えこんでいる。
あたしはどうしよーかな。
甘いのが飲みたい気もするし、炭酸を飲みたい気もするし。迷うなぁ……。
ちら、と池谷くんの横顔を見る。
なんだか真剣に考えているみたいで、ちょっとおもしろい。
……ジャンケン、トモとならなくてよかったって思ってる自分がいる。
どんな顔すればいいのかわかんないし、絶対ぎこちなくなっちゃう。恥ずかしすぎて、逃げだしてたかもしれない。
池谷くんでよかった。
意気地なしなあたしでごめん、トモ。
このゆったりした空気に安心してなごんでいると、ふと池谷くんが「そういえばさぁ」と言った。
「トモに告白されたんだってね」
……え!?
なごんでいたはずの空気が、突然にぶち壊された。
え、え、ええ!?　なんで知ってんの!?
あたしが口をパクパクとさせると、池谷くんはおもしろそうに笑った。いや、笑ってる場合じゃないでしょ！
「な、なんで、それ……」
「トモから言ってきたよ。『俺、麗奈ちゃんに告白したから』って。なんであんなにケンカ腰だったのかは知らないけど」
そう言って笑う池谷くんを、恥ずかしくて見ることがで

きない。
　な、な、なんで言うの、トモ！
　あたしは利乃にさえ言わなかったのにー！
「で、返事はしたの？」
　ピッ、と池谷くんが、自販機のボタンを押す。
　あたしは言葉に詰まりながら、「ま、まだ……」とぎこちなく返事をした。
「迷ってるってこと？」
「……うん」
　恥ずかしすぎて、顔に熱が集まってくる。
　暑い。ただでさえ夏の気温なのに、汗かきそう。
　やっぱり、炭酸にしよう……。
　自販機の前に立って、見あげる。2種類ある炭酸を選びながら、「あ、あのさ」と言った。
「あたし、告白とかされるの、初めてなんだよね。だから、どうしていいかわからないっていうか」
　ピッと押すと、缶がガコンと落ちてくる。
「……でも、あたし、こんなんだからさ。この先、トモみたいな物好きが現れてくれるかどうか、わかんないし」
　あたしって、こんなに言い訳くさいことばっかり、言うヤツだったっけ。
　池谷くんを前にすると、あたしはどうにも自信のない言葉ばかり言ってしまう。
　……なんで、だろう。
　缶を取りながら、池谷くんがいる隣を見る。

彼もまた、紅茶のペットボトルを取りながら、「大丈夫だよ」と言った。
「小城さんなら、きっと誰かが好きになってくれるよ。そういう心配は、しなくていいと思うけど」
　……こういうこと、サラッと言うからずるいんだよね。
　抑えようとしていた気持ちが顔を出しそうになって、焦る。
　人の気も知らないで、と勝手にちょっとムカついて、「えー」とあからさまな声を出した。
「そりゃ、池谷くんくらいカッコよかったら、そう思えるけどさ。あたし、片想いが実ったことすらないもん。池谷くんにはわかんないだろーけど」
　……ああホント、あたしって可愛くない。
　言ってすぐに自己嫌悪するあたり、学習しないなぁ。
　ごめん、と謝ろうとすると、池谷くんは変わらない声で「そんなことないよ」と言った。
「俺だって、ずっと実ってないし。片想い」
　コーラの缶を取ろうと伸ばした手が、止まる。
　……え？
「池谷くんも、好きなひと……いるの？」
　呆然として見つめるあたしを、彼は軽く笑って見つめ返した。
「……さあ。どーでしょう」
　そう言って、はぐらかす。池谷くんは紅茶を持って、「そろそろ戻ろうか」と言った。
「……え、あっ、うん」

あわててコーラの缶を取り出して、あとを追う。
利乃とトモのもとへ戻るまでの間、池谷くんが話を振ってくれたけど、曖昧な返事しかできなかった。
……そう、だよね。
池谷くんだって、好きなひとくらい、いる。
当たり前のことだ。
けど……ずっと、って。
長い間、ひとりの人を想い続けてるってこと……？
頭の中が、真っ白になったみたいだ。
そうなってから、ようやくあたしは気がついた。
……この人を、好きになっちゃいけない。

*

トモに告白されてから、3日が経った。
あたしは、いまだに返事ができていない。
トモはゆっくりでいいよって笑ってくれるけど、やっぱり早いとこ返事しなきゃダメだよなって、思う。
「……重たっ」
掃除の時間。あたしは1階の廊下で、大量の古紙が入ったゴミ袋をふたつ運んでいた。
クラスの男子どもが、『小城ならイケるだろー』とか、ふざけて言うから。
ついカチンときて、ゴミ捨てに来ちゃったけど。
あたしはたしかにか弱い女子じゃないですけどね、これ

はさすがに重いっつの！
　両腕(りょううで)に力を込めて、引きずりながら歩く。
　すると、廊下の窓の外で掃除をしているトモと目が合った。
「麗奈ちゃん！」
　ぱあっと表情を明るくすると、あたしのところへ駆け寄ってくる。
　な、何その、ご主人様を見つけたワンコみたいな顔。
　思わずドキリとして、振りはらうようにぶんぶんと首を振った。
「何して……あ、ゴミ捨て？」
　開いてる窓から顔を出して、あたしの手もとをのぞきこむ。ゴミ袋を見て、「重そう」と言った。
「手伝おうか？」
「えっ……い、いいよ」
「なんで？」
　トン、とほうきを壁に立てかけて、トモが窓のふちに足をかける。えっ。
　そのままひょいっと窓のふちをのりこえて、ストンとあたしの前に降り立った。
　靴を外に脱いできたのか、靴下だ。
「ほい、ちょーだい」
　通りすぎる１年生が、あたしたちをうらやましそうに見つめてくる。びっくりしているあたしに、トモはニコニコ笑った。
　その間にゴミ袋をひとつ奪(うば)われて、「早く行こー」と歩

きだされてしまう。
　な……何、それ。何その、自然に助けてあげる感じ。
　トモじゃないみたいで、調子狂うんだけど！
「ちょっ……トモ！」
　軽くなった片方の手も使って、よいしょとゴミ袋を持つ。
　少し先で、なにげにあたしを待っていてくれたトモに追いつくと、はぁ、と息を整えた。
「あ……っ、ありがとう！」
　いろいろ言いたいことがあったけど、あたしの口からまず出てきたのはそれだった。
　にらむくらいにじっと見つめるあたしを見て、トモは嬉しそうにヘラッと笑う。
「いーえ。どういたしまして」
　……そんな風に笑われたら、どうしていいかわかんなくなる。
　告白してくれたときの、トモの真剣な瞳を思い出した。
　トモはたしかにいいヤツだと思うし、こういうなにげない優しさは、あたしだって嬉しい。
　でも。やっぱりあたしの脳裏(のうり)には、どうしようもなく『彼』の存在がちらついていて。
　……好きになっちゃいけないって、わかってるのに。
　トモの想いに触れる度、あの人を思い出してしまうのはなぜだろう。
「……トモは、なんであたしのこと、好きなの」
　ふたりでゴミ捨て場に向かいながら、並んで歩く。

トモはあたしの質問に、少し驚いているみたいだった。
「なんでっていうか……『麗奈ちゃん』が好き」
「な、何それ」
「麗奈ちゃんぜんぶが好き」
　ぜんぶ!?
　思わず、ゴミ袋を落としそうになった。
「はっ、恥ずかしいこと言わないでよ！」
「ええ!?　俺は思ったとおりに言っただけだよ！」
　ぜんぶが好きとか、そんなのアリ!?
「これのどこがいいの？　たいして可愛くもないのに！」
「可愛いし！　強いていうなら、しゃべり方とか性格が好きです！」
　そんなの初めて言われたんですけど!?
　言ってることがさっぱり理解できなくて、眉を寄せる。
　トモはなぜかツンとそっぽを向いて、すねた表情するし。いや、なんでだよ。
「う、嬉しいけど、イマイチわかんないっていうか……」
「…………」
　困った顔をするあたしを見て、トモは「んー、じゃあ」と言って、窓の外を見た。
「『急かされるのに、疲れたなぁって思ったら』」
　トモの口から出た言葉に、驚く。
　……それって。
「『たまに、空を眺める』」
　前にあたしが言ったやつ、だ。

目を見開くあたしの横で、トモは大切そうに空を眺める。空は晴れていて、どこまでも青く、白い雲がゆったりと流れている。
　トモがこっちを向いて、笑った。
「……『落ち着く』、よな？」
　……あ。
　トモと、初めて話したときのことを思い出した。
　まさか、あのときから……？
　何も言えなくなったあたしの手から、トモはゴミ袋をひょいと持ち去る。
　いつのまにか目の前にあったゴミ捨て場に、自分が持っていたものと一緒に置いた。そして、こっちへ振り返って。
「……麗奈ちゃんが、好きです」
　そう、照れくさそうに、笑った。
　頭上に、青く透き通った空が広がっている。
　雨はあがって、太陽がジリジリと肌を焼く。
　だけど心の中ではまた、雨が降りはじめた。
　……あたしは、トモの"好きなひと"なんだ。
　じゃあ、あたしは？
　あたしの、"好きなひと"は？
『池谷くんも、好きなひと……いるの？』
『さあ。どーでしょう』
　あのとき、彼はおだやかに笑っていたけど。
　どこかさみしそうで、悲しげだった。
　ずっと実ってない、彼の恋。好きなひとと心が重なり合

わない、それはどれだけくるしいことなんだろう。
　……あたしはきっと、怖いんだ。
　トモの気持ちに応えたとして、あたしは彼とどこまで気持ちを重ねることができるだろう。
　だって、あたしはあたしに自信がない。
　もし重なり合わずに、すれちがってしまったら。
　トモっていう大切な友達を、好きっていう大切な気持ちを、失ってしまうかもしれない。
　それが怖くてあたしは、もう1歩を踏みだせずにいるんだ。

その瞳の先に

「おーい、ふたりともー! おっそいぞ!」
 放課後、あたしたち4人は帰り道を歩いていた。
 歩くのが遅いあたしと池谷くんを置いて、利乃とトモはどんどん歩いていく。
 ふたりの姿が小さく見えてきたところで、利乃が振り返って飛び跳ねながら、こっちに手を振ってきた。
「……いや、暑いし。なんで利乃はあんなに元気なの」
 あたしが手でパタパタと顔を扇ぎながら言うと、隣で池谷くんもため息をついた。
「利乃、夏は毎年あんな感じだよ。誰より元気がいい。つーか、ホント暑いね……」
 なんかもう、笑う余裕すらない。
 のろのろ歩くあたしたちを見て、利乃があきれたように頬を膨らませた。そして、ずんずん先へ行く。
 お人好しのトモは利乃をひとりにするわけにもいかず、あたしたちを気にしながら、彼女のあとをついていった。
 そのうしろ姿を、ぼうっと見つめる。夏の温度で生まれた陽炎が、彼の白いシャツの背中を歪めた。
 同時にあたしの心まで、ゆらゆらと揺れている気がする。
 ……トモと、付き合ったら。
 きっと、楽しいんだろうなって思う。
 このままのあたしを、好きになってくれた。

でも……それであたしはあたしを、変えることができるんだろうか。トモの優しさに甘えて、あたしもなんとなく彼のことを好きになって。
　あたしの"好きなひと"は、トモになるんだろうか。
　汗が、たらりと首筋を伝う。
　コンクリートで舗装された歩道から、熱気が立ちのぼっていて暑い。
「…………」
　……なんか、違うって思った。
　トモと付き合うのは、違うって。
　快晴の空、雨は降ってない。焦る必要なんかない、ゆっくり進んでいく白い雲。
　そんな空も好きだけど、あのとき心の中に響いた雨音を、忘れられないんだ。
　隣にいる池谷くんの存在が、あたしを引き止めてる。
　あたしはたしかに思ったんだ。
　このひとの、『特別』になりたいって。
「……小城さん、大丈夫？」
　その声に、ハッとした。
　揺らいでいた視界と意識が、ハッキリしてくる。
　……ヤバ。暑さにやられてた。
「だ、大丈夫！　ありがと」
　あわてて笑ってごまかすと、池谷くんは眉を寄せて「小城さん、ちょっとここで待ってて」と言った。そしてあたしを木陰の中へ連れていくと、彼はどこかへ歩いていく。

……えっ!?
「ちょ、どこ行っ……」
　池谷くんはきょろきょろとまわりを見まわすと、何かを見つけたのか、そっちへ歩いていった。
　ええ……ど、どういうこと。
　待っててと言われたので、とりあえず待つことにする。
　……あ。でも、涼しい。
　木陰にいることで、ますます意識がハッキリしてきた。
　利乃、怒ってるかな。
　そう思って、いやないなと思い直す。
　利乃はあんな風に頬を膨らませてはみても、実際はまったく怒っていなかったりするのがほとんどだ。
　早く、利乃とトモに追いつかなきゃなぁ……。
「小城さん」
　ちょっとと言ったとおり、池谷くんはすぐに戻ってきた。
　どこ行ってたの、と言おうとした、けど。
「はい」
　ピト、と頬に冷たいものを当てられた。
　驚いて見ると、冷えたペットボトル飲料だった。
「……え。これ」
「小城さん、顔赤いよ。これ飲んで、ちょっと休も」
　そう言う池谷くんの首筋は、少し汗ばんでいた。近くの自販機で買ってきてくれたみたいだ。
「あ、ありがとう。お金……」
「いいよ、俺が勝手に買ってきたんだし」

……でも、心配してくれたわけでしょ。

　胸の奥が痛んで、でも嬉しくて。

　あたしはペットボトルを頬に当てて、目を閉じた。

「……ん。冷たい……ありがとう」

　そっと、目を開ける。彼は、目を細めてあたしを見ていた。また頭の奥がぼーっとしてくる。

　これはきっと、夏のせいじゃない。

　……いいなぁ、このひと。

　あたし、やっぱりこのひとの特別になりたい。

　いつもどこか遠くに目を向けては、ひとりの人を想い続ける視線。

　……絶対、あたしのものにはならない視線。

　好きになったって無駄。そんなのわかってるのに。

「ねえ」

　ペットボトルの水を飲んだあと、待ってくれている池谷くんに声をかけた。

「……いつも、窓から何見てるの？」

　窓際に座る池谷くんは、時折授業中に、窓の外を眺めている。

　雨を見ているのかと思ってたけど、違った。現に快晴な今日も、彼は窓の外を見ていたから。

　池谷くんはあたしをじっと見て、そして静かに、目を伏せて言った。

「……海。見てる」

　木漏れ日が、彼に覆いかぶさる。

あたしは目を見開いて、それを見つめていた。
　海。
　そうだ。少し遠いけど、うちの教室からでも見えるんだ。この町の、海岸が。
　……前にも、このひとは。
「『海に、なりたい』って」
　言って、た。
　あたしの口からこぼれた言葉に、池谷くんは優しく笑う。
「……うん。なりたいよ、すごく」
　そう言った彼の目は、あのときみたいにさみしそうだった。
　どこかあきらめたような、自嘲するような、そんな笑み。
　ふたりで帰ったときに見た、『夢』を語る瞳じゃない。
　あたしが憧れる、きらきらとしたものじゃない。
　なんで、そんな顔。
「……そろそろ、行こっか。大丈夫？」
　あたしの想いをさえぎるかのように言われた言葉に、息が詰まった。これ以上、聞かないでってことだ。
　踏みこんじゃ、いけないんだ。
「……うん。大丈夫」
　……でも、でも。
　胸の奥が痛いほどに、騒いでる。
　雨音が強く強く、響いてる。
　なんだろう、この気持ち。わかんない。言葉にならない。
　ただ、もどかしいんだ。もどかしくてたまらないんだ。
　あたし、このままでいいのかな。

彼の瞳の奥のくるしさに気づいたまま、見て見ぬふりして。
　『どうせあたしなんかじゃ無理だ』って。『彼を元気づけることもできない』って、いつもみたいにあきらめて。
　……それで、いいの？
　しばらく歩くと、横断歩道の近くの木陰で、利乃とトモがあたしたちを待っているのが見えた。
「もう、おっそい！」
　利乃が頬を膨らませて、あたしたちに叫ぶ。トモの不安気な目とぶつかって、思わず目をそらした。
　なんで？
　わかんない。
　……ううん、もうわかってる。
　あたしは、トモのことを好きにはなれないんだ。
　考えて、胸がズキリと痛んだ。
　自分がどうしたいのか、どうするのが正解なのか。
　今までなんとかまちがえないように、誰も傷つけないように生きてきたつもりだけど。
　……どーしたって、そんなの無理なんだ。
　勉強は得意だった。正解があったから。
　でも、これには正解なんてない。
　あったとしても、今のあたしにはわからない。この選択はまちがってるかもしれない。
　それでもあたしはきっと、後悔なんかしない。
　広い空と、ゆったり進む雲。変わらないその流れが、いつもあたしを安心させてくれていた。

そんな空も、好きだけど。
　……けど、もう。
　そのとき、横断歩道の信号が青に変わった。
　利乃とトモが、歩きだす。
　あたしと池谷くんもあとを追おうと、歩きはじめたそのとき。
「……あ」
　ふいに、池谷くんがうしろへ振り返った。
　何かを見つけたのか、そのまま来た道を引き返していく。
　……え、今度は何……。
　あたしも振り返って見ると、すぐそばにある歩道橋の階段の前で、お年寄りの女性が荷物を落として困っているのが見えた。
　池谷くんはそれに気づいて、手伝いに行ったんだ。
「……っ」
　横断歩道へと歩いていた、足が止まる。
　信号機のランプが、点滅を始める。
　……そのまま進む？　それとも回れ右？
　早く決めなきゃ時間がない。
　横断歩道の白線の上、立ち止まったあたしが思い出したのは、瞳を伏せて笑う、彼の大人びた表情だった。
『……海。見てる』
　あたしは。
　あたしは……、自分の行動を、後悔しない人間になりたい。
　選択したのは、回れ右。

利乃とトモは、もう横断歩道を渡りきる直前だった。
「……っ、麗奈ちゃん！」
　うしろでトモの声が聞こえたけど、振り返らなかった。
　……だって、もう。
　走りだしたこの足を、止めたくないんだ。

＊

【トモside】
「…………」
　麗奈ちゃんが、慎也のもとへ駆け寄っていった。
　ふたりで年配女性の荷物を拾っているのが、ここからでも見える。
　俺と利乃ちゃんは横断歩道を渡りきると、どちらからともなくその場に立ち止まった。利乃ちゃんの視線もあっちへ向いているから、このままふたりを待つつもりなんだろう。
　……ホントは、麗奈ちゃんと慎也のもとへ、行くこともできたんだ。
　そのくらいの時間は、あったのに。
「……なんで、引き止めるんだよ」
　今も、俺の服の裾をつかんで離さない利乃ちゃんに、止められたんだ。
　ふたりの方へ走ろうとする俺を、『ダメ』と言って。
「……私をひとりにするのなんか、許さないもん」
　そう言って、彼女は可愛らしく唇を尖らせるけど。

嘘だ、と思った。それなら、利乃ちゃんだって一緒に走ればよかったんだ。なのに、止めた。
　まるで、ふたりきりにさせようとでも言わんばかりに。
「……邪魔、しないでよ」
「……ダメ、なの。ごめん、トモくん」
　俺の服の裾を、ぎゅう、とつかむ。
　その手が震えている気がして、それ以上怒ることもできなかった。
　……なんで、そんなつらそうな顔してんの。
　なんで……。
　利乃ちゃんの視線の先には、ふたりがいて。
　夏の暑さが肌ににじむ中、俺はその場に立ち尽くしていた。

　＊

【麗奈side】
「……っ、池谷くん」
　女性とにこやかに会話をしながら、荷物を拾う池谷くん。その隣に座って、あたしも拾いはじめた。
「……小城さん」
　池谷くんが驚いた顔であたしを見たけど、返事はしなかった。なんて言っていいのか、わからなかったからだ。
「あらあら、ありがとうねぇ」
　可愛らしい微笑みを浮かべる女性に、気持ちがほっこりする。どうやら買い物帰りなのか、カバンの中にはいくつ

か食材が入っていた。
　ぜんぶを拾い終わると、女性はもう一度「ありがとう」と言って、立ちあがった。
「助かったわぁ。荷物が重くって」
「いえ。気をつけてください」
　そう言って微笑んだ池谷くんに、女性は目を細めた。
「笑った顔が、若い頃の旦那にそっくり」
　……優しい、笑み。
　懐かしむような声色で、女性は「でもあなたみたいに、優しい人じゃなかったわねぇ」と言う。
　……このひとの、旦那さんは。
　あたしたちの顔を見て、女性は「なんてね」と言った。
「もう、主人は3年前に亡くなっているんだけど。ごめんなさいね、いきなり」
「……いえ」
　ふふ、と笑って、女性は荷物を持ち直した。
「じゃあね、ありがとう」
　そう言って、あたしたちに背を向けて歩いていった。
「…………」
　残されたあたしたちの間に、沈黙がおりる。
　少し丸まった女性の背中を見つめながら、立ちあがってあたしは口を開いた。
「……大切なひとと離れるのって、どんな気持ちなんだろう」
　怖く、ないのかな。

それまで一緒にいてくれていた大好きなひとが、自分のそばからいなくなるなんて。

　池谷くんはしゃがみこんだまま、「つらいよ」と、まっすぐな、それでいていつもより暗い色をした瞳で言った。
「心の中に、穴が空いたみたいになる」
　……君は、そうなったんだね。
　あたしの知らない、過去に。
「池谷くんは、つらくないの……？　ずっと、ひとりのひとのこと、想い続けるの」
　また、暑さのせいかな。
　それとも彼の瞳が、またどこか遠くを見ていて。
　さみしく感じたからだろうか。こんなことを、聞いてしまうのは。
「……うん」
　彼は、つぶやくように返事をする。
　無遠慮なあたしの言葉にも、彼は怒りもしない、悲しみもしない。ただただ、あきらめたような瞳をするだけで。
　あたしは、なんだか泣きたくなった。
　あたしじゃまだ、このひとの表情を変えられないんだ。
　『海になりたい』って言った、あの瞳が脳裏に焼きついてる。
「……自分が、その人の好きなひとになれないなんて、そんなのくるしいよ」
　唇を噛んで、池谷くんを見おろす。
　そんなあたしを、彼は目を細めて見つめた。

そして、こっちへ手を伸ばして。
　……そっと、あたしの頬に触れた。
「理屈(りくつ)じゃないんだよ。好きで、どうしようもない」
　目を見開くあたしに、彼は続ける。
　さみしいさみしい、表情をして。
　くるしそうに、やさしく。
　まるで、あたしをなぐさめるみたいに。
「……その人の、誰より好きなひとになれたら、それだけで幸せだろうね」
　……うん。
　きっと、そうだ。世界でいちばん、幸せだ。
　大切なひとの大切なひとになれたら、それだけで。
　……今のあたしじゃそれは無理だって、わかってる。
　それでも、そうなりたいって思ってもいいかな。
　できれば、君と。
「……慎也！」
　トモの声に、ハッとした。
　横断歩道を渡ってきたふたりが、こっちへ走ってきていた。
　それを見た瞬間、池谷くんの手がパッと離れる。それにドキッとして、胸が痛んだ。
　トモはあたしたちを見て、はぁ、と息を整える。
　焦ったような顔をして、唇を噛んでいた。
「……あ、ごめん。待たせて……」
　あたしがそう言うと、トモは首を横に振る。
　悔しそうなその顔に、あ、と思った。

……さっき、あたしはトモの声には振り返らずに、池谷くんのもとへ走った。
　あのとき、あたしのうしろ姿を見て、トモはどう思っただろう……。
　考えたくなかったけど、逃げちゃダメだと思った。
　後悔しないって、決めた。
　もう、トモに言わなきゃ。あたしの気持ち。
　ぎゅ、と手のひらを握りしめる。トモのうしろを見ると、利乃が笑わずに目を伏せていた。
　利乃……？
「……慎也。お前さぁ」
　トモが、じっと池谷くんをにらむくらいに強く見つめた。
　池谷くんが、気まずそうに目をそらす。
　その険悪な雰囲気にとまどっていると、利乃がやけに大きな声で「あつーい」と言った。
　それは、彼女のいつもの声色で。
「早く行こうよー、私、暑くて死にそう」
　そう言って、パタパタと顔を手で扇ぐ。
　でもその顔には、あまり疲れた様子も見えない。
　……それに池谷くんが、利乃は夏、誰より元気がいいって。
「……そうだね。小城さんの顔色もよくないし、早く帰った方がいい」
　池谷くんも息をついて、立ちあがった。
　あたしはもう、そんなにきつくはないんだけど……。
　利乃は、もうひとりで歩きはじめている。

トモはまだ納得のいかない顔をしてたけど、「そーだな」とため息をついた。
　そして、こっちを向いて。
「……麗奈ちゃん」
　そのまっすぐな目に、思わずびくりとした。
　トモの瞳に、空が映る。雲が、ゆらゆらと揺れていた。
　その青さに、目をそらしそうになる。
　でも、ダメ。そらしちゃダメだ。
　あたしの気持ち。トモの気持ち。
　ぜんぶ傷つけない選択肢をあたしは知らない。だけどせめて、ぜんぶ大事にしたい。
　何を言われるか覚悟して見つめ返していたけど、数秒後、トモはまたため息をついた。
「……いや。やっぱ、なんでもない」
「え」
　パッとあたしに背を向けて、トモはさっさと歩きだした。
　……え？
　とまどったけど、トモも複雑そうな顔をしてたのに気づいて、彼も困っていたんだと思った。
「…………」
　……誰かに想ってもらえるって、奇跡みたいなことだ。
　それに応えられないのがつらいなんて、贅沢な悩みなのかな……。
「小城さん」
　横から名前を呼ばれて、振り向く。池谷くんが、前を見

つめながら「ごめん」と言った。
　……え。
　眉を寄せて『何が？』という顔をすると、池谷くんはおもしろそうに笑った。ええ、なんで笑うの。
「……小城さんは、優しいね」
　目を細めて、彼はあたしを見つめる。
　……『優しい』って。
　そう言う池谷くんの笑顔の方が、ずっと優しいと思うけど。
「べつに、あたし何もしてないじゃん」
「んー、なんか、考え方がね。優しいよ」
　彼は「優しくて、純粋」と言った。
　……何、それ。
　まるで、君はそうじゃないみたいな言い方だね。
「……ぜんぜんわかんない」
「はは、わかんなくていいよ」
　何それ！
　さすがにカチンときて、ふいっと顔をそらす。
　だけど横から笑い声が聞こえて、かぁ、と顔が熱くなった。
　池谷くんが歩きはじめる。そのあとを追いながら、彼の悲しそうな笑みを思い出していた。
『理屈じゃないんだよ。好きで、どうしようもない』
　いいな。
　池谷くんに、そんな風に想ってもらえるひと。
　あたしも、その視界に入ってみたい。
　彼の世界を見てみたい。触れてみたい。

あんなにも切ない言葉を紡ぐ彼の世界を、海になりたいと言う、その瞳の先を。
　……知りたいよ。
　それだけじゃ、ダメなのかな。
　彼を好きだと思う理由には、ならないのかな。

　＊

「トモ、ごめん」
　翌日。
　あたしはトモを屋上に呼んで、告白の返事をしていた。
　ぎゅ、と手のひらを握りしめる。
　夏の日差しが、あたしたちの肌を焼く。屋上の白いコンクリートに、ふたり分の黒い影が伸びていた。
「トモとは付き合えません。ごめんなさい」
　バッと頭をさげる。緊張とかいろんな感情がまざりあって、どうにかなりそうだった。
　……自分が今、すごくもったいないことをしてるの、わかってる。バカなこと、してる。
　だけど、昨晩さんざん考えて考えて、それでも結論は同じだった。
　あたしは、池谷くんが好きだ。
　切ない恋をしている、彼の視界に映ってみたい。
　そんな無謀な恋心で、今あたしはトモを傷つけてる。
　ひとりの大切な友達を、失おうとしてる。

でも……決めたから。
もうあたしは、逃げだしたくない。
「……うん。いいよ、わかってたし」
トモは優しい声で、「顔、あげて」と言う。そして、あたしの顔を見て、ふはっと笑った。
「なんで、麗奈ちゃんが泣きそうになってんの」
いつのまにか浮かんでいた涙をぬぐって、唇を噛む。
……だってさぁ。
トモ、いいヤツすぎるんだもん。
こんなガサツな女を好きになってくれるの、トモくらいだ。
本当に気が合う仲だった。一緒に話してて、すごく楽しい。
でも。だからこそ。
トモがあたしのこと、本気で想ってくれてるってわかったからこそ、断らなきゃって思った。
自分に自信がないからって、池谷くんへの気持ちをあやふやにしたまま、こんなに真剣なトモの気持ちに応えられるわけ、ない。
臆病なのを理由にして、逃げるのはもうやめよう。
想いが重ならないのが怖いなんて、みんな一緒なんだから。
……あたしに告白してくれた、トモだって。
きっと、勇気を出してくれたんだ。
ごしごしと涙をぬぐって、「ごめん」と震える声で言う。
ほんと、なんであたしが泣いてんだろ。
本当に泣きたいのは、きっとあたしじゃないのに。
「麗奈ちゃんのそういうとこ、好きだよ」

トモの言葉に、あたしは驚いて彼を見た。
　　細められた瞳に、やっぱり泣きそうになる。
「変にごまかしたりしないで、素直に生きてるとこ。好きだ」
　　そしていつもどおり、明るく笑うトモ。
　　……ありがとう。
　　ごめん、ほんと、ごめん。
「好きになってくれて、ありがとー……」
　　涙があふれないよう、ぎゅっと目を閉じて声を出す。
　　潤んだ視界に、彼が１歩近づいてくるのが見えた。
　　トモはあたしの目の前まで来ると、ぽん、と頭をなでて。
「これからも、友達でいてくれる？」
　　……それ、あたしのセリフだよ。
　　なんでぜんぶ、もってっちゃうの……。
　　こぼれそうになる涙をこらえて、あたしは顔をあげた。
「当たり前、でしょ」
　　涙目でキッとにらむと、トモは嬉しそうに笑う。
　　彼を見あげた視界の端で、青空が見えた。
　　……白い白い雲が、流れる。
　　１年前もここで見た、光景だけど。
　　あたしの心はたぶん、少しだけあの頃より違ってる。

第3章

彼と彼女の関係

【麗奈side】

トモに返事をしてから、土日を挟んで月曜日。

夏休みまで、あと1週間になった。

教室へ入ると、利乃はもちろん、池谷くんとトモも、いつもどおりにおはようと言ってくれた。

トモは『これからも友達』と言っていたとおり、気まずさなんてこれっぽっちも感じさせないほど、いつもどおりに接してくれた。

あたしがフッたことに関して、彼は何も言わない。

そんな彼は、本当に優しいと思う。

「小城さん」

昼休み。

よく通る優しい声が聞こえて、携帯を見ていた顔をあげる。

そうして見えた姿に、どきりとした。

「い、けたにくん……な、なに？」

彼を好きだと認めてから、なんだかうまく顔が見れない。

とまどいながら目を合わせるあたしに、彼は「利乃は？」と言った。その言葉に、どく、と心臓が嫌な音を立てる。

「……え。あ、利乃は……」

……やだな、あたし。

何、利乃に嫉妬してんだろ。

仕方ないんだってば、幼なじみなんだから。

自分に言い聞かせながら、あたしはへらっと笑った。
「なんか、用事があるって言って、5分くらい前にどっか行ったよ」
「……そっか。ありがと」
　眉をさげる彼に、やっぱり胸の底がもやっとする。
　それを一生懸命振り払いながら、「どうしたの？」と笑った。
「ちょっと、話したいことがあったから。いないなら、また今度でいいよ」
　ありがと、と言って、彼は友達と楽しそうに話しているトモのもとへ戻っていく。
　そのうしろ姿を見つめながら、ぎゅ、と携帯を握りしめた。
　……縮まらない、距離。
　彼を好きだと思う。もっともっと、近づいてみたいと思う。
　ずっと実らない恋をしている彼は、それでも『好きでどうしようもない』と言っていた。
　そんなにまで、誰かを一途に愛せる彼が。
　すごく、まぶしかったから。
「……あたしだって、どうしようもない……」
　叶わないって、わかってる。
　今のあたしじゃ、到底彼の瞳に映ることなんか、できないって。
　でも、だからこそ、あたしはぶつかっていきたいんだ。
　あたしは彼の"大切なひと"になれないかもしれない。だけど、やれるだけやってみたい。
　なんにもしないで、見てるだけはもう嫌なんだ。

梅雨明けした空に、まぶしいほどの太陽が照りつけている。
日の光が窓から差していて、彼の黒髪が茶色に透けていた。
彼が遠くで、笑う。
……縮まらない、この距離を。
埋(う)めるには、どうしたらいいんだろう。

　＊

【利乃side】
「あんたさぁ、池谷くんのなんなの？」
　教室のある階から離れた場所にある、人通りの少ない空き教室。
　そこで私は壁際に追いつめられ、女子たちに囲まれていた。
「……幼なじみだけど」
　そう言うと、彼女たちはイラついたように「付き合ってんのかって聞いてんだよ！」と声を荒げる。
　……あー、もう、うるさい。
　話があるから来いって言うから、麗奈ちゃんとのおしゃべりの時間を割いて、律儀(りちぎ)に来てあげたのに。
　いきなりまくしたてられて、耳が痛いんだけど。
　中学の頃から、このいわゆる呼び出しってやつは、何度か経験してきた。だから、慣れっこではあるけど。
「……付き合ってないよ」
「じゃあ、なんであんなに一緒にいるんだよ。好きなんでしょ？　池谷くんのこと」

リーダー格らしき派手な女子が、小バカにしたように笑う。
　私は彼女を、冷たくにらんだ。
「あんたたちに答える必要ある？」
　女子は私の言葉に、カッと眉をあげた。
「なら、他の男に色目使うなっつってんだよ！　キモいんだよお前！」
「何、慎ちゃん以外の男子と話すなって言いたいの？」
　楽しければ女子でも男子でも、話しかけるし。
　それで男子が私のことを好きになるって言われたって、そんなの知らない。私は自分のことを好きになってほしくて、男子と話してるんじゃない。
　私が誰と話そうが、私の勝手でしょ。
　他人に制限される筋合い、ない。
　あくまで冷静に言葉を返す私に、女子たちは顔を見合わせる。
　そして、なぜかまた笑った。
「……その『慎ちゃん』って呼び方、マジでキモいから。ガキかよ、ほんと」
　その言葉に、私は近くにあった机を思い切り蹴飛ばした。
　大きな音が響いて、女子たちが驚く。私は彼女たちをにらみつけながら、「あのさぁ」と強い声を出した。
「私なんかにこんなこと言ってるヒマあったら、好きなひとのとこ行ったら？　今のあんたたちの顔、ぜんぜん可愛くない」
　その瞬間、顔を赤くした女子のひとりが、右手を振りあ

げた。それは、容赦なく私の頬へ振りおろされて。
　——パンッ。
　教室内に、乾いた音が響いた。

　＊

「ちょ、利乃!?　どしたのそれ！」
　自分の教室へ戻ると、麗奈ちゃんが私の頬を見てガタッと席を立った。
「赤くなってるし、口もと切れてるよ」
　心配そうに駆け寄ってきてくれる麗奈ちゃんに、「やられた」と笑う。
「やられたって……まさか、また!?」
「アハハ。平手打ちくらうとは思ってなかったぁ」
　1年の頃にも呼び出しを受けたことはあったから、麗奈ちゃんは知ってる。だけどまわりのクラスメイトたちは、痛々しそうに目を細め、私を遠目に見ていた。
　なんで行ったの、と悔しそうに眉を寄せて抱きしめてくれる麗奈ちゃんに、ホッとした。
　……中学の頃は、仲のいい女の子の友達がいなかった。
　リーダー格の女子から呼び出しまで受ける私と、仲よくしようなんて思う子はいなくて。
　だから高校で知り合った麗奈ちゃんには、驚いた。
　中学の頃のように、女子にどんどん嫌われていく私と、それでも一緒にいてくれたから。

私のいいところも悪いところもぜんぶ認めて、受け入れてくれた。まわりの評価より自分の価値観を大事にしてるとこ、尊敬してる。
　好き。麗奈ちゃんだけは、心の底から大事。
「保健室行った方がいいよ。口もと手当てしてもらわなきゃ」
「うん。でも今から行くと5限目に間に合わなくなっちゃうし、終わったら行くよー」
「そ？　あ、あたしも一緒に行くからね。……ハァ、まったく利乃は……」
　麗奈ちゃんが、大きくため息をつく。その様子に目を細めていると、近くから「利乃」と聞き慣れた声がした。
「……なに、その傷」
　隣にいたのは、私を見て顔をしかめた慎ちゃんだった。
　その横にいたトモくんも、心配そうにこっちを見ている。
　私は気づかれないよう手のひらを握りしめて、「ちょっとね」と明るく笑った。
「パシーンっとね。やられちゃったぁ」
　そう言うと、慎ちゃんの手が頬へ伸びてきた。思わずびくりとしそうになって、とっさに抑える。
　だけどそのとき、目の前にいる麗奈ちゃんが私へ伸びてくる腕を見て、表情を変えていくのが見えた。
　……ああ、ダメ。
　そう思ったときには、慎ちゃんの手は私の口もとに添えられていて。
「……バカ」

悔しそうに目を細めて、彼は私を見つめた。
その瞳に、胸の奥がぎゅうと痛む。
……ダメ。
心配かけちゃ、ダメ。
そっと慎ちゃんの手に自分の手を添えて、頬から離した。その行動に、慎ちゃんが小さく目を見開く。
彼の目をじっと見つめて、私はいつもどおりに微笑んだ。
「ほんとに大丈夫だからっ、ねっ？ もう、麗奈ちゃんも慎ちゃんも、心配しすぎだよー」
ねー、とトモくんに話を振ると、彼はちょっと驚いたあと、唇を尖らせて「そーだね」と言ってくれた。
その様子がおもしろくて、ふふっと笑ってしまう。
トモくんはまだ、この前私が横断歩道で、彼の恋路の邪魔をしたことを怒ってる。
……あのときは、本当にごめん。
結局、麗奈ちゃんにフラれてしまったみたいだけど。
邪魔をせざるをえなかった。
どうしても、麗奈ちゃんが慎ちゃんを好きだと思う、きっかけを作らなきゃいけなかったから。
彼女はまだ、私に慎ちゃんが好きだと打ち明けてはくれない。だけど乙女な麗奈ちゃんは、とてもわかりやすい。
今日様子を見ているだけで、すぐにわかってしまった。
「だから、ねっ？ 大丈夫だから。ありがとう、ふたりとも。ほら、5限目始まるよ。席につきましょう〜」
まだ納得のいかない顔をしている、麗奈ちゃんと慎ちゃ

んの背中を押す。

　そのとき、隣にいたトモくんと目が合った。彼は笑うでもなく心配するでもなく、黙って私を見ている。その瞳が言おうとしていることがわかって、私はフッと笑った。

　……トモくんは、本当にまわりをよく見てるよね。

　さすが人気者、と思いながら、声には出さずに唇だけを動かす。

『内緒(ないしょ)』

　私の返事に、トモくんは眉を寄せて、ハァ、とため息をついた。そしてやっぱり無言で自分の席へ戻っていくトモくんに、ひそかに笑みがこぼれた。

　みんなが自分の席へついたのを確認して、私も席へついた。

　痛みの引いた頬に手を添えて、目を閉じる。彼女たちの言っていた言葉を、思い出した。

『好きなんでしょ？　池谷くんのこと』

　……好きだよ。

　でも、恋人になりたいだとか、そういうものじゃない。だけど何より大切なひと。

『その『慎ちゃん』って呼び方、マジでキモいから』

　余計なことまで思い出して、怒りがふつふつと湧きあがってくる。

　私と慎ちゃんのこと、何も知らないくせに。

　そんな簡単で単純な言葉で、片付けないでよ。

　もう痛みは引いたはずなのに、なぜだか頬が痛い。私をくるしそうな瞳で見つめる、慎ちゃんの顔。口もとに触れ

た彼の指の感触、それを見つめる麗奈ちゃんの表情。
　次々に思い出して、私はきつく目を閉じた。
　……知らなくていい。
　知らなくていいの。
　私の本当の気持ちなんて、誰も知らなくていい。

　＊

　放課後、麗奈ちゃんが職員室へ課題を出しにいくと言うから、教室で待っていることにした。
「じゃあ、ちょっと待っててね」
「うん」
　麗奈ちゃんが教室を出たのを確認して、ふぅ、と息をつく。
　すると、教室の扉がガラ、と開けられた。
「……利乃ちゃん」
「トモくん」
　そこにいたのは、トモくんだった。慎ちゃんは一緒にいないみたいだ。
　私がいつもどおりニコッと笑いかけると、トモくんはあわててすねたような顔になった。
「な、何してんだよ」
「……ぶふっ」
　頑張って怒っている風を装う彼がおもしろくて、思わず笑ってしまう。肩を震わせて笑う私に、トモくんは「なんで笑うんだよ！」とやっぱり恥ずかしそうに怒った。

「だ、だって……っ、ホントはもう、そんなに怒ってないんでしょ？」
「怒ってる！　超怒ってるよ！　けど利乃ちゃんが、どんだけ不機嫌な顔しても笑ってるからさぁ」

　だって、おもしろいんだもん。
　普段怒らないトモくんが、怒るなんて。
　……それだけ、麗奈ちゃんのことが好きだったってことだ。
「ふふ、ごめんね？　もう笑わないから。許して」
「……」

　ツンとして目をそらすトモくんに目を細めながら、私は「麗奈ちゃん待ってるの」と答えた。
「ふーん。俺も、慎也が先生に呼ばれたから、待ってる」
「そっかぁ。一緒だね」
「……」

　彼は何も答えなかったけど、そのまま私の前の席へ歩いてきて、そこに座った。
「…………」

　その横顔をじっと見つめてみても、彼は反応しない。というより、一生懸命無視を決めこもうと目をそらしてる感じ。
　夏の日の光が、彼の髪を透かしていた。
「その傷、原因は慎也だろ」
　ふいに、トモくんがそう言った。
　私は驚きもせずに、ただ静かに「うん」とだけ答える。
　……彼ははじめから、わかっていた。
　だから昼休み、私は『内緒』と言ったんだ。

最近になって、とくに自分へ向けられる女子たちの目が、厳しくなっているのには気づいていた。
　たしかに彼女たちの言いたいことも、わかる。
　慎ちゃんっていう幼なじみがいるなら、仲よくするのはその人だけにして、他の男子には手を出すなって。
　そう、言いたいんだろう。
　……うん、わかるよ。
　けど、ダメなんだ。
　それだけは、できないから。
　我慢していたら、日に日に女子たちの行動はエスカレートしていって。ときには、４人でいるときにも通りすがりで、ボソッと悪口を言われたりする。
　それに気づいていたのは、たぶん……トモくん、だけ。
　彼は私と目を合わせることなく、教室の扉の方を見ている。
　……この人がみんなに好かれている理由は、ただ明るいからじゃない。
　まわりをよく見ていて、そのときの状況とか友達の表情の変化とかに、敏感だからだ。
「……慎ちゃんには、絶対言わないでね」
　携帯を見つめながらそう言った私に、トモくんはうなずくだけだった。

　＊

　あれから、私はいつもどおりに過ごしていた。

少しだけ変わったことといえば、麗奈ちゃんと慎ちゃんに心配かけないよう、いつも以上に笑うようになったくらい。
　そんな水曜日の放課後、教室で携帯を見ると、メールが１件届いていた。
　送ってきたのは、お母さん。
　少しだけ嫌な予感を覚えてメールを開くと、そこには想像したとおりの文面が広がっていた。
《テーブルにお金を置いておくから、夕飯は買って食べてね》
　……この間の、男の人のところかな。
　この文章も、もはや見慣れたものだ。
　夕方から翌日の朝にかけて、留守にしますという連絡。だいたいは、男の人のところに行っている。
《わかった》
　そのひと言だけ返信して、携帯を置く。
　麗奈ちゃんを見ると、彼女は慎ちゃんの席の方を見ていた。
「しーんや。帰ろ」
「うん」
　席を立った慎ちゃんに、トモくんが声をかける。麗奈ちゃんは、その様子を揺らいだ瞳で見つめていた。
　……ほんと、わかりやすすぎるよ、麗奈ちゃん。
　今週はトモくんに気を遣って、あのふたりに一緒に帰ろうと誘ったりはしていなかった。
　だけど今度は麗奈ちゃんに、４人でいる理由ができてしまったみたいだ。

「慎ちゃん、トモくんっ！」
　教室へ出ようとするふたりへ、急いで声をかける。
　ふたりが、驚いた様子で振り返った。
「一緒に帰ろー！」
　そう言って、麗奈ちゃんに腕を絡めた。
「えっ、利乃……」
「ねっ、帰ろ帰ろ！」
　カバンを持った麗奈ちゃんを引っぱって、ふたりの前へ立つ。麗奈ちゃんは、口をパクパクさせて私を見ていた。
　慎ちゃんとトモくんは少しの間ポカンとしていたけど、すぐに笑って「いいよ」と言ってくれた。
「どしたの、利乃ちゃん。どっか行きたいとこでもあんの？」
「なーに。用事がなきゃ、誘っちゃいけないのー？」
　むう、と頬を膨らませると、トモくんはニヤッと笑って、手で私の頬を挟んだ。
　そして、そのまま押してくる。
　間抜けな顔で口から空気をプシュウと吐いた私に、容赦なく爆笑してきた。
「ちょっとやだ、やめてよー！」
　結構本気で恥ずかしかったんですけど、今の！
　かぁっと顔を赤くした私に、今度は麗奈ちゃんが「えっ、顔赤くない？　利乃」と笑いながら言ってきた。
「麗奈ちゃんまでー！」
「ハイハイ。利乃、叫びすぎ。帰ろ帰ろ」
　まるでお母さんみたいに、慎ちゃんが私の背中を押して

くる。

それにムッとして見あげると、優しく細められた目とぶつかった。ドキッとして、あわてて目をそらす。

……だから、そんな目、しないでよ。

安心してしまいそうになる。その肩に寄りかかってしまいたくなる。

だけどもう、ダメなんだよ。離れるんだ。

君のために。私のために。あの頃の私たちのために。

……君を、自由にしてあげるんだ。

ちらりと前にいる麗奈ちゃんを見てみると、運よく前でトモくんと話しているところだった。

彼の見えないところで、ぐ、と手のひらに爪を立てる。慎ちゃんににっこり笑いかけて、そっとその優しい手から離れた。

「トーモーくん!」

麗奈ちゃんとトモくんの会話がなくなったところを見計らって、彼の背中にダイブした。

「うわっ……重い!」

「はぁー!? 女の子になんてこと言うの!」

言い返しながら、トモくんの背中を押して廊下を歩く。

麗奈ちゃんは「トモ、かわいそー」と笑いながら、うしろで慎ちゃんの横に並んだ。

それを確認して、さりげなくトモくんの横を歩く。

すると、トモくんがちらりとうしろを見て、そして私を見た。

「……利乃ちゃん、俺のこと実はきらいでしょ？」
「まっさかぁ」
　ニコニコしながら、トモくんの腕に手を絡める。嫌そうな顔をする彼がおもしろくて、私は笑いながらその腕を下に引っぱった。
　驚くトモくんの耳もとへ、背伸びをして唇を近づける。
　そして小さな声で、ささやくように。
「……ごめんね」
　トモくんが、目を見開く。
　眉を寄せて微笑んだ私に、彼は目を細めた。
　……ごめん。
　私のワガママに、巻きこんでごめん。
　だけどもう、私には時間がないんだ。早く離れなきゃいけない。私と慎ちゃん、どちらかがまた弱くなってしまう前に。
　自分が最低なことしてるって、わかってる。だからトモくんは、いくらでも私を責めていいよ。許さなくていい。
「なーにしてーんの」
　立ち止まっていた私たちに追いついた麗奈ちゃんが、間延びした声で私の背中を押した。
「えへへ、内緒〜」
　そう笑って、トンッ、と明るく階段をおりる。
　すると、トモくんも１段飛ばしで階段をおりてきた。
　そして何も言わずに、私の隣に並ぶ。黙って彼を見あげる私に、彼はやっぱり無言で。

……ぽん、と、私の頭をなでた。
「……トモ、くん」
「…………」
　思わず、ごまかすことも忘れて声が出た。
　彼の表情に、笑顔はない。だけどその手も、目線もどれもが優しくて、くるしくなった。
　私は、こんなにひどいことしてるのに。もっと、怒ってよ。じゃないと、どうしていいかわかんないよ。
　視線をうしろへ動かすと、大好きなふたりが楽しそうに話している。私はもう一度、静かに「トモくん」と呼んだ。
　……ごめんね。
　二度目の言葉を、心の中へ飲みこんで。
「……ん」
　彼はそれでも、短く返事をしてくれた。
　……麗奈ちゃんと慎ちゃんは、おだやかに笑いあっていた。

＊

「じゃあバイバイ、慎ちゃん」
　家の前で、いつもどおり彼に手を振る。
　そしていつもどおりの返事をして、彼も隣の家へ帰っていくのだと思っていた、けれど。
　今日は、返事が違っていた。
「利乃」
　その声に、ずっと笑い続けていた表情が、固まる。

それでも笑おうと必死になりながら、私は「……何?」と小さく返した。だけど、彼は優しい表情を向けてはくれなくて。
「何かあったら、言いなよ」
　そんな言葉で、私のつくろった笑顔を、あっけなく壊した。
「…………」
　何も言えなくなった私を、彼はまっすぐに見つめてくる。その視線に耐えかねて、目をそらした。
「……何も、ないよ。ホラ、私、最近楽しくて仕方ないし。いつも笑ってるじゃん」
　うまく、笑えない。笑おうとしてるのに、綺麗にならない。
　目線を下へ泳がせてしゃべる私に、慎ちゃんはもう一度強い声で、「利乃」と呼んだ。
「……っ、だい、じょうぶ、だから」
　喉の奥が、少しだけ痛い。
　けれど、こらえなきゃいけないんだ。もう、私は。
「……ホント、毎日楽しいの。あ、このあいだ呼び出し受けたこと、心配してくれてるの?　あんなのぜんぜん、気にならないよ。慣れてるし」
　饒舌になる私を、慎ちゃんは黙って見つめている。
　……やだよ。
　お願いだから、やめてよ。
　これ以上、私を弱くしないでよ。
「もう、慎ちゃんに頼らなくても大丈夫だから。ホントに、気にしないで。じゃあね、また明日」

無理やり話を終わらせて、家の門を開ける。
　玄関の扉に手をかけたとき、私の足が止まった。
「利乃！」
　……慎ちゃんが名前を呼んだら、私は無視できない。
『約束』、だから。
「……泣いてないんだろ、ずっと。俺が、東京行ってから」
　うつむいていた私は、目を見開く。
　バッと顔をあげて、彼を見た。そこには、変わらず私をまっすぐに見つめる、慎ちゃんがいて。
　じわ、と瞳に涙が浮かぶ。
　……やだ。やだ、やだ、やだ！
「そんなこと、ない！」
「あるよ。泣きたいの、こらえてる目だよ」
「べつに、こらえてない！　必要がないから、泣いてないだけだもん！」
　——バタン！
　家の中へ入って、勢いよく玄関の扉を閉める。見えた空間は、薄暗かった。
　誰もいない、空間。
　さみしいさみしい、空間。
「……泣く必要、ないもん……っ」
　唇を噛んで、浅い息を整える。あふれそうになる涙を、目を閉じてこらえた。
　……笑わなきゃ、いけないの。
　慎ちゃんの前で、私、笑っていなきゃいけないの。

じゃないと、崩れてしまう。すぐに、弱くなってしまう。
　離れるって、決めたんだ。
　前に進むって、決めたんだ。
　だから、だから。
「泣くな、バカぁー……」
　静かな空間に、私の震えた声が響く。
『約束だよ。夜になったら——』
　幼いあの頃の記憶が、私を責める。
　海の『青』が、私を弱くする。
　私と慎ちゃんは、幼なじみ。だけど、そんな言葉じゃ片付けられない。幼なじみなんかより、ずっと、ずっと。
　ずっと……歪(いびつ)な関係、だ。

水飛沫(みずしぶき)の中で

【麗奈side】
「小城。お前に、罰(ばっ)掃除を命じる」

金曜日の放課後。あたしは職員室で、生物教師からそんな任務を言い渡された。
「えっ……」
「中庭の花壇(かだん)の近くに、雑草が生えまくっててなぁ。困ってたんだよ。草むしり、やってくれ」

中庭の花壇といえば、生物教師たちが楽しそうに手入れをしているところだ。そこの、草むしりって。
「……ま、マジですか」
「おう。体操服持ってるか?」

ありますけれども……。

あたしはため息をつきそうになるのを必死に抑えて、「わかりました」と答えた。
「やったら、課題受け取ってもらえるんですよね?」
「ああ」

そもそもの発端(ほったん)は、あたしが生物課題の提出を大幅(おおはば)に遅れたことにある。本当は1週間前に提出しなきゃいけなかったのに、すっかり忘れていた。

それで今日思い出して、あわてて職員室へ行ったんだけど。

先生は受け取ろうか受け取らないか迷っている感じで、そこをなんとかと言うと、罰掃除を命じられたんだ。

ものすごく面倒だけど、仕方ない。
　あたしは生物のテストの結果がいつもあまりよろしくないし、課題点までさげられたらヤバイのだ。
「失礼しましたー…」
　職員室を出てから、盛大に肩を落とす。
　ああ、面倒くさい。
　廊下を歩きながら、窓の外を見た。曇り空で、今日はそんなに暑くはない、けど。
　教室へ戻ると、利乃がちまちまお弁当を食べながら、携帯を見ていた。
「……利乃〜」
「あ、おかえり〜、麗奈ちゃん」
　携帯から顔をあげて、利乃がにっこり笑う。
　対照的に、あたしは大きくため息をついた。
「課題受け取ってもらう代わりに、花壇の草むしりすることになった……だから今日は、先帰っていいよ」
「あらら……。そっかぁ、ファイトだね」
「うん」
　ゆっくりお弁当を食べる、可愛らしい利乃を眺める。
　目が合うと、不思議そうに首をかしげられた。その様子もまた可愛くて、思わず頭をなでる。
「アハハ、どしたのー？」
「なんでもなーい」
　利乃といつもどおりの会話をしながら、ちらりと教室のうしろへ視線を向けた。

その先にいるのは、ゲラゲラ楽しそうに笑うトモと、その隣で笑いながら、お弁当を食べてる池谷くん。
　水曜日の放課後は、たくさん池谷くんと話した。なぜだか利乃は、ずっとトモと話してたし。もしかしたら、あたしの気持ちに気づいてるのかもしれない。
　……いや、わかんないけど。
　いずれにしろ、そろそろ利乃には言っておきたいなと思ってたんだよね。
「ねえ、利乃」
「んー？」
　ケータイを触りながら、利乃がなにげなく返事をする。自分がこれから言おうとしていることを考えると、口を開くのでさえ勇気がいった。
「あ、あたしさ……好きな人、できた、かも」
　彼らの方を見つめながら、小声で話す。利乃は一瞬沈黙したあと、「……ええっ!?」と驚いた。リアクションよすぎだよ。
「ほ、ほ、ホントに……!?」
「……うん」
「あの麗奈ちゃんが!?　きゃあ、やだー！」
　何が『やだ』なの。
　利乃は高いテンションで、バシバシ肩を叩いてくる。
「それで、それで？　誰なの？」
「…………」
　ちょっと耳貸して、と言い、利乃の耳もとに唇を近づけた。

「い、……けたに、くん」

　実際に声にしてみたら、そのことがストンと胸に落ちた。あたしは池谷くんが好きなんだって、ちゃんと受け止められる。

　そっと耳もとから唇を離し、利乃と顔を見合わせた。彼女は、ぽかんと口を開いてあたしを見ていた。

　やがて、「……ホントにっ？」と目を見開いたまんま声を出す。顔が熱くなっていくのを感じながら、あたしは「うん」と手の甲を頬に当てて答えた。

「やーん！　そっかそっかぁ、わかったーっ。私でできることがあったら、協力するねっ！」

　うわあ、超女子っぽい会話してる、あたしたち。

「ありがと」

　利乃のはしゃぎように笑いながら、放課後の掃除のことを思い出して、げんなりするのだった。

　　　＊

「はぁー、だっる！」

　放課後。

　体操服に着替えて、軍手をして。あたしは準備万端な状態で、花壇の前に立っていた。

　まわりには、緑の雑草がたくさん生えている。これを抜いていかなきゃいけないのか……と早くも心折れそうになった。

「おー、小城。今日は頑張ろうなぁ」
　近くで、先生も準備万端な格好で立っている。
　先生も一緒にやってくれるみたいだけど……結構大変だよなぁ、これ。
　そう思いながら始めた草むしりだったけど、案の定。
「……疲れました……」
　開始十分くらいで、日が照りつけてきた。
　めちゃくちゃ暑いわけじゃないけど、疲れる。だけど目の前には、まだまだたくさんの雑草たち……。
　こんなの、ふたりじゃ終わらないと思うんですけど!?
「なに言ってんだ小城。若いヤツがこんなんで疲れてどうする？　もっと頑張れよー」
　うう……。そりゃ、あたしの体力不足が原因ではあるけどさ。淡々と作業を進めていく先生に、尊敬の念すら抱いた。
「はーい……頑張ります」
　おとなしく返事をして、しぶしぶ草むしりを再開していると、うしろからいくつかの足音が聞こえた。
「れーなちゃんっ」
　……えっ。
　うしろから聞こえた声に驚いて、あたしは振り返った。
「お手伝いに来ちゃいましたーっ」
　そう言ってピースする利乃と、池谷くんと、トモ。
　３人は体操服に着替えて、あたしを見ていた。
「うわあ、こりゃ大変だわ。雑草生えまくりじゃん」
　トモが、あたりを見渡して肩をすくめる。

「な、なんで……」
　いるの。手伝いに来てくれるなんて、まったく予想してなかった。とまどっていると、池谷くんがあたしの前にしゃがんで、ニッと笑った。
「俺らもヒマだし、手伝うよ。先生、いいですか？」
　先生は嬉しそうに、「もちろん」と笑った。
「よかったなぁ、小城。いい友達がいて」
「……はい」
　3人を、じっと見あげる。なんだかジーンときて、あたしは「ありがとー」と泣きそうな顔で言った。
「ハハ。小城さん、変な顔」
「あたしはもとから変な顔だよー……」
「嘘だよ。やろやろ」
　職員室からもらってきたのか、3人ともしっかり軍手してるし。
　隣で、池谷くんがおもしろそうに笑う。
　その笑顔が無邪気で、胸の奥がキュウとなった。
「じゃあ私、こっちやるねっ」
　利乃なんか、髪をポニーテールにしてまでやってくれている。こんな面倒な仕事、利乃がいちばんきらいなことなのに。
「草むしりってさぁ、やり出すととことんやりたくなるねぇ？」
　そう言って笑う、トモの瞳に空が映る。
　……優しいな。フったあたしにも、こんなに優しくして

くれる。トモはほんと、いいヤツだよ。
「みんな、本当ありがとね」
　もう一度そう言うと、利乃が「どういたしましてっ」と笑い、トモが口笛を吹いて、池谷くんがおだやかに笑った。

　＊

　下校時間が近づき、空もだんだんと朱くなってきた頃。
「よーし、綺麗になったな！　みんな、お疲れ！」
　先生が、すっきりとしたあたりを見渡して、笑った。
「疲れたぁーっ」
　んー、と利乃が伸びをする。
　あたしは暗くなってきた空を見あげて、目を細めた。
　6時すぎ、くらいかな。なんとか終わって、よかった。
「みんな、手伝ってくれてホントありがとっ」
　バッと頭をさげると、「いいよー」と利乃が明るく返事してくれた。トモと池谷くんも、袖で汗をぬぐいながら笑っていた。
「じゃあ、ゴミ袋は先生が持っていくな。みんなお疲れ、おかげで助かった。気をつけて帰れよ〜」
「お疲れ様でしたー」
　みんなで頭をさげて、ゴミ袋を持っていってくれる先生を見送った。
　綺麗になった花壇のまわりを見て、達成感に浸る。
　少しの間息をついたあと、トモが「んじゃ、手洗いに行

きますか」と言った。
「案外、楽しいもんだね！　すっごい綺麗になったし、私たち、よく頑張ったよ〜」
　利乃がスキップしながら、外にある手洗い場へ向かう。
　そんな利乃の横に並んだトモが、「でも利乃ちゃんがいちばんサボってたじゃーん」とからかった。
「さ、サボってないもん！」
「えー？　5分に1回は休憩してたじゃん。なぁ、慎也？」
「してないよー！　ね、慎ちゃん！」
「してたしてた。利乃が『疲れたぁー』って言ってんの、俺、何度も聞いたよ」
「ええーっ」
　3人のやりとりを見て、池谷くんの隣で笑う。
　……やっぱり、4人でいると楽しいな。
「と、トモくんだって、しゃべってばっかでぜんぜん手動いてなかった！」
「俺はちゃんとやってましたぁー。言いがかりはやめてくださーい」
「その顔、超ムカつく！」
　言い合っているふたりのうしろで、池谷くんと並ぶ。彼は優しげに目を細めて、ふたりを見ていた。
　そのことに、安心する。
　……彼は今、『ここ』にいるんだと。
　あたしの知らないどこか遠くじゃなくて、ちゃんと今を。
あたしたちを見てるんだって、そう、思えるから。

すると、ふいに池谷くんがこっちを向いた。
「わぁっ！」
 目が合って、驚きと恥ずかしさのあまり、思わず叫ぶ。
 池谷くんはもちろん、利乃とトモも言い合うのをやめてこっちを見た。
「……どしたの、麗奈ちゃん」
 トモがポカンとして言うから、頬に熱が集まっていたたまれなくなった。
「……な、なんでもない……」
「ぷっ」
 横から笑い声が聞こえて、今度はあたしが驚く。池谷くんが肩を震わせて、笑っていた。
「小城さんて、ときどきよくわかんないね」
 そんなことを言って、彼は心底おかしそうに笑う。恥ずかしいような嬉しいような、複雑な気持ちで「な、何それ……」と目をそらした。
「麗奈ちゃんがちょっと変なのは、前からだもんねー」
 前の方から聞こえてきた利乃の言葉に、ぎょっとした。
「あ、あたしは普通だよ！」
「自分は普通だって思ってる人ほど変なんだよ〜。ほら、早く行こっ」
 そう言うと、利乃はトモの腕を引っぱってさっさと手洗い場へ行ってしまう。取り残されたあたしと池谷くんは、顔を見合わせた。
「……ぶっ」

「ちょっ、人の顔見て笑わないでよ！」

ズボンのポケットに手を突っこんで、池谷くんは肩を震わせる。……そんなに変な顔してんのかな、あたし。

やっと笑うのをやめた池谷くんは、空を見あげて「なんかね」と言った。

「見てて安心する。小城さん」

……え。

目を見開いたあたしに、池谷くんはふはっと笑った。

「それ、その顔。ほんと、素直な反応するよね」

指をさされて、自分の顔に手を添える。

……なんか、似たようなことをトモにも言われた気がする。

とっさのリアクションって、ごまかしようがないと思うんだけど。首をかしげるあたしに、池谷くんはおだやかに、そしてまた、あのさみしげな笑顔を浮かべた。

「顔を見たら本当の気持ちがわかるから、安心するんだよ」

西日のオレンジが、彼の肌を濃くする。

同時に濃くなった影が、その長いまつげの下に落ちた。

「無理に笑ったり、明るくしてごまかそうとしないよね、小城さん。口では意地張ってるけど、顔にぜんぶ出てる。だから俺も、素直に笑えるっていうか。小城さんの長所だよ、それ」

……そう言う、池谷くんは。

今、本当に素直に、笑ってる？

気になったけど、彼がそれ以上何も言わなかったから、あたしも何も言えなかった。

やっぱり踏みこんじゃいけないんじゃないかって……思って。
　歩きはじめた彼の隣に並んで、歩く。だけど顔をあげることができなくて、彼の顔が見れなくて。
　足もとばかりを見ている自分に、ハッとした。
　……違う。こうじゃ、なくて。
　ぶつかるって、決めたじゃん。
　彼の視界に入るんだって、決めたじゃん。
　ぐっと唇を噛むと、あたしは足を止めた。池谷くんは、すぐに振り返る。
　あたしは顔をあげて、震えそうになる声を、精いっぱいに出した。
「……く、るしそうに、見える」
　あたしたちの間に、大きな木の影が伸びている。
　地面は茜色に染まっていた。
　彼は、驚いた様子であたしを見ている。あたしは一度大きく息を吸いこんで、できる限り大きな声で言った。
「池谷くんの、笑顔。ときどき、くるしそうに見える……！」
　彼が、目を見開く。あたしたちの間に、沈黙が落ちた。
　……無遠慮、だと思う。
　彼が隠している内側に、あたしは入りこもうとしてるんだから。
　だけど、それでも。
　このひとがこの先もずっと、あんなにさみしい笑顔を浮かべてるんじゃないかって考えたら、たまらなくなった。

あたしを見てると、安心するって言ったけど。そんなのきっと、ほんの少しの気休めにしかならない。

あたしは、このひとが心の底から安心したときの、笑顔が見たいんだ。

池谷くんはしばらくあたしを見ていたけど、やがて静かにこっちへ歩いてきた。

何も言われないことに怖くなって、心臓が激しく脈を打つ。

……怒った、かな。

正面からぶつかりすぎたかもしれない。やっぱり直すべきだよね、直球勝負しすぎるこの性格。

あたしの前に立った彼は、それでも優しく笑っていた。

不安ともどかしさから、唇を噛んで彼を見あげるあたしに、「ありがと」と言う。

……笑わないでよ。

いつも笑ってばっかりだから、不安になるよ。

君はいつ、くるしさを吐きだしているの？

「小城さんは、まっすぐだよね」

あのときと同じ。そっと、あたしの頬に触れる。

その手は、冷たかった。

「……池谷くんは、まっすぐじゃないの……？」

問いかけて、合った彼の瞳は、暗かった。

……どこ、見てるんだろう。

目の前にいるのはあたしのはずなのに、彼は今、あたしを見てない。

……好きなひとのこと、考えてるの？

「俺は、まっすぐじゃないよ」
　頬から、彼の手が離れる。
　池谷くんは、あたしの視線から逃れるように、目を閉じた。
「……だから少し、小城さんがうらやましい」
　ああ、やっぱり。
　この距離は、埋まらない。

　　＊

「あっ、私、教室に忘れ物した！」
　手洗い場につくと、利乃とトモは先に手を洗って、待ってくれていた。
　だけどあたしが、汚れた体操服を見て「そういえば明日、体育あるね」と言うと、利乃がハッとして思い出したんだ。
　手を洗いはじめたあたしと池谷くん、そしてトモを交互に見ながら、あわてはじめる。
「どっ、どうしよ。学校、まだ開いてるかな!?」
「んー、ギリギリ？」
　腕時計で時間を確認したトモが、そう答えた。
　下校時間とともに、学校は閉まる。ギリギリってことは、もうすぐ7時になるのか。
　夏だから日が落ちるのが遅くて、時間の感覚がわからなくなる。
「私、急いで取りにいってくる！　ごめん、待ってて」
「わかったー」

あたしがそう答えると、トモがあたしと池谷くんを見たあと、利乃へ視線を移した。
「……あー。俺も、教室に用事思い出した。一緒に行く」
　利乃はほんの一瞬、トモを見つめていたけど、すぐに「わかったぁ」と返事をした。
「じゃあ、行ってくるねっ」
　手を洗うのもやめて、あたしはふたりが校舎へ歩いていくのを見つめていた。
「…………」
　……最近、この組み合わせ、多い気がするんだけど。
　利乃はトモとよく話そうとしているし、トモも利乃と一緒にいようとする。
　あたしに『協力する』って言ってくれた利乃はともかく、トモは、なんで。
「小城さん？」
　ふたりが歩いていった方をずっと見ていたあたしを、池谷くんが不思議そうに見てきた。
「……あ。いや、なんでもない」
　キュッと蛇口をひねって、また水を出す。
　指についた泥は、なかなか落ちない。手のひらを流れていく透明な水を、じっと見つめた。
「…………」
　水音だけが、あたしたちの間に流れる。
　さっきのこともあって、明るい話題を振っていいものかと悩んだ。視線を横に動かすと、池谷くんの綺麗な横顔が

見える。
　……この距離を埋めるにはどうしたらいいんだろうって、ずっと考えてた。
　だけどいい案なんて、浮かぶはずなくて。
　あたしは池谷くんの好きなひとも、彼の想いも知らないから。気の利いたことなんて言えない。
　だけどぶつかっていかなきゃ、それこそ知ることなんてできないとも思う。
　彼との距離を少しずつでいいから、埋めたいんだ。
「……あの、さっ！」
　突然声をかけたからか、池谷くんは驚いた顔であたしを見た。こぼれ落ちる水の音が、あたりに響く。
　彼の透き通った瞳に、あたしが映っていた。
「し、『慎也』って呼んでも、いいですか」
　顔の温度が、急激にあがっていく。恥ずかしさで目をそらしそうになったけど、こらえた。
　池谷くんは、言葉を失ったようにあたしを見ている。
　……見てるんだ。
　彼は今、たしかにあたしを見ているんだ。
　そう思ったら、なんでかじわりと涙が浮かんで、視界を歪めた。せめてこぼれないようにと、手のひらに力を込めた。
　すると池谷くんは何も言わずに、蛇口から出ている水へ手を添え、そして。
　──パシャッ。
　あたしの顔へ、水をぶっかけてきた。

「わっ!?」

 いきなりのことで、とっさに目を閉じる。だけど池谷くんは容赦なく、どんどん水をかけてきた。
「ちょ、なにすっ……!」

 そう文句を言いかけて、次の瞬間あたしは呼吸を忘れた。

 舞う水飛沫の間で見えたのは、思い切り笑う池谷くんの姿だった。
「…………」

 顎から、ポタポタと雫が落ちる。

 同様に指先から雫を滴らせる彼は、ただただ目を見開くあたしを見て、おもしろそうに笑った。
「ポカンとしすぎ、麗奈」

 ……う、わ。

 なにその、不意打ち。心臓が、めちゃくちゃ痛い……!
「……しっ、慎也が! いきなり水ぶっかけてくるからでしょ!?」
「ハハ。麗奈、顔めちゃくちゃ濡れて……うわっ、ちょ、ごめんって! ごめん! だから水かけんのやめて!」

 仕返しと言わんばかりに、水をかけまくった。気づいたら、慎也の体操服はびしょ濡れで。
「……俺がかけたのよりも、多い気がするんだけど」
「アハハ、ごめーん」

 あたしがそう笑うと、慎也はムッとした顔で見てくる。

 それに合わせて見つめ返すと、やがてどちらからともなく笑い合った。

……『麗奈』。
よく通る彼の声が、そう呼ぶ。
小さくても1歩、近づけた気がした。

＊

【利乃side】
『慎也』
　そう、麗奈ちゃんは呼んでいた。
「……トモくん」
　忘れ物を取りにいった校舎は、運悪く7時の5分前に閉まっていた。だから私とトモくんは仕方なく、引き返してきたんだけど。
「うん」
　麗奈ちゃんと慎ちゃんが、まだ手洗い場で話している。
　私とトモくんはその近くの壁際で、隠れるようにして立ち止まっていた。
　もう茜色に染まっている空を見あげながら、小さな声で彼の名前を呼んだ。トモくんは、そうひと言だけ返事をした。
　うつむいている彼の目は、いつものように明るくはない。肩が、彼の腕にぶつかる。ふたりの笑い声が、遠くに聞こえる。
　私はトモくんを横目に見て、そして目を閉じた。
　……隣にいる彼が麗奈ちゃんにフラれたその日の夜、電話がかかってきた。

いつもどおりの明るい声で、『俺、フラれたわ』なんて言ってくるから。私は慰めることもできず、『そっか』と返しただけだった。
　それからこの1週間、トモくんはずっと笑っていたけど。
　本当は、きっと。
「……もう7時になるね、トモくん」
「うん」
「帰らなきゃ、いけないね」
「……うん」
　笑顔をなくした唇が、短く言葉を返す。
　……トモくんは、『教室に用事を思い出した』と言っていたけど。
　それが嘘だと思ったのは、たぶん気のせいじゃない。
　青を失った空が、彼の表情に影を落とす。空の朱色を見て、なんてさみしい色なんだろうと思った。
　彼が1歩、ふたりのもとへ踏みだすまで。
　私はずっと、彼の隣で、そんな空を眺めていた。

嘘つきたちの涙

【麗奈side】

 あのあと、利乃とトモはすぐに戻ってきた。

 校舎はすでに閉まっていたらしくて、利乃は「んもーっ」と頬を膨らませて怒っていた。

 そうして、帰り道。

 利乃が途中にあった掲示板を見て、「あっ」と声をあげた。

「これっ、夏祭り！　来週の土曜！」

 利乃が指さした先には、この街で毎年行われている夏祭りのポスターが貼られていた。トモが思い出したように、「あー、そっか。もうすぐかぁ」と言う。

 あたしは隣町の人間だから、あんまりなじみがない。

 去年もあったみたいだけど、利乃はまったく話題にしなかったから、行かなかったんだ。

「ねねっ、行こ!?　みんなで行こう！」

 はしゃぐ利乃に、３人で顔を見合わせる。

 来週の土曜っていったら、もう夏休みになってるし。まだとくに予定は入れてないんだよね。

「あたしは行けるよ」

 そう言うと、利乃が「やったぁ」と喜ぶ。トモは少し迷っているようだった。

「去年は友達と行ったからなあ。慎也が行くなら行くわ」

 その言葉で、慎也に視線が集まる。

「…………」

 慎也は少しの間、何か言いたげな顔をして黙っていた。

 その視線の先にいるのは、利乃。

 彼女はそれに気づいているのかいないのか、なにげない表情でじっと見つめ返している。

 ……どうしたんだろう。

 無言で見つめ合うふたり。わずかな時間だったけど、その場に沈黙が落ちる。

 やがて慎也はため息をついて、「わかった」と言った。
「俺も行くよ」

 利乃の表情が、花開いたように明るくなった。
「やったぁ、決まり！　約束ね！」

 きゃいきゃいと喜ぶ利乃につられて、なんだかこっちまで嬉しくなってくる。トモも慎也も、笑って利乃を見ていた。

 なんだかんだ、みんないつも利乃に引っぱられてるんだよね。楽しい雰囲気を作ってくれる、利乃が好きだ。

 ……夏祭り、か。

 みんなが再び歩きだす中、あたしはちょっとだけ立ち止まってポスターを見ていた。

 大きく花火が描かれたそれに、祭りの光景を思い浮かべる。

『俺も行くよ』

 ……慎也と一緒に、行けるんだ。

 そう思ったら、一気にワクワクしてきた。同時にドキドキして、心の中が騒がしくなる。

 月曜日は、１学期の終業式。

あたしはふふっと笑って、歩きはじめた。

*

【利乃side】

月曜日、終業式が終わった放課後。

いつもの4人で帰ろうと思い、私が待ち合わせ場所の昇降口へ行くと、そこにいたのはふたりだけだった。
「あれー、トモくんはー？」

尋ねると、麗奈ちゃんは首をかしげ、慎ちゃんは困った顔で「なんか、用事あるって」と言った。
「先に帰っててってさ」

……用事。

下校する生徒たちが、私たちの横を通りすぎていく。

蝉の鳴き声に混ざって、どこからか女子たちの楽しそうな笑い声が聞こえた。なぜだか胸がざわざわして、落ち着かない。

慎ちゃんの言葉に、ぎゅ、とカバンの持ち手を握りしめた。
「どーしたんだろ、トモ。そういえば、朝もなんか機嫌悪かったよね」

不安そうな顔をする麗奈ちゃんを見て、ハッとした。

トモくんは朝、不機嫌な顔をして学校へ来た。めったにない彼の様子に、みんな心配していたけど。
「…………」

考えて考えて、だけど行きつくところはひとつしかな

パッと上を向いて、見えるのは快晴の空。今日は午前中の終業式だけで終わったから、今はまだお昼過ぎだ。
　ムラひとつない、綺麗な青空。白い雲がいろんな形をして、自由に浮かんでいる。
　昇降口前では、夏休みに期待を膨らませる生徒たちが、楽しそうに明日からの予定を話し合っていた。
　騒がしい声と蝉の声が私を包む中、一瞬だけまわりの音が消えて。
　……金曜日の青を失った空の下、うつむく彼を思い出した。
「あー!!」
　私が突然出した大声に、ふたりがびくりとする。
「私、まだやってない課題があったぁ!」
「はぁ!? もう夏休みになるのに!?」
　麗奈ちゃんが眉をさげて、あきれた顔をする。
　私は「あはっ」とふざけたように笑った。
「麗奈ちゃんみたいに罰掃除になりたくないから、今から学校でやって出してくる〜」
「……そーだね」
「時間かかっちゃうから、ふたりで先に帰ってて! ごめんね!」
　両手を合わせてお願いする。麗奈ちゃんは大きくため息をついて、慎ちゃんは「まぁ、利乃だし」なんて言ってきた。
「……ちょっとぉ、慎ちゃんそれ、どういう意味」
「冗談。麗奈、行こっか」

「え……あ、うん」

　さっさと私に背を向けて、歩きだす慎ちゃん。麗奈ちゃんは私を気にしながら、それについていった。

　何年も見続けてきた慎ちゃんの背中を、ほうっと見つめる。真っ白なシャツに太陽が反射して、まぶしかった。

　あの日まで、隣にいたのは私だったのに。

　ぎこちなく彼の隣に並ぶ彼女のうしろ姿を、あの頃の自分に重ねる。

　次第に心に積もっていくさみしさを、必死にかきけした。

　……大丈夫。もっと堂々と歩いていいんだよ、麗奈ちゃん。ちゃんとふたりは、お似合いだよ。

「私は、離れるんだから」

　自分に言い聞かせるように、小さくつぶやく。

　そして、校舎のいちばん上を見た。

　……こんなにも色濃い青と、明るい夏があたりに広がってるのに。その中心で、今も笑っているはずのひとなのに。

　たぶん、今。

　彼の隣にいれるのは、私だけだ。

　　＊

「やっぱり、ここにいた」

　学校でいちばん、空に近い場所。

　案の定、そこにトモくんはいた。

「……え」

陰になっている壁際に座って空を見ていたトモくんは、突然視界に現れた私の顔を、目を見開いて見つめた。
「……利乃ちゃん。なんで」
「忘れ物した」
　それだけ言って、隣に腰をおろす。
　屋上に吹く爽やかな夏の風が、私の長い髪を揺らした。
「忘れ物って、なに」
「トモくん」
　私の返事に、彼は押し黙った。
　私は、笑わなかった。
　笑う必要がないと思ったから、笑わなかった。ただただ彼とは目を合わせずに、空を見あげていた。
　やがて、隣から「ぶっ」という笑い声が聞こえてくる。くっくっと声を押し殺して喉で笑うトモくん。私はようやく「何」と不機嫌な声を出した。
「……ふ。いや、なんでもない。つーか利乃ちゃん、なんでここがわかったの」
「……空を見あげるには、ここがいちばんいいでしょ」
　前を向いたままそう言うと、彼は少しの間、驚いたように沈黙した。そしてすぐに、「よくわかってんね」と笑った。
「……トモくん、いつも空見てるもん」
　彼が、こてん、と私の肩に頭を置いた。
　心地よい重さで、それは私にのしかかってきた。
「……うん。空、好き。なんでか、知ってる？」
「……うん」

「マジかぁー。利乃ちゃんにはホント、最初からバレバレだったんだなぁ」

　笑わなくて、いいよ。

　そう言おうとして、言葉を喉の奥に飲みこむ。そんな無責任なことは、言えない。『笑うこと』で自分を守ってるのは、私も同じだから。

　いつも、彼女は空を見てる。

　だからわかるよ、どうしたって。

「ずっと、好きだったんだけどなぁ」

　私の肩に寄りかかったまま、彼はぽつぽつとその恋心をこぼす。私は鮮やかな空の青を見つめながら、「うん」と静かに返した。

「……麗奈ちゃんとここで、初めて話したときにさ。気が合うって、思ったんだよ」

　ふたりが出会った日の昼休み、私は男子に告白されていた。

　その間ヒマになった麗奈ちゃんは、屋上に行っていて。教室へ戻ってきた彼女は、言ったんだ。『隣のクラスの松山智樹って、おもしろいね』って。

「考え方とか、同じでさ。絶対合うって、思ってたんだよ。……けど、違った」

　雲が、ゆっくりと流れる。

　……彼の想いを、運ぶように。空の海を、流れる。

「麗奈ちゃんが求めてたのは、一緒に歩いてくれる誰かじゃなくて、先へ引っぱってくれる誰かだったんだ」

　じわりと、色を失う。

彼の瑞々しい『青』が、褪せていく。

金曜日、彼の目に映った茜色を見て、そう思った。

「……うん」

私がひと言だけ相づちを打つと、トモくんはフッと笑って、「あー、悔しいなぁ」と大きな声を出した。

「麗奈ちゃんの可愛いとこか、誰よりも知ってる自信あったし」

「うん」

「頑張って毎日、話題見つけてさぁ。話しかけてたんだよ、これでも、一生懸命」

だんだんと、彼の声が震えていく。

「……うん」

それでも、私の声だけは震えないように。彼が、弱さを見せやすいように。

「今日学校に行ったら、また慎也と麗奈ちゃんが話してんの見なきゃいけないんだって思ったら、なんかモヤモヤしてきてさぁ」

つい不機嫌になった、と彼は笑う。

私はぐっと、唇を噛んでいた。

……このひとは、本当にいつも笑ってるわけじゃない。

『いつも笑ってる』のが、うまいだけだ。

「……見てたんだよ、俺、いつも。誰よりも、麗奈ちゃんのこと」

「うん」

「……好きだったんだよ、ほんと」

「知ってる」

　やっぱり、震えてしまった。

　私の言葉に、トモくんは驚いたように目を見開いた。彼とは目を合わせずに、私は強く空を見つめて、言った。

「ぜんぶ、知ってる。トモくんが麗奈ちゃんを好きだったこと……私はぜんぶ、知ってる」

　震える、声と。

　彼の、表情が。

　空をより、鮮やかにしていく。

「トモくんが、ずっと麗奈ちゃんを見てたのも、一生懸命話しかけてたのも、知ってるよ。いちばん近くで、見てきたんだから」

　……ずっと、見ていた。

　彼女を見つめる、その背中を。

　男の子はみんな、私を見ていたから。他の視線とは違う、自分の隣に向けられていた視線に、私はすぐに気がついた。

　まわりの女の子とは違って、一筋縄ではいかない麗奈ちゃんとの会話に、このひとがすごく苦労していたこと。

　遠くから、彼がひそかに私の隣を見ていたこと。

　……その視界にはいつも、彼女しか映っていなかったこと。

　私は彼女のいちばん近くで、ぜんぶ見てきたんだ。

「……利乃、ちゃん」

「だから、私の前で笑ったって無駄だよ。ぜんぶお見とおしだもん。……でもね、トモくんは笑うのが上手だから、他のみんなは気づかないんだよ」

唇を噛んで、空の映る彼の瞳を見つめる。
　彼が彼女に恋をした１年間、私が見ていたもの、感じていたこと。
　たくさんたくさんあるけれど、言えるはずがなかった。
　嘘ばかりついている私が、嘘の笑顔でごまかす彼に、何かを伝えられるはず、なかった。
「……っ、トモくんがちゃんとくるしいって伝えなきゃ、みんな気づいてあげられないんだからね！」
　だから、せめて。
　嘘つき同士なら、笑う必要なんか、ないんだよって。
　伝えたかった。
　……伝え、たかったんだ、ずっと。
　空ばかりを反射して、私なんか１ミリも映そうとしないその瞳に。私が伝えられることなんて、こんなことしかないけれど。
「……だからもう、いいんだよ」
　電話で彼は、『フラれた』なんて明るく言っていたけれど。
　その声がかすかに震えてたこと。私、ちゃんと気づいてたから。
「誰かの前で泣いても、いいんだよ………」
　いつも笑っている、彼は。
　少しだけ目を伏せて、「ごめん」と言った。
「……利乃ちゃん、もうちょっとだけ、肩貸してて」
　トン、と、今度は頭じゃなくて、背中が寄りかかってくる。
　その重さは、さっきよりも心なしか、軽かった。

夏の風が、隙間(すきま)をなくした私たちのまわりに吹く。
空を見あげて、私は目を閉じた。
……伏せられた彼のまつげの隙間から、ほんの少し、見えたもの。そうして今、私の隣で、流しているもの。
空の青が、反射する。
嘘つきの涙が、私の瞳に愛しく映った。

第 4 章

気になるのは恋心

【トモside】
　——ビビビビ……ビビビビ……。
　枕もとで、目覚まし時計がうるさいほど鳴り響いた。
　朝の日差しが、昨晩しめ忘れたカーテンの隙間からまぶしく光る。俺は目を開けて、昨日泣きまくったせいで痛む頭を起こした。
　6時半。
「……あ」
　時間を確認したところで、ハッとした。
　そういえば今日から、夏休みだっけ。学校、ないんじゃん。
「……あー……だりぃ」
　いつもどおりの時間に起きて、損した。
　昨日は昼過ぎからずっと、屋上で利乃ちゃんと過ごしてたから。夏休みのこと、すっかり忘れてた。
　……彼女の背中に、寄りかかって。
　情けないほど声を殺して泣いた。涙が引いてからも、ぼうっとする俺に何も言わず、利乃ちゃんはそこにいてくれた。
　思い出すと、結構恥ずかしい。
　それからふたりで帰ったけど、彼女は当たり障りのない話題で、明るく話し続けてくれた。
　家に帰って、疲れた俺はすぐに寝たんだけど。昨日のことを思い出して、最近ずっと感じていた重い感情とかが、

軽くなったのを感じる。
　麗奈ちゃんのこと、完全に吹っきれたとまではいかないけど。ずっと楽になったのはたしかだ。
　頬に当たる日光に目を細め、そして目を閉じた。
　……人前で泣いたの、いつぶりだろう。
『泣いてもいいんだよ』
　そう言った彼女は、すごく優しかった。
　だから俺も、つい甘えてしまったけど。
「……『ずっと、見てた』」
　天井を見つめながら、つぶやいてみる。
　あれは、どういう意味だったんだろう。
　俺は、どう受け取るべきなんだろう。
　いや、そのまんまの意味なのかもしれないけど。
　あの小悪魔な利乃ちゃんだし、なんの気なしに言ったのかもしれない、けど。……でも。
　もう一度目を閉じて、いろんな可能性を考えてみる。
　そうして行きつくのは、結局『そのままの意味』なのか、もしくは……のふたつだった。
　その可能性に気づいてしまった時点で、スルーしていいものなのか、わからなくなる。うーんと悩んで、悩んで、ベッドの上でごろごろと動きまわった。
　で。
「……わっかんね」
　考えるのをやめた。だって、わかんねーし。
　あんな可愛い子が、俺のこと……ない、よなぁ。

そう思いながら、昨日の利乃ちゃんの表情を思い浮かべる。
俺に『泣いてもいいんだよ』と言った彼女は、泣くのをこらえているように見えた。だから気になる。
横断歩道の向こう側、俺を引き止めて慎也と麗奈ちゃんを見つめていたときも。
背伸びをして、俺の耳もとで『ごめんね』と言ったときも。
彼女はつらそうで、けど無理に笑っているように見えた。それがどうしてなのか、俺にはわからない。
俺の弱さに気づいた彼女だから、きっと俺の見えないところで、何かに悩んでいるのかもしれない。
……たぶん、慎也のことだろう。あとは麗奈ちゃん。
俺の気持ちを知りながら、彼女は俺と麗奈ちゃんを引き離そうとしていた。そんな彼女になぐさめられたなんて、変な気もするけど。
利乃ちゃんはいつも、俺に対して申し訳なさそうだった。ごめん、と何度言われただろう。
だから俺も怒ることができなかった。それに、もし彼女に邪魔されていなかったとしても、麗奈ちゃんは慎也を選んでいたと思う。
慎也と出会った時点で、たぶんもう無理だったんだ。
麗奈ちゃんの何かを、あいつは変えてしまった。きっと、いい方向に。
だからもう、利乃ちゃんを責める気はなかった。
ただ、気になるだけだ。どうしてあんなことしたのか。
俺には、それを知る権利があるんじゃないの？

そこまで考えて、利乃ちゃんの言葉はぜんぶ矛盾してるなぁと思った。
　だって、そうじゃん。
『トモくんがちゃんとくるしいって伝えなきゃ、みんな気づいてあげられないんだからね！』
　利乃ちゃんこそ、隠してるじゃん。
　だから俺だって、気づいて助けてあげられない。
　泣かせて、あげられない。
　……あ。
　違う、と思った。わざとだ。
　彼女は、気づいてほしくないんだ。
　自分の弱さに、誰にも……気づかれたく、ないんだ。
「…………」
　気づいて、目を見開く。日光の当たった天井には、窓の外の木漏れ日が影となってゆらゆら揺れていた。
　……不安に、なった。
　いつか、壊れそうだ。くるしさを吐きだすこともできずに、ひとりで。いつのまにか、誰も知ることがないまま。
「わかんねーよ……」
　なんで隠すんだろう。
　彼女は今……何を、考えてるんだろう。

＊

【麗奈side】
「お祭りだよっ、麗奈ちゃん！」

　７月の最終日。

　あたしと利乃は、街の中でも大きなショッピングモールに来ていた。２日後は夏祭りだ。

　だからなのか、久しぶりに遊びにきたからなのかはわからないけど、利乃のテンションがいつも以上に高い。若干ついていけない。

「うん……利乃、それ今日５回目」
「だってだって、お祭りだもん！　ウキウキだよ〜」

　きゃいきゃいとはしゃぐ利乃は、長い髪をポニーテールにして、可愛らしいワンピースを着て。まわりの……とくに男の視線を、至る所から集めている。

　そのうち、ナンパされそう。されたらあたしが守るけど。

「お祭りって言ったらさー、やっぱり花火だよね。好きなひとと見る花火！　きゃあ、ロマンチック〜！」

　服を見ながら、利乃は楽しそうにしゃべる。

　そういう乙女な発想、あたしはなかなかできないから、すごいと思う。

　あたしも服を見ながら「ハイハイ」と適当に返事をしていると、利乃がムッと頬を膨らませた。

「言っとくけど。２日後、麗奈ちゃんがそうなるんだからね！　私じゃなくって、麗奈ちゃん！」
「……わかってますよー」

　照れ隠しに、顔を背ける。利乃は腰に手を当てて、「まっ

たくもぉー」なんて大げさに肩をすくめた。
「一気に距離を縮める気でいなきゃダメだよ！　それこそ、告白でもする勢いで」
「こっ!?」
　フードコートへ歩く途中、利乃のぶっとんだ言葉に、あたしは目を見開いた。
「なーに驚いてんの。いずれはしなきゃいけないんだから。あ。むしろ慎ちゃんからさせちゃう？　ほれさせちゃう？」
「そっ、それは無理だけど！　告白、とか……まだ、できない」
　おいしいクレープのお店の前で、利乃はあたしを見て首をかしげた。
「……なんで？」
　それぞれにクレープを注文して、お店の前で待つ。
　店員が慣れた手つきでクレープを作っていくのを眺めながら、あたしはゆっくりと口を開いた。
「……なんかね、慎也、今……」
　遠くで、子供の笑い声が聞こえる。
　くるりと、クレープ生地が丸められた。
「好きな人、いるんだって」
　ふっ、と。一瞬だけ外の音が、すべて消えたような感覚がした。店員が、クレープを紙のケースに入れる。
　隣から返事が聞こえなくて、ちらりと視線を移した。
「………利乃？」
　呼ぶと、利乃が我に返ったようにハッとする。

驚いたように目を見開いていた彼女は、すぐにこっちを向いて「ほ、ほんとに!?」と取りつくろうように笑った。
　……え、何。
「慎ちゃんがそう言ったの？」
「うん……利乃、なんか知ってる？」
「ううん、知らない。慎ちゃん、なんにも言ってくれないからさぁ」
　そっかそっかぁと笑いながら、彼女はクレープを受け取る。
　そのごまかすような表情に、「嘘っ」と思わず声をあげた。
「知ってるでしょ、なんかごまかしてるでしょ!?」
「知らないって！　ホラ麗奈ちゃん、店員さん困ってるから」
　言われて横を見ると、店員が苦笑いを浮かべながらクレープを差し出していた。
「あ……すみません」
　ぺこぺこ頭をさげながら、クレープを受け取る。フードコートの空いている席を探しながら、あたしは前を歩く利乃の背中へ駆け寄った。
「ちょっと利乃！　なんか知ってるんでしょ？」
「んもー、知らないってばぁ！　さっきは、ちょっと驚いただけ！」
　しつこい、と頬を膨らませる利乃に、うっと言葉がつまる。
　でもやっぱり、モヤモヤするんだよ。
　さっきの顔は、ただ驚いたってだけの顔じゃなかった。
　焦ったような、困ったような……そんな、感じ。
　ガタッと椅子(いす)を引いて、ドカッと座る。ムッとした顔を

するあたしに、利乃は苦笑いしながら、「なんにもないってば」と言った。
「慎ちゃんの好きなひとか～、東京で知り合った子かな？」
「……違うと思う。長いことずっと想ってるみたいだし」
「……そっかぁ。んー、同じ中学の子かなぁ？　誰かそれっぽい人、いたっけ……」

うーんと考えはじめる利乃を、じっと見つめる。

……何、隠してるの。なんで、隠すの。

その好きな人が、あたしじゃ到底かなわないような美人とか？　禁断の愛、とか……？

……利乃と、まだ出会って1年とちょっとしか経ってないけど。

やっぱりまだ、あたしは利乃にとって、信頼できる相手じゃないのかな。結構好かれてるもんだと思ってたけど、本当はそこまでないかなぁ。

クレープをおいしそうに食べる利乃を見つめて、そんなことを考える。
『知らないってばぁ！　さっきは、ちょっと驚いただけ！』
……わかるよ、もう、さすがにね。それが嘘だって、わかる。

利乃はあたしと違って、あんまり正直にものを言わない。大事な本音はつねに隠しながら、ニコニコ話す。世渡り上手ってやつだ。必要なときに必要な分だけ嘘をつく。

だけど、彼女があたしに嘘をついたことは、今まで一度もなかった。

『麗奈ちゃんに嘘つこうとしても、なんかすぐ見抜かれちゃいそうなんだもん。それに、私が本音で話しても、麗奈ちゃんはなんだかんだで受け入れてくれるでしょ』

前にそう、言ってた。

そのとおりだったから、あたしは否定しなかった。

なのに今、利乃は嘘をついてる。だからモヤモヤしてる。

利乃だって、意味もなくこんなことしないはずだ。何かわけがあるはず。

そう考えて、この1ヶ月で利乃があたしにあのつくろうような表情をしたときを思い返した。

……慎也が転校してきた日の帰り道。

『連絡取り合ってなかったの？』って尋ねたら、利乃はさっきみたいな顔をした。そうしてごまかすように、『連絡先、聞くの忘れちゃってて』なんて、嘘みたいな言い訳をして。

それと、慎也とふたりで帰った、雨の日の翌日。

『池谷くんに駅まで送ってもらった』って言ったら、利乃は一瞬だけ表情をかたくして、それからまたあの笑顔。

それで、今……。

そこまで考えて、あ、と思った。

なんか、ぜんぶ慎也が話に絡んでる気がする。

そもそも、慎也が転校してきてからじゃん。利乃のあの表情が、時折あたしに向けられるようになったのは。

「…………」

さっきまで感じていたモヤモヤが晴れて、また別のモヤ

モヤがあたしの心を占領する。
　利乃を見てみると、目が合って可愛らしく首をかしげられた。
「どーしたの、麗奈ちゃん」
「……利乃、アンタさ……」
「うん？」
「…………」
　ダメだ。
　何を言ったらいいのか、ぜんぜんわからない。考えがまとまってない。言葉にならない。
　利乃は黙ったあたしを不思議そうに見つめて、それから目を伏せて、ふ、と無邪気に笑った。
「楽しみだねえ、お祭り」
　そう言ったときの彼女の笑みは、本当にそう思ってるってわかるほど、優しいものだった。
　だからあたしは、こうやって利乃のことについてあれこれ考えてるのが悪いことのように感じて、くるしくなった。
　……明後日は、夏祭り。
　去年は行けなかったから、ひそかにものすごく楽しみだったりする。
　慎也と見る花火。利乃はロマンチックとか言ってたけど。
　とりあえず、また慎也との距離がちょっとでも縮まれば、あたしは満足だ。
　……彼の好きなひとは、いったいどんなひとなんだろうとか。

どういう関係なんだろうとか。ずっと実ってないってことは、フラれても想い続けてるのか、事情があって告白できずに、ずっと片想いしてるのかとか。
　……気になることが、たくさんある。
　実は、トモのことも。なんだか最近、トモの表情が暗い気がする。
　やっぱりあたしが原因なのかな。
　当たり前だよね。むしろ、変わりない態度で接してくれることがすごいんだ。
　これに関してはあたしは何もできないから、すごく悔しい。あたしのせいなのに。もどかしいばっかりだ。
　だから、お祭りで楽しそうにするトモを見れたらって。お祭りごと大好きだからさ、トモ。
　夏祭りだけじゃなくて、夏休みはもっと４人で遊べたらいいな。
　って、思ってたのに。利乃といい慎也といい、あたしに対してごまかすことが多くない？　最近のあたしの頭の中、みんなのことでいっぱいだよ。
　……夏祭りは、利乃とトモが今までのように、わいわい騒いで、はしゃいで。
　水飛沫の間から見えた、あの楽しそうな慎也の笑顔が、また見れたら。
　……あたしはそれだけで、いいんだけどな。

ふたりきりの夏祭り

 すっかり空は暗くなって、オレンジ色の提灯が至る所に下げられている。
 淡く光の灯ったそれが、祭りの雰囲気をいっそう際立たせた。
 ──カラン、カラン。
 履き慣れない下駄で、ゆるやかな坂を歩く。
 まわりには浴衣を着た人がたくさん行きかっていて、あたしは目を細めた。
 ………夏祭り。
 普段は鈴虫が鳴くばかりの静かな時間帯だけど、今日はあたりが騒がしい。盆踊りの音楽が、遠くから聞こえてくる。
 祭り会場への道という、この優しくて少しばかりにぎやかな空間が好きだ。
 すぐそばの石垣の近くで立ち止まる。あたりに漂う浮ついた雰囲気にあてられて、あたしもなんだかウキウキしてきた。
「みんな遅いなぁ……」
 ここに待ち合わせるという約束の6時半から、もう10分ほど経っている。
 携帯を取り出して、連絡が来ているか確認してみるけど、何も来ていない。
 ……なんで誰も、来ないんだろ。

電話してみようかなぁ、と思ったとき、突然携帯が震えた。驚いて、手から落としそうになる。
　見てみると、利乃からの着信だった。あわてて通話ボタンを押して、携帯を耳に当てた。
「もしも……」
『ごめん麗奈ちゃんー！　連絡超遅くなったぁ』
「……いいから、あんた今どこ？　誰も来ないんだけど」
『今日、行けなくなったぁ！』
「はぁ!?」
　あまりの驚きで、声がデカくなる。そのせいでまわりの人が一斉にこっちを向いたから、すみませんすみませんと頭をさげた。
　電話口に「ちょっとそれどういうこと」と小声で訴えると、利乃は申し訳なさそうに『急用！　親が親戚の子預かってきたの』と言った。
『なのに、今から出かけるとか言いだしてさぁ。私、家にいなきゃいけなくなっちゃって』
　超ムカつくー！　と泣き出しそうな声で言われた。
　し、親戚の子……。そりゃ仕方ないけど……けどぉ！
「じゃあ、３人で行けってこと？　男ふたりに挟まれて!?」
『あっ、さっきトモくんからも行けないって連絡来たよ！』
　トモも!?
　まさかのドタキャンの連続に、唖然とする。な、何それ、何それ。もしかして慎也とふたりきり!?
「ト、トモは、なんで」

『なんかね、友達に誘われてどーしても断れなかったんだって。トモくんお友達多いし、仕方ないよ〜』

　仕方ないって……そりゃ仕方ないかもしれないけど、普通こんな直前に言う!?

　冷や汗が、たらりと背中を伝った。

「ま、マジかよ……」

『ほんとゴメンね、麗奈ちゃん!　慎ちゃんとふたりで、楽しんできて!』

　その言葉に別の意味が含まれている気がしたけど、突っこむ気にもなれない。

　……嘘でしょ。ふ、ふたりきり……。

　慎也とふたりで、祭り……?

「……慎也に連絡して、帰ろうかな」

『だ、ダメ!　それだけはダメー!　私とトモくんの分も、楽しんできて!　んで、ちょっとラブラブになってきて!』

　ちょっとラブラブになってきてって何。意味わかんないんですけど。あたし、浴衣まで着てきたのに。すごい気合い入ってると思われるじゃん!

「もお、利乃のバカぁぁ……」

『ごめんっ、ごめんね!　今度会ったら、なんでもするから!　ほんとに!　なんでもお申しつけください!』

「じゃあ、英語の課題半分やってよー」

『……や、やります!　やりますやります喜んで!』

　たんまりと出された夏休み課題のうち、英語の課題の半分を任せるという約束を取りつけ、あたしはしぶしぶ電話

を切った。
　ふ——、と長いため息をつく。
　……利乃もトモも、いない。
　今日は、慎也とふたりきり。
　そう考えると、一気に心拍数（しんぱく）があがってくる。
　あらためて自分の姿を見つめて、恥ずかしくなってきた。
　藍色（あいいろ）の浴衣に、慣れない下駄なんか履いて。髪だって、毛先を巻いてみたりして。利乃もきっと、可愛らしい浴衣で来るんだろうと思ったから。
　もちろん彼女にはかなわないけど、やっぱりちょっとでも可愛く見られたいし。
　……そういう、もんなんでしょ？
　恋するオンナノコっていうやつは。
「麗奈！」
　その声にドキッとして、あわてて顔をあげる。
　私服姿の慎也が、こっちへ歩いてきた。いつもと違う雰囲気に、喉がごくりと鳴る。
　……今からあたし、このひととふたりで祭りに行くんだ。
　緊張をごまかそうと、こっちへだんだんと近づいてくる慎也へ「ちょっと、遅刻！」と可愛くない言葉をかけた。
「……え、待ち合わせ、7時じゃなかったっけ？」
「え？」
　あたしを見て、彼はとまどった表情を浮かべる。
　ええっ、あたしが利乃から聞いた時間と違うんだけど。
　携帯を見ると、6時50分すぎだ。

「早めに来たつもりだったんだけど……時間、間違ってた?」
「わかんない。あたしは、6時半って聞いた」
「えー、マジか。連絡が行きちがったのかな…」

　ごめん、と手を合わせる慎也に、あわてて「大丈夫だよ」と言った。
　……もしかして、利乃……わざと、違う時間を慎也に教えたんじゃ。
　そんな考えがよぎったけど、違う違うと振りはらった。
「それより、みんなは?」
　あたしの近くに誰もいないことを確認して、慎也が眉を寄せる。利乃、慎也に連絡してないのかよ!
「あー……それが、さ。利乃とトモ、今日来れないって」
「……え」
　固まった慎也の顔に、うっとショックを受ける。
　や、やっぱ、あたしとふたりきりなんか、嫌だよね。泣きたくなってきたのを抑えて、口を必死に動かした。
「な……なんかね。利乃の家、今親戚の子預かってるらしくて。でも親が出かけるから、家にいなきゃいけなくなったって」
「……そ、か」
　あたしの表情の焦りに気づいたのか、慎也は「仕方ないね」と笑ってくれる。けど、その顔は少し悲しげで。
「トモは?」
「別の友達に誘われたって。断りきれなかったらしいけど……もしかしたら、会えるかも」

そしたら文句言ってやろう、と笑う。

あたしを見て、慎也は目を細めた。

「……じゃあ、今日は麗奈とふたりか」

ドキッと、心臓が音を立てる。あたしを見つめるその視線が優しくて、思わず目をそらした。

「そっ、そう、なるね」

「……なんか麗奈、いつもと違う？」

頭上から聞こえた意味深な言い方に、バッと顔をあげる。あたしの頭から足もとまで見ると、慎也はフ、と笑った。

「……浴衣だ」

かぁぁっと、一気に顔の温度が上昇した。

どうせ似合ってないけど、似合ってないけど！

うっかり、喜んじゃいそうになるよ！

「だっ、だっ、だから、何っ？　言いたいことがあるなら言って！」

「ハハ、なんもないよ。つーか、また緊張してる」

おもしろそうに笑って、あたしのくるりと巻かれた髪に触れる。

もうやだ、この人。わざとやってんのかってくらい、視線も表情も声も、優しくて甘い。

……すっごく、ムカつく。

「行こっか」

慎也の声で、あたしたちは歩きはじめた。

見るからにカップルな男女がちらほらといる中、慣れない下駄を鳴らして、人混みへ入っていった。

＊

「なんか食べる？」
　河川敷の近くで行われている、この祭り。
　あたしたちは屋台の並ぶ通りを、人波に流されながら歩いていた。
「……麗奈？」
　ざわざわと騒がしいまわりの音にまぎれて、隣から慎也の声がする。ハッとして、「なにっ？」とあわてて顔を上げて彼を見た。
「……何か食べる？　って聞いたんだけど。麗奈、今すごいぼーっとしてたね」
「あ、ああ。そっか、ごめん！　考え事してて」
　へらっと笑うあたしを、慎也はじっと見つめてくる。
　……綺麗な瞳だな。
　盆踊りの音と声が、耳に響いた。
「……考え事？」
　そう言って首をかしげてくる慎也は、いたずらっ子のように笑っていた。可愛らしいその笑みに、なんだか悔しくなってくる。
「……そ。考え事」
「どんな？」
「こんなことになるなんて、思ってなかったなぁとか」
「うん」
「……慎也はあたしとふたりで、つまんなくないかなぁ、

とか」

　最後の言葉は、しっかりと彼の目を見て言った。慎也は静かに、「つまんなくないよ」と言った。
「それ、麗奈の悪い癖だね。すぐ自分を卑下（ひげ）する」
　……だって、自信がない。
　あたしはあたしに、まだ自信を持てないから。
「……日本人だもん。ケンソンだよ、ケンソン」
「ハハ。麗奈、絶対『謙遜（けんそん）』って漢字で書けないでしょ」
　いきなり言われて、ちょっと考える。慎也の言うとおり、なんとなく形は思い浮かぶけど、細かいところは微妙だった。
「なんでわかるの」
「麗奈、漢字苦手そう」
「何それっ」
　苦手ですけどね！
　つんとそっぽを向いたあたしに、慎也は「図星ですか」なんて言って笑う。その、優しい声が。
『麗奈』って呼ぶ度に、心臓が痛む。
「でさ、さっきも聞いたけど。なんか食べる？」
　立ち並ぶ屋台を見渡す慎也を見て、「そうだね」と返事をした。
　食べ物を売ってる屋台はたくさんあって、あちこちからおいしそうな匂いが漂ってくる。
　すんすんと鼻を動かして、いろんな食べ物を思い浮かべた。
「……あ」

ある屋台が目に止まった。
それに気づいた慎也が、足を止めてくれた。
「たこ焼き食べたい!」
嬉々として屋台を指さすあたしに、慎也はおもしろそうに笑った。予想しない時に笑われて、なんだか恥ずかしくなってくる。いや、慎也はいつもあたしに対して、笑うタイミングが謎だけど。
「たこ焼き好きなの?」
「好きっていうか……今そういう気分なの。たこ焼き食べたい気分なの!」
「そっかあ」
笑いながら背中を押されて、屋台の方へ歩かされる。
むっとしながら上を向くと、慎也の楽しそうな笑顔が見えて、ホッとした。
……もっと、笑って。そんな風に、笑ってて。
「慎也は、何食べるの」
まだ温かいたこ焼きのパックを片手に、慎也のあとをついていく。人も多くなってきて、あたりはいちだんと騒がしくなってきた。うちの高校のある市内の祭りだから、たぶん学校の友達もたくさん来てる。
そう思うと、慎也とこうしてふたりでいるのを誤解されないか、不安になったけど。
「なにすねてんの、麗奈」
そう言って、彼はあたしの頬に手の甲を当てる。浴衣で暑いからか、慎也といるせいなのか、頬は熱かった。

……彼と過ごすこの限られた時間で、余計なことは考えたくない。
　彼が素直に笑っていれば、いい。それであたしは、安心する。時折たやすくあたしに触れてくる彼の手は、冷たかった。
　花火が始まる8時の10分前頃から、人はさらに増えた。花火が打ちあげられるのは、この近くの川辺。利乃も言っていたけど、みんなそこの土手にシートを敷いて見るらしい。
「8時までに、河川敷まで行けるかなぁ」
　人混みにまぎれながら、1歩前を歩く彼に話しかける。
　うわ、押しつぶされそう。隙間を通って通って、やっと歩ける感じ。浴衣だと歩きづらいし、動きにくい。
「……うわ、わっ、慎也っ……」
　途中で慎也との間に人が通ってきて、はぐれそうになった。
　気づいた彼が振り返って、「麗奈」と呼ぶ。なんとか追いついて、ふうと息をついた。
「ごめん、前ばっか見てた」
「ううん、いいよ。ありがと」
　横に並んでくれた彼に、苦笑いを返す。そこら中にあふれてるカップルみたいに、手でもつなげたらいいけど。
　そんな勇気、出ないし……。
「ん」
　そう思ったあたしとは逆に、慎也は手を差し出してきた。驚くあたしに、慎也は「ほら」と言ってくる。
　……嘘。いいの？

人波に流され歩きながら、手を差し出す慎也がだんだんと、恥ずかしそうに「麗奈」と催促してきた。
「……早く」
　いい、の？
　絶対今、あたし顔赤い。だって、すごい熱い。顔も手も、ぜんぶぜんぶ。
　……慎也の、せいで。
「あ、りがとう」
　少しだけ震えた声と、おそるおそる重ねた手と。
　慎也は優しく目を細めて、そしてしっかりとあたしの手を握った。
「これで、はぐれない」
　……ああ。
　やっぱり、好き。
　まわりはすごく騒がしいはずなのに、彼の声ははっきりと聞こえる。あたしを、遠い遠いどこかへ連れていく。
　まるで心がどこかへ行っちゃったみたいに、現実味がなくて。あたしの1歩前を歩く、彼の広い背中が光を帯びる。
　……好きな男の子を、カッコいいと思うことは初めてじゃないけれど。
　こんなにも切なくて、優しい心地がしたのは初めてだった。
　つながった手に、泣きたい気持ちになる。
　彼の隣にいるのは、あたし。
　今、彼の手を握っているのは、あたし。

……ねえ、変だね。
　触れた手から伝わる温もりに、『恋するオンナノコ』は、ドキドキするものなんでしょ？　嬉しくて、浮かれちゃうくらいに喜んでしまうものなんでしょ。
　なのに今、彼に手を引かれて歩くあたしの心は、喜んでなんかいないんだ。苦しいほど胸が痛んで、やるせないほど切ない。こんな感覚、初めてで。
「……慎也」
　河川敷へと続く道を歩きながら、彼の背中へ声をかける。
「ん？」
　なにげない風で振り返った彼に、あたしは眉をさげて笑った。
「あたし、今すっごく楽しい」
　泣いてしまいそうなのを、必死に隠して。彼もそうだといいと、思いながら。
　重なった手を、ぎゅっと握り返した。慎也はあたしをじっと見つめて、そして……笑った。
「……なら、俺も楽しい」
　好き。
　君の苦しさも、視線の先も。
　何も知らない、あたしだけど。
　好きだよ、どうしようもなく。
　……あたしだって、好きでどうしようもないんだよ。

告白

　土手へ行きついた頃には、地面の緑色が見えないほど、たくさんの人で埋められていた。
「座るとこ、なさそーだね」
　数個残ったたこ焼きのパックを持って、あたしは苦笑いをする。
　河川敷に立ったまま見ることになりそうだなぁと思っていると、慎也が「んー」と何か考えはじめた。
「俺、よく見えるとこ知ってる。そこなら座れるし、行く？」
「あ、行きたい……けど、あと２分で花火始まるよ」
「でも、座れないときついでしょ」
　慎也が、あたしの足もとを指さす。
　……さっきから、ちょっとだけ痛んでるの、気づかれてたみたいだ。
「花火なら、歩きながらでも見れるよ」
「……そうだね。ありがと」
　彼がもう一度あたしの手をつかんで、歩きはじめる。慣れたその手のひらの形に、あたしは目を細めた。
　いつまでも、つないでいられたらいいのに。
　そうすれば、慎也がちゃんとここにいるって思える。
　河川敷に立って花火を待つ、たくさんの人の間を通る。彼に手を引かれてたどりついたのは、河川敷のすぐ近くの、古びた建物だった。

２階建てのその建物に、人の気配はない。屋上を見あげていると、大きな音とともにうしろで花火があがった。
「えっ、わぁ、始まった！」
「ここの屋上。そこに階段があるから、行こ。急げー」
　トントンと慎也に背中を押され、鉄の錆びた階段へ早足で行った。花火のあがる音と人々の歓声を聞きながら、カンカンと音を立てて階段をあがる。
　最後の１段で、目の前にある鍵の壊れた格子の低い門を開けた。
　──ドン。
　屋上に足を置いたとき、同時に大きな赤い花火が夜空に広がった。
「……わぁ、キレー！」
　河川敷で見るより、ずっと近い。
　屋上にある柵も低いから、すごくよく見える。続けて打ちあげられる花火を見あげて、あたしは目を輝かせた。
「すごい、すごい！　超綺麗！」
　浴衣を着ていることも忘れてはしゃぐと、途中で履き慣れない下駄でつまずいて転びそうになった。
「わっ」
「麗奈！」
　慎也があわてて、支えてくれる。
　見あげると彼の顔がすぐ近くにあって、びっくりした。
「……あ、ごめん、ありがと」
「……ふ。テンションたっか」

う。ちょっとバカにされたみたいで、悔しい。

唇を尖らせながら彼から離れ、花火を見あげた。

「だって、まさかこんなところで見れると思ってなかったし。いーでしょ、テンションあがったって」

色とりどりの小さな光が、あたしの視界を覆いつくす。耳に響く重低音が、あたしの心臓ごと震わせている気がした。

「喜んでくれて、何より」

ふと隣に視線を移せば、綺麗な横顔が見える。その瞳には、花火の光が映っていた。

花火が打ちあがる度、彼の整った顔に影をつくる。

「……ここ、よく知ってたね。穴場じゃん」

「中学の頃、トモと見つけたんだよ。この建物、昔は1階に店があったらしいんだけどね」

錆びついたてすりも、汚れた建物も。慎也とトモの思い出の中へ、あたしは連れてきてもらったんだ。

「……そっか。連れてきてくれて、ありがとう」

花火を見あげてそう言うと、隣から「どういたしまして」という声が聞こえた。

「麗奈、座る？」

彼が指さすのは、すぐ近くにポツンと置かれた青いベンチ。

お世辞にも綺麗とは言いがたいそのベンチに、座ろうか迷っていると、うしろでバサ、と何かを広げる音が聞こえた。

振り返ると、慎也が可愛らしいチェック柄のビニールシートを持っているのが見えた。

「……え」

「利乃に持たされてたんだ」
　苦笑いを浮かべる慎也の言葉に、目を見開く。
　……やっぱり、利乃。
「これ敷けば、座れるでしょ」
　バサ、とベンチの上にシートが敷かれた。
　あたしは、「さすが利乃」と笑う。
　……利乃とトモが行けなくなったから、今あたしはこうしてるんだ。慎也とふたりきりで、花火を見てる。
　屋台を回っている間、他の友達と行ったというトモの姿を、なにげなく探してはみたけど、見かけなかった。
　……疑う、わけではないけど。
　少し不安になるくらい、仕方ないと思う。
「…………」
　──ドン、ドン。
　しばらくの間、ふたりでベンチに座って花火を見あげた。
　赤、黄、青、紫。いろんな花火が、あたしたちの頭上に降り、消えていく。
　見つめていたらなんだか寂しくなってきて、何か話そうと話題を探した。
「……綺麗、だね。あたしの地元の祭りは海のそばであるから、なんか新鮮」
　笑うあたしに、慎也は静かに「そっか」と返事をしてくれる。その瞳が心なしか曇っている気がして、不安になった。
　……なんか、明るい話題、ないかな。
　彼が笑顔になる、話題。

「……あ。そうだ、海！」
　大袈裟なほど大きな声で、思いついたように言ってみた。彼は驚いたように、あたしを見ている。
「みんなで、海行こうよ！　夏休みのどっかでさ！」
　ねっ!?　と笑ったけど、彼の表情は明るくなかった。困ったように眉をさげて、悲しそうに笑う。
　……え？
　予想外の反応に、あたしは何も言えなくなった。
「……海は、好きだけど。行かない。行けない」
　その笑みは、あたしが今日何よりもさせたくなかった表情だった。
　好き、だけど。
　行くことは、できない……って。
「……なん、で？」
　あたしたちの上に、花火が降る。大きな音が、あたりに響き渡る。あたしは、慎也だけを見ていた。
「……約束、したんだ。海に行くときは、ふたりでって」
　彼はさみしそうに、あきらめたように……それでいて、おだやかに。
　あたしを見つめて、優しく笑っていた。
　……また、だ。また、映ってない。
　その瞳に、あたしは映ってない。
　隣にいるのはあたしなのに、あたしだけな、はずなのに。あたしは慎也の頭の中を、独占できない。
「……どんな、ひと……？」

声が、震える。
　あたしの言葉に、慎也が驚いたように「……え?」と声を漏らした。
「慎也の、好きなひと。どんなひと……?」
　もしかしたら、今度こそ泣きそうなのがバレたかもしれない。でも、そんなの構ってる余裕、なかった。
　このひとにこんなにまで悲しい表情をさせるのに、それでも彼の中から消えないその人が。
　どんなひとなのか、純粋に知りたいと思ったんだ。
　慎也はしばらくあたしを見つめていたけど、やがて笑うのをやめて、目を伏せた。そうして、口を開く。
　彼の、好きなひとは。
「……誰よりも弱くて、泣き虫で、不安定で」
　予想していなかった単語の連続に、少し驚く。
　だけど慎也はふいに花火を見あげて、そして目を閉じた。
「……けど、誰よりも前向きに生きようとしてる、女の子」
　そう言った慎也の口もとは、弧を描いていた。
　寂しそうだけど、それでもたしかに愛おしそうで。あたしは唇を噛んで、その姿から目をそらさなかった。
　……そのひととの、ことが。
　君は本当に、好きなんだね。
「……そっか」
　きっと、かなわない。
　今のあたしじゃ、彼の好きなひとには、到底かなわない。まだあたしは、この人の視界にすら、映ることができてな

いんだから。
　でもその瞳から、愛しいひとばかりを映すその瞳から、目をそらしたくないと思った。
　彼の、悲しくてさみしい恋心から、逃げたくない。
「……あたしも、ね」
　うつむいたまま、つぶやくように言う。震えないよう、抑えて。
「好きなひと、いるんだ」
　喉の奥が、痛い。今にも涙があふれてきそう。
　でも耐えなきゃ。変わるって、決めたから。ぶつかるって、決めたから。
　手に入らなくても、失うかもしれなくても。それでも見つけたこの大切な感情を、あたしはなかったことにしたくない。
　唇をぎゅっと噛んで顔をあげると、驚いたようにあたしを見つめる彼の顔があった。
　その表情に、思わずへらりと笑う。
「誰だと思う……？」
　花火の音が、あたしを震わせる。
　おびえと、緊張と、いろんなものが混じり合って、おかしくなりそう。慎也の瞳に、反射した花火の光と、あたしが映っている。
　ぎゅう、と手のひらを握りしめた。あたしはまっすぐに慎也を見つめて、目を細めて笑った。
　彼の瞳にどうか、今まででいちばん可愛いあたしが、映っ

ていますように。
「慎也、だよ」
　――ドン。
　大きな大きな青い花火が、夜空に舞った。
　慎也の瞳が、ゆっくりと見開かれる。あたしは彼をのぞきこむようにして、じっと見つめ続けた。
「…………」
　ただただ驚いて、何も言えないという様子の慎也。
「驚いたでしょ」
　笑うあたしに、彼はとまどった表情をした。
　あたしを見て考えるように唇を閉じる彼を見て、正直嬉しいと思った。
　だって今、たしかにあたしはこのひとの頭の中を埋め尽くしてる。それを感じて、やっぱり涙が出そうになった。
　彼の瞳に映るには、もう告うしかないと思ったから。今までどおりのあたしじゃ、どうやったって彼の視界には入れない。そのさみしい恋を、黙って見つめているだけのあたしじゃ。
　だから、言うんだ。
　彼を好きなあたしで、その瞳に映りたいから。
　慎也は笑うあたしを見て、そして眉を寄せて、目を閉じた。
「……ごめん」
　その真剣な声色に、胸の奥がじんじんと痛くなってくる。たったひと言の言葉なのに、どうしてこんなにくるしく感じるんだろう。

「うん……こっち、見て」
　あたしの言葉に、長いまつげがあがる。彼はすごく申し訳なさそうに、あたしを見ていた。
　……ほんと、優しいなぁ。
　そんな顔されたら、泣きそうになるよ。
「ふ。フラれるのわかって言ったんだから、慎也はそんな顔しなくていいんだよ」
「……でも」
「いいの」
　目を伏せて笑うあたしに、彼の手が伸びる。
　だけど、頬に触れる直前でそれは、止まった。
　今まで、たやすく触れてきたのに。胸の底が、じくじくと灼かれていく。それでもあたしは笑った。
「大丈夫だから。返事、ありがとう」
　お願い。
　あたしの精いっぱいの強がり、崩さないで。
「……うん。俺こそ、ありがとう。……ほんと、ありがとう」
　あたしのことを考えて、言ってくれてるのがわかる。夜空には、フィナーレでたくさんの花火が打ちあげられはじめた。
「あ！　最後だよ、ほら慎也！」
　あたしのせいで重たい空気になっちゃったから、せめて明るくふるまわなきゃ。
「……うん」
　同じように花火を見あげる彼の瞳には、たしかにあたし

が映っていた。それを見て、あたしの決意は揺らいでいく。
　……言えないな、と思った。
　『あきらめないから』なんて、言えない。今だけ、このときだけでいいから。
　慎也の頭の中を、独占していたいと思った。
　『あきらめない』なんて言ったら、きっとまた彼は好きなひとのことを思い出す。
　ずるいかも、しれないけど。それでも。
　今このひとの隣にいるのは、他でもないあたしだと。そう、思いたかったから。
「慎也」
　激しいほどの音を立てて打ちあげられる花火の下、彼を見つめる。目が合うと、やっぱり優しい声で「ん？」と首をかしげられた。
「また、みんなで遊ぼうね」
　そう言うと、慎也は一瞬驚いた顔をしたあと、嬉しそうにはにかんだ。
「当たり前」
　……降り積もる。
　切ない想いが、ゆっくりと。あたしの心に。
　花火が終わると、あたしたちは屋台のある通りへ戻った。家族へか、慎也は『おみやげ』と言ってりんご飴を買った。
　さっきまでのことがまるでなかったかのように、いつもどおり笑い合う。だけど慎也の頭の片隅には、あたしの告白が残っているようだった。

だからやっぱり、あたしは何も言えなくて。
「じゃあ、慎也。今日はありがと、またね」
「ん。また」
　駅のホームで、手を振り合う。
　おだやかに微笑むその姿は変わらないけど、あたしを見つめる瞳がはじめより優しくて、喉が痛くなった。
　彼のうしろ姿が遠くなっていくのを見て、目を細める。
　祭りの影響で臨時の電車が来ていたから、待たずに乗ることができた。
　ひとりぼっちになったとたん、どうしようもなく視界が歪んでいく。
　浴衣姿の女の子と、それに連れそう男の人の姿を見て、今日のあたしたちはああ見えていたんだろうかと思った。
『……ごめん』
　わかっていたはずの言葉なのに、なんでこんなにきついんだろう。
　告白して後悔なんか、してない。だけど、自分で思っていた以上にあたしは、泣くのをこらえていたみたいだ。
　彼の瞳にたしかに"あたし"が映ったこと、彼の頭の中を埋め尽くしたこと。
　思い出せばどんどん涙がこらえきれなくって、やがてこぼれた。
　……今まで失恋したことはあるけど、こんなにくるしいのは初めてだった。
　なんだか今日は、そんなことばっかりだ。

知りたくなかったなんて、思わない。思わない、から。
電車の中、窓の外を見つめながら声を押し殺して泣く。
どうか今も彼の心の中に、"あたし"が残っていますように。

　　＊

【利乃side】
「『親戚の子』って、どこにいんの」
——カララ……。
隣のベランダの窓が、そんな声とともに開く。
家のベランダから花火を見ていた私は、そっちへ見向きもせずに「さぁ、どこでしょーね」なんて言って笑った。
色をなくした夜空は、やけにさみしい。
わずかにちらほらと見える星を見つめながら、「お祭り、どうだったの」と言った。
「慎ちゃん」
私は微笑を浮かべて、隣のベランダの手すりに腕を置く彼を見つめる。
夜空を見つめていた慎ちゃんは、いつもより少しだけ厳しい目で、私を見返してきた。
「楽しかったよ」
彼はきっと、怒っている。私がわざと、慎ちゃんと麗奈ちゃんをふたりきりにしたこと。
私は直前まで、彼に夏祭りへ行くと言っていたから。

「ふふ。麗奈ちゃん、浴衣だったでしょ。あーあ、私も見たかったなぁ。あ、ビニールシートは活躍した？」
「……おかげさまで」
　ニコニコと笑う私に、慎ちゃんはやがてため息をついた。そして右手に持っていたものを、ベランダ越しに差し出してくる。
「ん」
　……赤くて丸い、飴玉。甘い水飴の部分をかじれば、白いりんごが顔を出す。それを見て、私は思わず笑ってしまった。
「今年も、買ってきてくれたんだぁ」
　ありがと、と笑って、りんご飴を受け取る。
　私と慎ちゃんの家のベランダはとても近くて、会話がすんなりとできてしまうほどだった。
　ビニール袋に包まれたりんご飴を見て、目を細める。
　そんな私を見て、慎ちゃんは「今年は」と言った。
「……麗奈もいるから、てっきり行くんだと思ってたよ」
「私だって行きたかったよ」
　ひと呼吸も待たずにそう言った私を、慎ちゃんは驚いたように見つめてくる。私は目を伏せて、りんご飴を見つめた。
　……行きたかったよ、みんなで。
「でも、やっぱり無理だった」
　へら、と笑う。慎ちゃんは眉を寄せて、「そっか」と言った。
「うん。……ごめんね」
「いいよ」

夜風が、慎ちゃんの黒髪を揺らす。
暑さでかいた汗が、冷やされていくのを感じた。
……さみしいさみしい、夏の夜。
私の家のガレージにも、慎ちゃんの家のガレージにも、車は1台も止まってない。
カレンダーをめくれば、もう8月だ。
冷たい潮風が、私の頬をなでた。

＊

【麗奈side】
夏祭りから、数日後。
これから1週間ほど続く補習の1日目、あたしたちは約2週間ぶりに4人でそろった。
「あっ、麗奈ちゃん！　久しぶりー！」
「……そんなに久々でもないけど」
教室へ入るなり、利乃が抱きついてくる。利乃とは、夏祭りのあとも一度会って遊んだし。
……だけど。
いつもどおり、教室のうしろの壁に寄りかかってしゃべっているふたりを見て、どきりとした。ふいに慎也と目が合って、さらに驚く。
……気まずくならないように、気まずくならないように……！
心の中で何度も繰り返しながら、あたしは口を開いた。

「お……おはよ！　慎也、トモ」

　トモはあたしに気づいて、元気よく「おはよー！」と返してくれる。慎也もいつもどおりに笑って、「おはよ」と言ってくれた。

　……そう、いつもどおり。それが嬉しいような、少し悲しいような。だけど絶対、近いうちに『あきらめない』宣言をしなきゃいけない。

　それがいつかは、まだ決まってないんだけど。

　彼の中のあたしは、もう『ただの友達』じゃなくなったわけだから。早いとこ、言わなきゃ。

　トモと笑い合う、彼の姿をさりげなく視界へ入れる。

　……頑張れ、あたし。

＊

　放課後。

　あたしは先生に呼ばれて、職員室に行っていた。

「失礼しました～……」

　ガララ、と職員室の扉を閉めて、はぁ、とため息をついた。

　担任の武崎先生に呼ばれて、何かと思えば。お前はもっと国語力を伸ばすべきだとか言って、国語の課題を渡されてしまった。

　面倒くさい……苦手なのが本当だから、さらに面倒くさい。

　夏休み課題はたんまりあるのに、なんでわざわざ別のプリントまでしなきゃいけないのか。

現代文やら古文やら漢文やらの、数枚のプリントを片手に廊下を歩く。教室で、利乃が待ってくれてるはずだ。
　きっと『あーあ麗奈ちゃん、どんまいだねっ』とか言って笑われるに違いない。
　しょんぼりしながら自分の教室の近くまで歩いてきたとき、廊下側の窓から、慎也の声が聞こえた。
「利乃。ここから、あの海が見える」
　ぴた、と。
　あたしの足が、止まった。
　なんでかは、わからない。
　だけどどうしても今、教室へ入れないと思った。
　トモは今日、友達と一緒に楽しそうに帰っていった。それに慎也はついていかなかったんだ。だからきっと今、教室には利乃と慎也しか、いない。
　……『あの海』。
　慎也がいつも、窓から見ている海のことだ。
「…………」
　あたしは廊下の壁際に、そっと寄りかかった。
「……知ってるよ。ずーっと前から」
　利乃の、少しふてくされたような声が聞こえる。
『海』。
　彼がなりたいと思う、海。彼が好きな、海。
　だけど……ひとりで行くことはできない、海。
　頭の中で、慎也の『海』に関するいろんな言葉と表情が駆けめぐる。

なんでかわからない。
けど心臓が、ものすごい速さで嫌な音を立てはじめたから。
「……よく見えるな、ここ」
「でしょ？」
なにげない、会話のはずなのに。ふたりの声がやけに落ち着いていて、それがあたしを焦らせる。
なんで？　わかんない。わかんないけど、でも。
……でも。
「あの海を見てたら、安心するもん」
どく、と。
利乃の声と、あたしの心臓の音が、重なった気がした。
「…………」
頭の中が、真っ白になる。
だんだんと意味を理解していくに連れて、あたしの瞳にじわじわと涙がにじんでいった。
「…………！」
そのまま、教室とは反対方向へ駆けだした。
あのふたりから、逃げるように。気づいてしまった事実から、目を背けるように。
『あの海を見てたら、安心するもん』
……それ、は。
あの雨の日、彼が『海になりたい』と言ったときの。
『海ってさぁ、見てると安心するじゃん』
同じ、ことば。
「……は、はぁ、はぁっ……けほっ」

昇降口の近くの自販機の前で、立ち止まる。
　息を短く吸いすぎて、咳きこんだ。それと一緒に、涙がひとつ、ぽたりと地面に落ちた。
　……なんで、気づかなかったんだろう。
　教室の窓から見える、あの海の近くには、利乃と慎也の家がある。
『海を見てると安心する』のは、慎也じゃない。
　それは、利乃だ。
　利乃が『海を見てると、安心する』。
　……だから彼は、『海になりたい』。
「……もぉ、やだぁ……」
　彼が長い間、ずっと片想いをしている相手。
　そんなの、ひとりしかいないじゃん。
　彼が転校してきた日、真っ先に声をかけたのは利乃だった。
　彼があのさみしい笑顔をするときは、決まって利乃がいないときだった。
　……ああ。思い出せば、たくさんあるじゃない。
　彼の言葉にはいつだって、彼女の存在があったこと。気づいてしまった。
　慎也の好きなひとは……利乃、なんだ。

第5章

出会い

【慎也side】
『ほら、慎也。お隣に住む栗原(くりはら)さんよ。あいさつしなさい』
　利乃が俺の家の隣に越してきたのは、小学校に入学する少し前だった。
　大きな目とふわふわした長い髪を揺らして、じっと俺を見てくるその女の子。
　そのにらむくらいの強い視線に、はじめ俺は怖気(おじけ)づいていたのを覚えてる。
『利乃ちゃんは、うちの慎也と同い年ですってね。同じ小学校じゃないの〜、よろしくね？』
　おだやかで表情豊かな母は、小学校入学前の子供を持つには少し若すぎる利乃の母親にも、ニコニコと笑って接した。
『はい、よろしくお願いします』
　赤い口紅が印象的な利乃の母親は、俺を見て『慎也くん』と呼んだ。
『利乃と、仲よくしてね』
　機嫌が悪いのか、利乃は少しも笑わずに俺を見てくる。
　だけど母親が『ほら、慎也くんにあいさつして』と肩を軽く叩くと、驚くほど表情を変えた。
『ふふ。わたし、栗原利乃。よろしくねっ、慎也くん！』
　花が咲かんばかりの笑顔で、俺にぺこりとお辞儀をする。
　その変わりようと、この年の子供にしてはあまりに完璧

な無邪気さと可愛らしさに、俺は若干の恐怖を覚えた。
　まるで、作ったかのような笑顔と声。
　……可愛い、子だけど。
　なんか……変な、子だ。
『……俺は、池谷慎也。よろ、しく』
　とまどいながら、手を差し出してみる。
　利乃はきょとんとしていたけど、すぐに理解して『うんっ』と握手してきた。
　小さくて可愛らしくて、大人たちが好みそうな笑顔を浮かべる女の子。
　俺はそのお隣さんが、大の苦手だった。
『慎也っ、利乃ちゃんが来てくれたわよ』
　小学校に入学してからは、当たり前のように利乃と登校させられるようになった。
　朝の支度をあわてて終えて玄関の扉を開けると、いつもと同じにっこりとした笑顔に迎えられる。
『おはよう、慎也くん』
　その笑顔を見る度、俺はげんなりした。
　今日も彼女は可愛らしいピンクのワンピースを着て、真っ赤なランドセルを背負って、俺の隣を歩く。利乃は学校で、いい意味でも悪い意味でも目立つ生徒だった。
　あきらかにまわりの女の子たちとは違う、完璧とも言えるほど愛らしい雰囲気と容姿。
　人の目を引く彼女は礼儀正しく、それでいて無邪気で、教師たちを喜ばせた。

男子もその愛くるしい笑顔に見惚れ、多少のわがままなら許せてしまう。
　問題は、女の子たちだった。
　男子たちの視線を一身に浴び、教師からも可愛がられる利乃。みんな一緒、足並みそろえて歩きましょうという女の子たちにとって、それが気に入らないのは当然だった。
　3年生に進級する頃には、利乃の母親が水商売をしていることが、同じ学年の保護者の周知の事実となっていて。
　親の苦い顔を見て、女の子たちはここぞとばかりに利乃へ悪口を言った。
『リノちゃんって、ぶりっこだよね。ぜったい、自分がいちばん可愛いと思ってるんだよ』
『ママから聞いたもん、あたし。リノちゃんのお母さん、"夜のおしごと"してるんでしょ』
『リノちゃんも、そうなんだよ。だからあんなに、男子と仲よくできるんだ』
　それでも当の本人はまったく気にしていないのか、堂々と『だから？』なんて返していた。
　俺の母親はというと、たぶん早々に利乃の母親の仕事は知っていたんだろうけど、気にもしていないようだった。
　むしろ、『利乃ちゃん、あんなに礼儀正しくていい子だなんて、きっとお母さんの教育がいいのね』なんて言っていた。俺はといえば、母親同士の仲がいいせいで、いつも利乃の召使いのような立ち位置にいた。
　3年生の夏休みは毎日のように利乃と遊び、たがいの家

を行き来するのは、もはや当たり前。
　まるで家族のような存在となっていて、男子たちにはうらやましがられたけど、正直俺はあまり嬉しくなかった。
『慎也くんっ、あそぼー！』
　家の前で、利乃が俺の部屋に向かって叫ぶ。
　その顔はいつもニコニコしていて、元気だなぁと感心すらも抱くほどだった。
　俺が家の扉を開けると、利乃は嬉しそうに笑う。
　俺はそんな彼女を見て、ため息をついた。
『……利乃ちゃん、女の子と遊ばなくていいの？』
『わたし、女の子の友達いないもん』
　なんてさみしい言葉だろう。
　利乃は何も悪くないとはいえ、もう少し女の子と仲よくなる努力をすればいいのに。
『いっつも俺と遊んで、つまんなくないの？』
『ううん。慎也くんはつまんない？』
　一見無垢な透き通った彼女の瞳に、自分の姿が映る。
　俺は利乃を見つめて、少しの間考えたあと、『ううん』と答えた。
『……つまんなく、ないよ』
　彼女はいつものように、にっこりと笑うのだった。

　＊

　小４から、女の子たちは利乃に嫌がらせをするように

なった。
　教科書に落書きしたり、靴を隠したり。
　今思えば、それはとても幼いやり方だったけど。
　見ていることしかできないまわりの人間には、冷めた目をして受け止める利乃が、痛々しく見えた。
　――ドン。
　意地悪そうに笑う女の子が、利乃にわざとらしくぶつかるのを、廊下で見てしまった。
　よろけた利乃は、持っていた教科書をばらばらと落とす。
　キャハハと笑いながら教室へ入っていく女の子たち。
　利乃は何も言わず、静かに教科書を拾いはじめた。
『……利乃ちゃん、大丈夫？』
　急いで駆け寄って、手伝う。顔を上げた利乃の表情は、驚くほどいつもと変わらなかった。
『なんだ、慎也くんか。ありがとう。ひどいことするよねえ、もう』
　"性格ブス"、"ぶりっこ"。
　他にもいろんな醜い言葉が書かれた教科書を、利乃は大事そうに抱えた。そして心配する俺に、明るく笑って。
『でも、大丈夫。ぜーんぜん気にしてないの、わたし』
　……どうしてそんなに、強いんだろう。
　ひどいことをされても、それでも弱音を吐かずに立ちあがる利乃が、まぶしく見えた。
『だって、わたしが可愛いのは本当でしょう？　あの子たちより、頭だっていいし。あ、算数はちょっと苦手だけ

ど……』
　そう言って、へへっと笑う。
　利乃は自信家だったけど、それはぜんぶ陰の努力の賜物だ。
　学校では自由に華やかにふるまっていたけど、実は家で勉強をしていることを、俺だけが知っていた。
　そんな、夏の日。
　夏休みを目前に、授業参観が行われた。
　授業が終わり、みんなが席を立って、恥ずかしそうに親のもとへ向かう。ほめられて嬉しそうにはにかむ子供たちの中で、俺は利乃と一緒にいた。
　利乃の母親は、仕事で来れなかった。
　……俺の母親も、来ていない。
　とても、来れるような状態じゃなかったから。
　利乃は何も言わずに、窓の外を見ている。俺は何も言わず、それに付きそうように、窓際に立っていた。
　すると教室の扉の近くで、甲高い女の子の声がした。
『ママぁ！　見た？　あたし、発表したよ！』
　その子のお母さんが、えらかったね、とほめる。
　……後藤リエ。利乃をいじめる、リーダー格の子だ。
　発言力はあるけど、口は悪い。
　利乃は窓の外から目を離し、その様子を眺めていたけど、やがて席を立った。
　そして、無言で後藤リエと母親のもとへ歩いていく。
　驚いてうしろ姿を見送ることしかできない俺は、利乃の行動に驚いた。

『あっ、リエちゃんのお母さんですか!?』

そう、母親へ嬉しそうに言ったのだ。

面食らう、後藤リエ。その母親も、利乃が例の母親の子供だと気づいたのか、顔をしかめた。

利乃はそれに気づいているのかいないのか、ニコニコとお得意の愛想を振りまく。

俺は何をやらかすのか、気が気じゃなかった。

『はじめまして、栗原利乃です！ リエちゃんとよく遊んでるんですけど、お母さんにまだ、ごあいさつしてなかったなって』

後藤リエが、目を見開く。

無邪気に、礼儀正しい『いい子』の利乃が、愛らしく笑う。周囲の視線を、その一身に集めていた。

『リエちゃん、わたしにとっても優しくしてくれるから、大好きです。これからも、よろしくおねがいしますっ』

ぺこりと利乃が頭をさげたとき、もう後藤リエの母親は、顔をしかめてはいなかった。

我が子をほめられ、嬉しそうに『あらあら』と笑っている。

『こちらこそ、リエと仲よくしてくれてありがとう。わざわざあいさつしにきてくれるなんて。リエ、利乃ちゃんと仲よくするのよ？』

母親にそう言われ、後藤リエは悔しそうに唇を噛んで、利乃を見つめている。利乃は『だって、リエちゃん！』なんて言って、笑っていた。

その様子を見つめているまわりの児童は、驚き。

お水の母親の子供という目線で利乃を見ていた保護者たちは、その１件から利乃を悪くは言わなくなった。
　俺はそれを見て、この子は誰よりも強いんだと思った。
　生まれ持ったその愛らしい容姿を自分のものにして、戦っている。
　……彼女がまわりと違っていることは、初めて会ったときからわかっていたけど。
　この子はたぶん、自分なんかよりずっとたくさんのことを思い、考え、生きているのだろうと思った。
　その日、俺はいつもどおりに利乃と帰った。
　彼女は、後藤リエの母親と話したことに関して、何も言わなかった。ただいつもどおり、明るく話しかけてくる。
　そこにはやっぱり、笑顔があって。
『じゃあねっ、バイバイ！』
『うん。バイバイ、利乃ちゃん』
　自分の家へ帰っていく、彼女を見送る。
　もちろんその家のガレージに、車は止まってない。
　……利乃の父親は、めったに帰ってこないという。
　働いているのかも、わからないらしい。
　利乃の母親は会社勤めに加え、空いた時間は水商売。
　母親すらも帰ってこないような日がある家で、利乃はひとり、今日も留守番をするんだ。
　俺は自分の家の門を開け、扉を開く。
　すると案の定、リビングへ通じる廊下まで、すすり泣く声が聞こえてきた。

『…………』

　俺は何も言わず、靴を脱ぐ。

　リビングに近づくにつれて、その泣き声は大きくなっていく。リビングの扉を開けて、俺はその姿を見た。

『……ただいま、母さん』

　広いリビングにひとり、床に座りこみ、ソファにうつぶせて泣いている。

　返事は、ない。

　俺に気づいていないんだ。

『………』

　それ以上何も言わず、リビングを出て２階へあがった。

　ランドセルを置いて、ふぅ、と息をつく。

　ベッドに寝転がり、目を閉じた。

　……俺の父親は、いわゆる"仕事人間"だった。

　会社の重役だとかなんとか、仕事を理由に、家に帰ってくるのは遅い。

　母親は日に日にさみしさを募らせ、２年前からよく泣くようになった。

　昨晩は父親と喧嘩をして、今朝俺の朝食を作ったあと、どこかへふらふらと出かけていった。

　あれからずっと、泣いていたんだろう。

　離婚しないのは、俺がいるからだ。

　俺が帰ってきたことに気づかないほど泣いてくるしんでいるなら、別れればいいのに。

　……そう、思うけど。

それでも彼らが離婚しないのは、『大人の事情』とか『世間体』とか、子供の俺にはよくわからないことが関係しているんだ。
『…………』
 目を閉じれば、自然と嗚咽を漏らして泣く母親の姿が浮かぶ。嫌になって、目をそらしたくなって、散歩に出ようと思った。
 母親に何も言わず、玄関を開けて外へ出る。
 俺はこの近くにある海に向かって、歩きはじめた。
 家の前の道を、向かって右の方向に歩いていけば、青い海が見えてくる。
 その途中で、クラスの女子たちがキャハハと笑いながら、俺の横を通りすぎていった。
『……あっ』
 俺を見て、気まずそうに目をそらす。
 その中には後藤リエもいて、驚いた。
 彼女たちは、俺を見て迷うように視線を泳がせたけど、すぐに俺と反対方向へ走っていく。
 俺はしばらくそのうしろ姿を見ていたけど、ふと嫌な予感を覚えて、海へ駆けだした。
 息を切らして、堤防から砂浜を見おろす。
 そこには、ワンピースの裾をたくしあげて、何かを必死に探している利乃の姿があった。
『利乃ちゃん！』
 大声で呼ぶと、ハッとして顔をあげる。

……その目には、うっすらと涙がにじんでいた。
『……慎也、くん』
『なにしてんの、危ないよ！』
　彼女が今立っているのは、寄せてきた波で足もとがつかる場所だ。
　そうでなくても華奢で小さな身体をしてるのに、そんなところにひとりでいるのは、俺たちの年齢ではあまりに危険だ。
　利乃は俺を見あげて、『探してるの』と大声を出した。
『あの子たちに、わたしのブレスレット、投げ捨てられたの。だから、探してるの！』
　……探してる、って。
『海の中に落ちたんなら、もう無理だよ！　見つかりっこない！』
『わかんない、砂浜に落ちたかもしれないじゃん！』
『でも、危ないよ！　あきらめたほうがいい！』
『絶対あきらめない！』
　強い声で、そう叫んだ利乃の瞳には、じわじわと涙が浮かんでいた。
『ママにっ、誕生日に買ってもらったんだもん！　大事にするって、約束したんだもん……！』
　唇を震わせて、利乃は大きな瞳からボロボロと涙を流す。
　……その姿は、とても年相応に見えた。
　弱々しくて、今にも崩れてしまいそうで。
『ママがぁっ、お仕事休んで、一緒に出かけてくれたの！

わたしのために、買ってくれたの！　あきらめられるわけ、ないでしょぉっ……』
　うわぁぁぁん、と声をあげて利乃が泣く。
　可愛らしい洋服を汚して、足を濡らして。
　俺は、ぎゅっと手のひらを握りしめた。
　階段をおりて、砂浜へ駆けだす。海の青が太陽を反射して、まぶしい。潮風が、髪を揺らした。
『……っ、利乃ちゃん！』
　彼女のそばで立ち止まり、息を整える。
　利乃は涙に濡れた頬で、驚いたように俺を見ていた。
『……慎也、くん、なんで』
『俺も探す！』
　大きな瞳が、さらに見開かれる。
　驚きで、涙まで引いたみたいだった。
『……でも、危ないって』
『そうだよ、危ないんだよ！　だから、ふたりで探すの！　どっちかが助けられるように！』
　怒ったように見つめる俺に、利乃はいつものように笑うことはしなかった。
　瞳を潤ませて、唇を噛んで。
　目をぎゅっと閉じて、涙を流しながら。
　か細い声で『……ありがとう……』と言った。
　それから俺と利乃は、一生懸命にブレスレットを探した。
　日が暮れ、子供は帰りなさいと言われる時間になっても、やめなかった。

どうせ、親は心配なんかしない。
　時間をまったく気にしていなかったのは、たぶんたがいにそう思っていたからだろう。
『…………あっ、これ！　利乃ちゃん！　これは!?』
　堤防に張りつくように並べられたテトラポッドの隙間に、それは落ちていた。
　あたりが暗くなる中、キラリと光るもの。手を伸ばして、つかむ。手を上げて掲げると、利乃は目を見開いた。
『そっ……それ！　それだよ慎也くん！』
　手を砂で汚して、利乃は俺のところへ駆け寄る。
　俺の手の中にあるブレスレットは、小学生が持つには少し大人っぽい、金色のチェーンだけのものだった。
　渡すと、利乃は大事そうにそれを抱きしめる。
　目を閉じ、顔を歪めて、『よかったぁ……』と涙をこぼした。
『ありがとう、慎也くん。一緒にさがしてくれて、見つけてくれて』
　夜空に出た月が、青黒くなった海を照らす。
　俺と利乃はテトラポッドの上に座って、それを眺めていた。
『……いいよ。見つかってよかった』
　寄せては返す波が、ザァ、ザァ、と静かに音を立てる。
　前を向き続ける俺に、利乃はふふっと笑った。
　その手のひらには、大事そうにブレスレットが収められている。そういえば、普段ブレスレットなんてしてたっけ。
『……つけないの？　それ』

聞くと、利乃は微笑んで『うん』と言った。
　そっとブレスレットを口もとに添え、口づけをするように目を閉じる。利乃の髪が、夜風に揺れる。
　俺は目を細めて、その姿を見つめた。
『ママがね、大人になったらつけなさいって。わたしが、これが似合うくらいに綺麗になって、素敵な女の人になれるようにって』
　……何度か、利乃の母親と会ったことがある。
　初めてあいさつしたときから、利乃の母親は他の同級生の母親とは違っていた。
　赤い口紅をひいて、優しく微笑む。
　水商売と聞いて浮かぶような、派手な服装をしているのは、見たことがなかった。
　独特の低い声をして、質素な服を着て。
　決して裕福ではないはずなのに、利乃には可愛らしい洋服をたくさん買ってあげていた。
『だからね、まだつけないの。ケースにいれて、いつもカバンの中にそっとしまっておくの。お守りなんだよ、わたしの』
　……利乃が言うには、あのクラスの女子たちは、俺と利乃が家へ帰ったあと、すぐに利乃の家へやってきたという。
　学校でいつのまにかランドセルから取られていたブレスレットは、返してと叫ぶ利乃の目の前で、堤防から投げ捨てられたらしい。
　たぶん、後藤リエが言いだしたんだろう。

自分の母親までもが利乃を気に入ってしまったことが、許せなかったんだ。
『……利乃ちゃんは、あの子たちにあんなに嫌われてるのに、なんでそんなに強いの？』
　泣きながら『あきらめない』と叫んだ利乃が、目に焼きついている。
　……本当はきっと、強いわけじゃないんだと思う。
　あんな風に、泣ける子だ。
　普段は、強がっているだけなのかもしれない。
　利乃はまっすぐに海を見つめて、『あのね』と話しはじめた。
『わたしのパパ、ぜんぜん帰ってこないでしょう。結婚してすぐに、お仕事なくなったんだって』
　……そんな父親に対して、母親は一生懸命に働きはじめた。
　今の一軒家も、裕福な家庭の娘だった母親の貯金から出したという。
　なんでそんなこと知ってるんだと聞いたら、利乃は照れたように『えへへ』と笑うだけだった。
　祖父母に水商売をしていることを隠して、朝から晩まで働く母親のことを、利乃は尊敬していた。
『わたしがいい子でいれば、ママが悪く言われることもないでしょ？』
　初めて会ったとき、俺をにらむくらいに強く見つめていた利乃を思い出す。母親に促されると、すぐに態度を変えていた。完璧なほどの愛らしさと明るさ、笑顔。

……ぜんぶぜんぶ、母親のためだったんだ。
『わたしはわたしのこと、まちがってると思わない。大人はみんな、わたしのこと好きになってくれる。だからあの子たちに何言われても、気にしないの』
　たしかに、そうだ。
　クラスの女子たちが利乃をいじめるのは、完全に妬みによるもの。
　利乃は普通に、……ほんの少しだけ上手に、生きているだけだ。
　……でも。この子がいくら強くたって、それでも俺と同い年の女の子だ。
　まだ小学４年生。ひとりぼっちの家で、つらくないはずない。
　ブレスレットを探している間、しばらく利乃は泣きやまなかった。
　堰を切ったようにあふれてくる涙に、利乃自身も驚いているみたいで。
　俺は、不安になったんだ。
『……我慢してるんじゃ、ないの？』
　そう言うと、利乃は驚いたように俺を見た。
　きっと、たがいの家族より何より、俺たちは一緒にいる時間が長い。
　だから、俺がいちばん知ってるんだ。
　この子が本当に、いつでも笑っていたこと。
『……本当は、泣きたいんだろ。利乃ちゃんは隠すのがう

まいから、誰も気づかないんだよ。言ってくれなきゃ』
　夜の海の、波の音が耳に響いてくる。
　──ザザン、ザザン……。
　冷たくてやさしい風が、俺と利乃の間に吹きぬける。
　利乃の綺麗な肌を、月明かりが白く照らした。
『……じゃあ、呼ぶから。くるしいとき、呼ぶから。……助けに、きて』
　利乃はそう、潤んだ瞳で言った。
　その言葉に、ああ俺はこれが聞きたかったんだと思った。
　俺のことすら忘れて、家でひとりすすり泣く母親。
　もとからおだやかで温かな人だから、俺の前では一生懸命に笑顔でいようと努めていた。
　……つらいなら、ちょっとくらい言ってくれたらいいのに。
　ずっとそう、思っていたから。
『……うん。利乃ちゃんが泣きたいときに、そばにいてあげる』
　潮の匂いが、鼻先をくすぐる。
　幼くて、子供っぽくて。
　それでもその言葉を、頼りないとは思わなかった。
　俺はきっと、これからもこの子と一緒にいるんだ。その華奢な体が自由に舞うのを、俺はいちばん近くで見てるんだ。
　……ほんの少しも疑わずに、そう思った。
　利乃をまっすぐに見つめる俺に、彼女は嬉しそうに笑う。
『ほんとう？』
『……うん。だって利乃ちゃん、友達つくるの下手だから』

『あははっ』
　声をあげて笑う利乃は、クラスの女の子たちと違うところなんて、ない。
　強い、女の子。
　だけど誰より、前向きに生きてる女の子だ。
『じゃあ、わたしがつらいって叫んだときに、すぐわたしだってわかるようにしなきゃ』
　愛らしく微笑んだ利乃が、俺を見つめる。
　俺が首をかしげると、『そうだなぁ、"慎也くん"はみんな呼んでるからぁ』とかなんとか言って。
　誰より可愛くてしとやかな笑みをして、彼女は口を開く。
　俺の手首に、一生外れない、鎖をつけるために。
『慎ちゃん』
　……そんな無邪気な言葉で、利乃は俺に優しい鎖をつけた。
　目を見開く俺に、利乃は目を細める。
　そして、『わたしだけね』と言った。
『わたしだけが、"慎ちゃん"って呼ぶんだよ。だから慎ちゃんも、わたし以外の人にそう呼ばせちゃ、ダメ』
　薄暗い海には、かすかに青が満ちていて。
　利乃の瞳に、青が映る。
　わずかに残った涙の粒が、月明かりに光る。
　限りなく透明なそれが、とても愛しく思えた。
『……利乃は、ワガママだね』
　彼女は少しだけ驚いたような表情をしたあと、すぐに『でしょう？』と笑った。

『わたし、きっと慎ちゃんがいてくれたら、もう何もいらなくなっちゃうね』
　愛らしく無邪気に、笑う。
　愛しいほど透明な、青に満ちた夏の日。
　君に、恋をした。

海辺の約束

【利乃side】
 まだ外も薄暗い午前4時、ふと目が覚めた。
 見慣れた天井を、ほうっとして見つめる。
 私はまた目を閉じて、ふぅ、と息をついた。
 ……なつかしい、夢を見た。
 慎ちゃんと夜の海で、最初の『約束』をする夢。
 今でも鮮明に覚えてる、彼の言葉、表情、海の景色、音。
 すべて、私を支えていてくれたもの。
「…………」
 まだ眠たい目をこすりながら、ベッドから起きあがる。
 部屋の角に置いてある、白のカラーボックスを見つめた。
 2段目に置かれた薄いピンク色の箱を開けて、中から小さなケースを取り出す。
 ケースの中に入っているのは、あのブレスレット。
 シャラリと小さな音がする、その金色のチェーンを掲げた。
 まだ腕へ通したことのないそれへ、そっとキスを落とす。
 頭の奥で離れない、彼のあの言葉を思い出して、唇を噛んだ。
『利乃ちゃんが泣きたいときに、そばにいてあげる』
 ……優しい、ことば。
 きっとこの世界で、誰よりも何よりも優しい音がする、ことばだった。

「……慎ちゃん」

私だけに許された、私だけの呼び方。

彼と私をつなぐ、大切な響き。

ブレスレットを見つめて、私は目を細めた。

……私はもう、これが似合うくらいに身体も成長したはずなのに。

足りないんだ。私はまだ、これが似合うくらいに大人じゃない。

綺麗でありたいのに、まっさらなほど綺麗でありたいのに。

彼を『慎ちゃん』と呼ぶ、私はまだ子供だ。

幼かったあの頃を、手離すことができない。

……私はまだ、ひとりで海へは行けないんだ。

*

【慎也side】

小学4年生の夏休み、俺は利乃が泣きたいときにそばにいてあげる、誰よりも近い存在になった。

だけどそれから小学校で、利乃と話すことは減っていった。

利乃が、女子と仲よくしようと努力を始めたんだ。

いきなりどうしたの、と聞くと、彼女は嬉しそうに『慎ちゃんがいるから』と言った。

『今までは、結局わたしがつらくなるだけって思ってたけど……これからは、慎ちゃんがいてくれるもん。何かあっても大丈夫、でしょ?』

……たしかに、そうだけど。
　もっと頼られるものなんだと思っていたから。少しだけ、拍子抜けした。
『……そうだね。頑張って、利乃』
『うんっ、ありがとう！』
　そうして利乃は、持ち前の明るさを武器に、女の子の中へ飛びこんでいった。
　もちろん後藤リエたちとは、関わらないようにしていたけど。
　最初はとまどっていた女の子たちも、いつも笑顔でいる利乃の優しさと明るさに、少しずつ打ち解けていった。
　今でいう麗奈のような存在こそできなかったけど、小学生の間、利乃はそれなりに女の子とうまくやっていたように思う。
　だけど、利乃の悩みの種は家庭の方へと移っていった。
　利乃の母親が、今まで以上に家を空けるようになったのだ。
『お邪魔しまーす』
　5年生に進級する前の春休みになると、ますます利乃の母親の帰りは遅くなった。
　利乃は気にしていないのか、やっぱりいつも笑顔だ。
　泣きたいときにそばにいてあげる、と言ったのに、利乃はあれから泣いていない。
　利乃のことが大好きな俺の母親は、そんな利乃を心配して、よく夕飯を食べにくるよう言った。
　利乃は何度も俺の家に来ているのに、毎回礼儀正しくお

辞儀をして、靴を脱ぐ。
　慎也も見習いなさいよ、なんて母親に言われるほどだ。
　リビングに入り、テーブルに並べられた食事を見て、利乃は瞳を輝かせた。
『きゃあ！　おばさん、今日のご飯もすっごくおいしそう！』
『あらあら、ありがとう。利乃ちゃん、この前エビフライが好きって言ってたでしょう。作ってみたのよ～』
『ありがとう―！』
　あきれる俺の目の前で、利乃と母さんはきゃいきゃいとはしゃぐ。ついていけなくて、俺は何も言わずに席についた。
『んもう、慎也はなんにも言ってくれないんだもの。お母さん、利乃ちゃんみたいな娘が欲しかったわぁ』
　そう言ってため息をつく、母親を上目に見つめる。
　利乃が座る席は、本当はもう帰ってきていてもいいはずの人の、場所だ。
　……相変わらず、俺の父親の帰りは遅かった。
　今は笑っているけど、母さんがひとりで泣くのも、変わらない。俺はやっぱり、何もできずにいる。
　食卓の席が空いていることへのさみしさをまぎらわすためか、母さんは利乃をとても可愛がっていた。
『慎ちゃんのお母さんは、本当にいい人だよね。わたし、大好き』
　俺の部屋のベランダで、よく利乃と夜空を見あげた。
　海の近くにあるこの家は、潮の匂いが空気にのってやってくる。

利乃は少しだけ日に焼けて茶色の混ざった髪を、さらりと揺らした。
『もーすぐ5年生だね、はやーい』
　伸びをする利乃を見つめながら、『うん』と返事をした。
『……利乃と会って、もう4年になるんだね』
　なんとなしにそう言うと、利乃はきょとんと俺を見つめて、そしてヘラリと笑った。
『ほんとだぁ』
　……あれからやっぱり、利乃は笑い続けている。
　大丈夫？　と聞くと、最近楽しいからと言う。
　たしかに女の子たちと、毎日楽しそうにおしゃべりしてるけど。
　放課後の帰り道、彼女はふとしたときに目を伏せる。
　たとえば、親子連れとすれ違ったときとか。
　……車のない、自分の家のガレージを見たときとか。
『利乃のお母さん、今日は帰ってくるの？』
　星空を見あげる利乃に、そう尋ねてみる。
　利乃はそのまま、『ううん』と返事をした。
『たぶん、帰ってこない』
　……たぶん、か。なんて頼りない言葉なんだろう。
　『そっか』と返事をした俺に、利乃は『あのね』と静かに言った。
『わたしの親、離婚するかもしれない』
　驚いて、目を見開く。
　利乃を見ると、いつもと変わらない表情をしていた。

『……離婚、って……』
『最近ね、ときどきパパが帰ってくるの。それで、いっつも夜にママと喧嘩するんだ。大声でさ』

　そういえば、と思い出した。
　最近になって隣の家から聞こえてくる、大人の声。
　あれは、利乃の両親が喧嘩をしている声だったんだ。
　変わらない彼女の表情に、何も言えない。
　だって、今まで離婚していなかったのがおかしくないくらいだ。
　父親のいない日常は、利乃にとっては当たり前なのかもしれないけど。
　利乃は、どんな表情をしていいのかわからない俺を見て、笑った。そして、また『あのね』と言う。
　ヒュウと吹いた夜風が、利乃の声を震わせたような気がした。
『ママが見たことない顔して、怒るから。わたし、怖くなって……泣いちゃったの』
　その声だけが、震えている。
　利乃はぎゅ、ときつく目を閉じて。
『そしたらパパがね、怒鳴るの。"うるさいから泣くな"って、怖い顔して、言うの』
　ベランダのてすりを持つ、手が震えている。
　何も言えずに立ち尽くす俺の方を向いて、利乃は自嘲するように、笑う。
　次に『どうしよう、慎ちゃん』と言った顔は、口の端が不自然にあがっていた。

『わたし、いつのまにか泣けなくなっちゃった』

彼女の、目が。

潤いを持てない乾いた瞳が、俺に助けを求めていた。

『…………』

幼い俺には、うまく利乃にこの想いを伝えるための言葉を知らなくて。

唇を噛んで、そっと華奢な体を抱きしめる。

それでも利乃は、笑わなくていいのに、ふふ、と笑った。

『泣きそうになったら、パパの怒った顔が浮かぶの……どうしよう、慎ちゃん。くるしくなったら、わたし、どこにぶつけたらいい？』

俺にぶつけていいよ、なんて、言えなかった。

言ったって、利乃は困るだけ。『そんなことできないよ』と、気遣うための笑みを浮かべるだけだ。

……俺は、なんにもできない。

『泣けなくても、それでも。呼んでよ。そばにいるから』

利乃は『うん』と震えた声をして、俺の背中に手を回した。

そして、くるしいくらいに俺を抱きしめる。

……まるで、俺がここにいることを、確かめるようだった。

それから5年生に進級して、夏休み。

8月のはじめの、夏祭りの日だった。

母親から、『家で留守番をしててね』と言われていた利乃を誘って、夏祭りに行った。

俺が母親から、『楽しんでおいで』と渡された少ないお金で、食べ物を買う。

花火の時間になって、アナウンスが流れる。
　会場にいる人々の期待を一身に受けて、ひとつ目の花火が打ちあげられたときだった。
　隣にいる利乃の瞳が、大きく見開かれる。
　彼女は、花火を見あげてはいなくて。
『利乃、あっちの方がもっとよく見えるよ。……利乃？』
　利乃は俺の言葉に反応することなく、ただただ呆然として人混みの中を見つめていた。
　俺も、その視線を追う。
　そこに、いたのは。
　利乃の母親と……仲よさげに話す、知らない、男。
『利乃！』
　喧騒の中、腹の底から名前を呼んだ。
　彼女の手をぐいっと引っぱり、その場から離れる。
『……慎、ちゃっ……』
『もう、帰ろう。早く帰ろう！』
　足がもつれる利乃を引っぱり、俺たちは祭りの会場を出た。
　……それからだ。
　利乃がこの街の祭りへ、行くことを怖がるようになったのは。
『……はぁ、はぁ、はぁっ……』
　家には帰らず、走って海へ行った。
　砂浜で立ち止まり、荒い息を整える。
　利乃は出なくなった涙の代わりに、何度も呼吸の隙間でくるしそうな声を出した。

『誰、あの人。なんでママと、一緒にいるの。う、わぁぁん、けほっ、もお、誰ぇっ……』

砂浜に膝をつき、利乃が声をあげる。

……利乃は何度も誰、と繰り返していたけど、あの光景が何を意味するのか、いくら俺たちでもわかってしまった。

祭りのこの日、利乃の母親が『留守番をしてて』と言ったのは、このためだったんだ。

利乃の母親は、とっくに他の男をつくっていた。

……俺が、家から連れだしたせいで。利乃は見なくていいものを、見てしまった。

それからまもなくして、利乃の苗字が『栗原』から『滝本』へ変わった。

6年生の夏祭りに、利乃が行くことはなかった。

俺は友達に誘われて行ったから、おみやげにりんご飴を買って帰った。

そして、あの日がやってくる。きっとこの先もずっと、忘れられないあの日が。

夏休みの中頃の、日曜日だった。

俺の父親は家にいたけど、夕方あたりから母親と喧嘩を始めた。

仕事の鬱憤を晴らすように、大声で責め立てる父親。

何も言い返せずに、ただただ泣くばかりの母親。

俺はその声を、2階の自分の部屋で聞きながら震えていた。

……今度こそ、離婚するかもしれない。

いざそう考えると、抑えようがない恐怖に襲われた。

今までは、ひとりで泣く母親を見て、離婚すればいいのにと思っていたのに。
　本当にそうなるかもしれないと思うと、突然言いようのないおそろしさに体が震える。
　離婚、するかもしれない。
　俺はいったいどうなるんだろう。
　父親のいない子供になる？
　母親のいない子供になる？
　どちらにしたって、今まで当たり前のように家の一員だった人間が、消えるんだ。
　俺のいる家庭から、母さんか父さんがいなくなるんだ。
　考えるだけで、怖い。すごくすごく、おそろしい。
　……俺のことなんか、ふたりは見てない。
　いつもそうだった。
　泣いているときの母親は、俺の存在に気づきもしない。
　仕事ばかりの父親は、見て見ぬふりをする。
　だから今だって、部屋でひとり俺がおびえていることだって、気づかないんだ。
　なんでだよ、もっとこっち見てよ。
　どんどん暗くなっていく夜空を、ベランダの窓ガラスごしに見あげる。
　……おなか、すいた。
　けど、何も食べる気にならない。
　部屋の扉に鍵をかけて、しばらくうずくまっていた。
　そうして気づけば、深夜になっていた。

１階から聞こえていた父親の怒声も、もう聞こえない。
 ふたりとも、寝たんだろうか。
 よたよたとベランダの窓を開けようとして、その声を聞いた。
『……慎ちゃん！』
 窓の向こうから聞こえたその声に、驚く。
 急いで扉を開け、ベランダへ出た。
『……慎、ちゃん』
 隣の家のベランダに、利乃が立っている。
 利乃がそばにいてほしいときは、いつもこうやってベランダから俺に声をかけるから。
 また何か、つらいことがあったんだろうと思った俺を見て、利乃はハッとした。
『泣いてるの……？』
 ……え？
 頬に、手を添える。たしかに濡れたあとがあって、自分で驚いた。いつのまに、泣いていたんだろう。
『……なんでも、ないよ。それより、どうしたの』
 心配かけたくなくて笑った俺に、利乃は『嘘！』と叫んだ。
『何かあったんでしょ!?　言ってよ！』
『大丈夫だって。利乃の話、聞かせてよ』
 あくまでごまかそうとする俺に、利乃はぐっと唇を噛んだ。
 そして、悔しそうに目を伏せて、『海』と言った。
『慎ちゃん。海、行こう』
 潮の匂いが、鼻をかすめる。

利乃は俺を、まっすぐに見つめていた。
『……今から？』
『今から』
　当然、もう外は真っ暗だ。
　そんなの親に心配される、と思ったけど、すぐに今日のことを思い出した。
　……どうせ、気づかない。
　心配なんか、しないだろう。
『……いいよ。行こう』
　それから、俺たちはこっそりと家を抜けだして、外へ出た。
　夜風が冷たくて、少しだけ肌寒い。
　夏の夜の匂いがした。
　利乃と手をつないで、海へと歩く。
　まわりに立ち並ぶ民家はとうに明かりも消え、街灯だけが俺と利乃の影をつくる。
　海につくまで、何も言わなかった。
　ブレスレットを探したあの日と同じように、テトラポッドに座って海を眺める。
　深夜の海は、静かで澄んだ空気に満ちていた。
『わたし、見ちゃったんだ。ママと恋人の男の人が、喧嘩してるところ』
　膝を抱えて座る利乃の声を聞きながら、海を眺める。
　……利乃の母親は離婚して以来、男をつくっては別れ、つくっては別れを繰り返していた。
　そのことに関して、利乃は何も言わない。

責めることも、悲しむこともない。
離婚したときも、利乃はあきらめたような瞳をしていたから。
『……リビングにね、行こうと思って階段をおりてたの。そしたら、リビングから男の人の声がして』
ザザン、ザザン、と波打つ音が響き、遠くの街並みでいろんな色の光が灯っている。
海に反射した色とりどりの光と、月明かり。
回る灯台の光が、時折顔を出した。
『"子供がいるなんて聞いてない"、って言って、家を出ていった。……ママね、そのあと泣いてたの』
ぎゅ、と利乃が何かをこらえるように目をつぶる。
見てしまったんだ、利乃は。いちばんつらい光景を。自分が原因で、母親が恋人に別れを告げられてしまう、その瞬間を。
『……うん』
そう相づちをうつと、利乃は俺を見て『慎ちゃんも』と言った。
『……慎ちゃんも、話して』
まっすぐで、強い瞳。
こんな目をした利乃は、いつも意思が強いから。
仕方ないと思って、俺はポツリポツリと話しはじめた。
海が、砂浜の上を行ったり来たりする。
透き通った空気と音が、不思議と心を落ち着かせた。
『喧嘩、してるんだ、親が。父さんが怒って、母さんは、

泣くばっかりで……見て、られない』
　あの光景を思い出して、じわりと涙が瞳を覆った。
　……だって。
　母さんのあんなにもくるしそうな顔を、見ていたら。
　もう、どうしようもなくなってしまう。
　涙をごまかそうと上を向くと、広がっていたのは満天の星空だった。
　信じられないほど、綺麗に見える。
　このあたりは田舎ではあるけど、こんなに鮮明に星が見えたことは生まれてはじめてだ。
　吸いこまれそうなほど一面に広がる星たちが、俺と利乃の上に降る。
　……ムカつくくらい、綺麗だったから。
　やっぱり泣きそうになって、必死に唇を噛んでこらえた。
『慎ちゃん』
　同じように、星空を見あげている利乃。
　綺麗な横顔をした彼女にこの星空は、よく似合っていた。
『……手、つないで』
　涙が流れそうになる瞳を動かして、利乃を見つめる。
　利乃は笑うこともせず、俺へ手を伸ばしていた。
　何も言わず、その手を握りしめる。
　利乃はくるしそうに、『あのね』と震えた声で、言った。
『わたしはね、ママがお水の仕事をするのも、新しい恋人を作るのも、別にいいの。ママの人生だから』
『……うん』

『でもね、わたしがいちばん悲しいのは、わたしのせいでママが、幸せになれないことなの』

　唇を噛んで、眉を寄せて、俺の手を強く握って。

　海を見つめて、そう言った。

　利乃は、一度だって母親のことを悪く言ったことはなかった。母親のことを何よりも尊敬していたから、責めることも、母親の前で泣くこともしなかった。

　……利乃は本当に、まっすぐに母親を愛していた。

『だからね、慎ちゃん』

　その声に、海を見ていた視線を横へ向ける。

　……めったに泣かない利乃が、瞳に涙を浮かべていた。

　涙のたまった瞳を見開いて利乃を見つめる俺を見て、利乃はヘラリと力なく笑った。

『……海を見てたら、落ち着くね。……それにね、慎ちゃんの声聞いてたら、泣きそうになる』

　その声は、ひどく震えていた。

　久しぶりに聞いた、涙のまじった声。

　利乃は、ぎゅっと俺の手を握りしめる。ポタポタと、その瞳から涙がこぼれ落ちた。

『なにも言わずに、手をつないでね。……泣いちゃう、から。慎ちゃんも思い切り泣いて、いいよ』

　重なる手の上に、涙が落ちる。

　それを見て、俺の視界がじわりと歪んだ。

『ねえ、慎ちゃん。お願い、ひとりで泣かないで。わたしはどこにも行かないから、慎ちゃんのそばに、いるから』

唇を噛んで、利乃の手をきつく握りしめる。
　ぽたりと瞳から雫が落ちて、利乃の涙と、手の上で重なった。
　……さみしいよ、母さん。
　そう叫んでも、誰もこっちを見てはくれない。
　こっち見てよ、さみしいよ。泣かないで、ひとりで声を押し殺して、泣いたりなんかしないで。
　……僕たちは、怖いんだ。
　母親の涙が、何よりも怖くて、悲しいんだ。
『……う、わぁぁぁん』
　利乃が、声をあげて泣いた。
　上を向いて、まるで訴えるみたいに、泣きながら叫ぶ。
『うわぁぁん、ママぁー……』
　大好きな誰かの涙を見るのは、息が詰まって、どうしようもなくて。くるしくて、怖い。
　何もできない幼い僕たちは、ただただおびえることしかできない。
　どうか泣かないで、と心の中で叫ぶことしか、できないんだ。
　声は、あげられなかった。
　けど、利乃の手を握りしめて、ボタボタとテトラポッドのコンクリートを濡らしていく。
　……大好きなひとの、大切なひとになりたいだけなのに。
　どうしてこんなに、難しいんだろう。
　もしかしたら僕らは、できないのかもしれない。

大切なひとの支えには、なれないのかもしれない。
　それから俺と利乃は、ひと晩中泣いた。
　泣き止んでからも、朝まで家には帰らなかった。
　海のテトラポッドで、手をつないだまま、泣きはらした瞳で海に浮かぶ朝日を見つめる。
　澄んだ朝の海の空気と、強い日射しに照らされて、白いくらいに輝く海。
　利乃はそれを見て、ふ、と目を細めた。
　そして、澄んだ声で『約束だよ』と言って。
『夜になったら、手をつないで。一緒に海へ行って、泣き合うの。朝になったら、笑うんだよ。誰よりも、楽しそうに』
　……さみしいさみしい、約束。
　だけどかけがえのない、ふたりきりの約束だった。
　利乃はテトラポッドからひょいっとおりて、砂浜へ駆ける。
　その華奢な背中に、いっぱいの朝日を浴びて笑った。
『ねえ、海が綺麗だね、慎ちゃん。今日も頑張ろうね。いっぱい笑おうね。たくさんたくさん、笑おうね』
　……うん。
　その姿がまぶしくて優しくて、目を細めた。
　たくさん泣いた夜が終われば、たくさん笑うと誓い合う朝が来る。
　そうして家へ帰ると、俺たちは何事もなかったかのように親へ笑いかけた。
　泣きたくなったらベランダへ行って、どちらからともな

く誘い、親が寝静まった頃に家を抜けだす。
　手をつないで、ひと晩中海で泣き、朝になるのを待つ。
　そんな時間が、俺と利乃に度々訪れるようになった。
『ねえ、慎ちゃん。声をあげて、泣いてもいいよ。まわりに聞こえないように、抱きしめてあげる』
　利乃が、優しく目を細める。
　小学校を卒業して、中学校へ入学して。
　少しずつ大人へ、綺麗な女の子へ変わっていく利乃は、唇に人さし指を当ててそう言った。
『何も言わずに、手をつないでね。きっと私はすごく泣いちゃうけど、学校では秘密にしてね。……滝本利乃は、笑顔が可愛い女の子だから』
　……学校へ行ったら、笑いあって。
　夜になったら、泣き合う。
　俺達はそんな、悲しい関係だった。
　母さんが俺達の前で泣くから、俺達は母さんの前で泣かない。
　無邪気で従順で、何も知らない子供でいなくてはならない。
　だからふたり、夏の夜に泣いた。
　おたがいだけが、泣き場所だった。
　どうか、明日大好きなひとの前で、笑えるように。
　……今だけ、世界にふたり。
　手をつないで、泣き合う。
　それから中学生になっても、俺と利乃は『約束』を繰り返した。

さみしいさみしい、ふたりきりの夏。
おたがいがおたがいだけ、支え合って生きていた。
肌を焼く太陽の熱、さわさわと揺れる冷たい夜風。
静かな波の音や、海のテトラポッド。
すべてが愛しい、夏の季節。
そして、中学を卒業した春休み。
……俺は、利乃と離れた。

つながる糸

【麗奈side】
「おはよ、利乃」
　なんで夏休みなのに、学校に来て勉強しなきゃいけないのか。面倒なこと、この上ないんだけど。
　今日は、補習の２日目。
　あたしは教室に着くと、なぜか不機嫌な顔をして席についている利乃へ声をかけた。
「……おはよぉ」
　利乃は、頬を膨らませたまま。
「なに、どしたの」
　自分の机の上に、荷物を置く。
　利乃は少しの間黙ってたけど、やがて「ちょっと聞いてよぉ、麗奈ちゃん」と言ってきた。
「聞く聞く。どしたの……」
　——ガラ。
　利乃の席の前へ立ったとき、慎也とトモが教室へ入ってきた。
　ドキッとして、思わず目をそらす。
　……慎也の好きなひとを知った、昨日。結局あのあと、なんとか平静を装って教室へ戻ったんだけど。
　職員室に用事があったらしくて、慎也が一緒に帰ることにならなかったのが幸運だった。

利乃が不機嫌な顔をしながらも、いつもどおりに「慎ちゃんとトモくん、おはよー」と声をかけた。
「お、ふたりともオハヨー」
　トモがニコニコと笑って、利乃の頭をパシンと叩く。
「いった！　なにすんの!?」
「可愛い顔が台無しになってるから」
「私はいつも可愛いですぅー！」
　ぎゃいぎゃいと言い合いを始めた利乃とトモを黙って見ていると、苦笑いしながら慎也が隣に歩いてきた。
「おはよ、麗奈」
「あ……お、おはよ」
　返事がぎこちなくなる自分が、ものすごく情けない。
　意識しちゃダメ、意識しちゃダメ。
　そう思うのに、やっぱり彼の視線の先を追ってしまって。
「り……利乃！　それで、何があったの」
　明るくふるまおうと思い、ニコニコと笑う。
　トモと笑いあっていた利乃は、あたしの言葉に「あー……」と力なく笑った。
「……うちのおかーさん、再婚するかも」
　……え。
　あたしとトモの顔が、固まる。
　……慎也は、信じられないという風に目を見開いていた。
　利乃はそんなあたしたちに、「アハハ、もお、笑っちゃうよねぇ」と強がるみたいに笑った。
「昨日ねぇ、家に帰ったら、いたの。その人が。実は前に

も一度会ってるんだけどさ。……フツーに、そこに座ってんだよね。まるで家族みたいに」

ホントびっくり、と利乃はまるで他人事のように笑うけど。

再婚……。

親が離婚すらしていないあたしには、到底利乃の気持ちはわからない。

けど……突然知らない男の人が、まるで父親のように家にいるって、どんな気持ちなんだろう。

想像したら、怖いなって感じた。

「私、ぜんぜん笑えなくて、自分の部屋に逃げちゃった。私、その人のこと家族として、この先受け入れられるのかな」

利乃が目を伏せて、あきらめたように微笑む。

あたしとトモは、何も言えない。友達とはいえ、他人の家庭のことに口を出すことはできない。

だからといって……利乃のお母さんは、決して悪いことをしているわけじゃないから。

なにを言っていいか、わからなくて。

そんなあたしとトモを見て、利乃は「ごめんね、愚痴って」なんて笑う。

だけど、慎也は違った。

利乃のことをずっと見ていた慎也だけは、違ったんだ。

「……言いなよ、それ」

そう、隣から低い声が聞こえた。

利乃が、眉を寄せる。

あたしとトモは、驚いて慎也を見た。

「……今の、利乃の気持ち。ちゃんと、言いなよ。おばさんにさ」
　普段おだやかな慎也が、すごく厳しい目をしてる。
　その手のひらを、きつく握りしめていた。
　利乃は慎也をじっと見つめて、ふいっと目をそらした。
「……言えないよ。言ったって、しょーがない」
「じゃあ、利乃はどうなるんだよ！」
　……慎也が、声を荒げてる。
　まわりのクラスメイトも、ただならぬ様子に気づいて、ちらちらとこっちを見てる。
　トモと目を合わせてみるけど、どうすることもできなくて。
「それで私が『再婚しないで』ってお母さんに言って、どうするの？　いいことなんかないでしょう！」
「そういう問題じゃない。利乃がそこで我慢する方が、絶対おばさん悲しいよ」
　いつも仲のいい、ふたりだから。
　今みたいにぶつかっているのは、初めて見た。
　慎也は、利乃が心配だから。
　……好き、だから。
　こんなに真剣になって、言ってる。利乃だって、わかってるはずなのに。
　利乃も慎也も、すごくつらそうで。
　あたしとトモには入れない、ふたりの世界があって。
　とまどっている間に、ふたりの声はどんどん大きくなっていった。

「我慢しなきゃいけないんだよ！　だってせっかくお母さんが、いい人見つけたのに。ここで私が邪魔したら……」
「それじゃ、あの頃と同じだよ！　そうやっておばさんのこと優先してさぁ、また利乃、中学のときみたいに……」
　慎也のその言葉は、最後まで言えなかった。
　利乃がハッとして、口を大きく開いて。
「慎ちゃん!!」
　……さえぎった、から。
　利乃のその声は教室中に響き渡って、慎也は口を閉じた。
　クラスのみんなが、こっちを見てる。
　利乃は慎也を見つめて、ぐっと唇を噛んだ。
　そして、ガタッと席を立つ。
「……ごめん、なさい」
　……今まであたしが聞いたことのないほど弱々しくて、か細い声だった。
　それだけ言うと、利乃は教室を出ていく。
　慎也も目を伏せて、あたしとトモに「ごめん」と言った。
「頭、冷やしてくる」
　そして、利乃が出て行った反対の扉から、教室を出て行った。
「…………」
　しん、と教室が静まりかえる。
　ただでさえ、その容姿でクラスに一目置かれてるふたりが。
　こんなふうに言い合いをしていたら、誰だって驚く。
　なにも言わず、慎也の出ていった方を見つめているトモ

に、「ねえ」と声をかけた。
「……あたしたち、ふたりのこと、なんにも知らないんだね」
「……うん」
　トモは、いつも明るい瞳を陰らせて、目を伏せる。
　担任が入ってきて、あたしたちは席へついた。
　……『あの頃』と、慎也は言っていた。
　あたしの知らない、ふたりだけの時間。彼は何を見て、何を感じて、彼女を好きだと思ったんだろう。
　ふたりの間に、いったい何があったんだろう。
　あたしは何も知らないし、想像もつかない。
　ただ、あんなにもふたりにつらい表情をさせるような何かが、幼いふたりに降りかかったんだろうということは、わかった。
　……言ってくれても、いいのに。
　ふたりとも、『ごめん』って謝ってきたけど。
　謝る必要なんか、ないんだよ。家庭のことではあるけど、愚痴るのは悪いことじゃない。
　利乃はいつも笑ってるんだから、たまにはただ『キツイ』って言ったって、いいんだよ。
　慎也も、利乃のために言ってるんだ。利乃の母親の再婚に対して、ふたりが真剣に考えてること、わかるから。
　……『ごめん』なんて、おかしいのに。
　そう言えなかった、自分が悔しい。
　どうしよう、という利乃に、あたしは何も言ってあげら

れなかった。
　だって、何も知らない。
　あたしは利乃のことも、慎也のことも、ふたりの気持ちも。
　友達なのに、なんにも知らないから。
　……何も、してあげられない。
　それが、すごく悔しかったんだ。

　＊

　学校が終わったお昼過ぎ。
　利乃は「ごめんね、ひとりで帰らせて」と言って、先に帰っていった。
　あたしは帰る気にもなれなくて、屋上へ向かう。
　……落ち着かなきゃ、いけないから。
　空を見ていたら、冷静に考えられると思うから。
　キィ、と屋上の扉を開ける。
　そうして目に飛びこんできたのは、快晴の青い空と、柵の手すりのところで空を眺める、見慣れた背中だった。
「トモ」
　名前を呼ぶと、首だけ動かして振り返ってくる。
　あたしを見て、ハハッと笑った。
「やっぱ気が合うね、麗奈ちゃん」
　……ホントにね。
　トモの笑顔を見ていると、なんだか気が楽になってくる。
　慎也も、ひとりで帰ったのかな。

そのとき、軽くお腹が鳴った。
　お昼の弁当は持ってきてない。
　……でも、いいや。食べる気に、ならない……。
「ねえ、トモー」
　彼の隣に立って、空を見あげてみる。
　どこまでも遠く、青い空。
　雲ひとつない無地の快晴は、今のあたしには少しまっさらすぎるように感じた。
「んー？」
　トモは空から目を離すことなく、返事をする。
　あたしは目を細めながら、「慎也はさ」と言った。
「……利乃のこと、本当に大事なんだね」
　思えばいつも、彼の視線の先には彼女がいたような気がする。
　無邪気に笑う、可愛い利乃。それでいて本音を見せようとしない、謎めいていて綺麗な利乃。
　……いつもそばにいるあたしが憧れてしまうくらいに、利乃は魅力的な女の子だ。
　トモは「うん」とひと言返事をしたあと、ちらりとあたしを見た。
「それが、麗奈ちゃんは悔しいわけだ？」
　……えっ。
　驚いて横を見ると、トモがニヤニヤと笑っている。
　まさかあたしが慎也を好きなこと……バレてる!?
「なな、なんで…っ」

「バレッバレですけど。ついでに聞くけど、夏祭りの日、なんかあった？　告白でもした？」

なんでわかるの、コイツ。

トモは一見何も考えてなさそうで、実はいろいろ鋭かったりするから、侮れない。

顔が熱くなるのを感じながら、あたしは仕方なく「……うん」とため息をついた。

……恋愛のことで、トモに余計な嘘はつきたくなかった。

彼が素直に想いを伝えてくれたから、あたしも素直な気持ちでいたかった。

「夏祭りの日に告白して、フラれた。当たり前だけどねー」
「やっぱり。昨日、なんか麗奈ちゃんと慎也、気まずそうだったし」
「バレてたんだぁー。あたし、なんか恥ずかしいね」

ハハッと笑ってみたけど、トモはちっとも笑ってくれない。

あたしは夏祭りの日のことを思い出しそうになって、「あ、夏祭りといえばさぁ！」とわざと大きな声を出した。
「あたしが告白までしちゃったのは、利乃とトモが来なかったからだからね！」

もおーっ、と、怒った素振りをしてみる。

トモはあたしを見て、「ごめん」と言う。

……やっぱりぜんぜん、笑わずに。

「あれ、利乃ちゃんも俺も、わざと。行けない理由とかもぜんぶ、嘘だよ」

……目をそらしていた事実を、教えてくれた。

トモの言葉に、思わず笑うことができなくなる。
驚きは、しなかった。
なんとなく、わかっていたから。
「利乃ちゃんがね、『私は夏祭りには行かないけど、トモくんはどうする？』って。俺も麗奈ちゃんと慎也の間に入るのはきつかったし、行くのやめたんだ」
連絡しなくてごめんね、とトモが力なく笑う。
あたしは「いいよ」と、首を横に振った。
……うん。仕方ない、こと。
トモが、あたしの慎也への気持ちに気づいていたんなら、なおさらだ。行きたいって思うはず、ない。
……だけど。
「利乃は、なんで……？」
あたしに嘘をつく、利乃。
高校に入学してから、ずっと一緒にいたのに。
なんでそんな嘘、つく必要があるの？
あたしの言葉に、トモは空を見あげて、「なぁ」と言った。
「……慎也に好きな女の子がいるの、知ってる？」
横目に、トモの視線とぶつかる。
あたしは目を伏せて、静かにうなずいた。
「うん。……それが誰なのかも、知ってる」
ヒュウ、と。
あたしとトモの間に、夏の風が吹く。
それは爽やかで、少しだけ乾いた風だった。
トモはあたしを驚いた瞳で見ていたけど、すぐにニカッ

と笑った。
「そっかぁ。……よかった」
　きっと、この『よかった』は。
　あたしが利乃のことを、慎也が原因できらいにならなくてよかった、って意味、だろうな。
　……だって。
　あたしだって、利乃のこと、好きだから。
　誰より努力していて、外見だけじゃなく中身も、ずっとずっと魅力的だって、知ってるから。
　きらいになるわけ、ないんだ。
「……フラれて、当たり前だよね。利乃に勝てるわけないもん、あたし」
　こんな、可もなく不可もない、平々凡々なあたしなんて。
　そう言ってヘラリと笑うけど、トモはまっすぐにあたしを見て、「なんで？」と言った。
「なんでって……あたし、ぜんぜん可愛くないし」
「可愛いよ」
　まるで、当たり前だと言わんばかりに。
　トモはあたしを見つめて、言った。
「俺が好きになったんだから。麗奈ちゃんはまちがいなく、可愛いよ」
　そんな、恥ずかしげもなく。
　さすがトモ……。
　……ああもう、胸が痛い。
「な、何言ってんのー！」

バシバシと、勢いよくトモの背中を叩く。

面食らうトモに構わず、あたしは「ほんと、トモは口がうまいよねー！」と笑った。

けど、次にトモがあたしを見たとき、彼は目を見開いた。

「もお、やだ、トモ。ほんと、恥ずかし……っ」

きっと、手で隠した隙間から。

赤くなった顔が、彼に見えている。

トモはしばらくあたしをじっと見ていたけど、すぐにヘナ、と眉をさげて笑った。

「……ホントずるいよなぁ、麗奈ちゃん。フったヤツにそーゆー反応、しないでよ」

……だって。言われ慣れて、ないし。

それがお世辞じゃないことくらい、もうわかる。

わかるから、嬉しくて。

その言葉に、素直に喜ぶことができないことが、切なくて。

……胸が痛いよ、トモ。

「あり、がと」

なぐさめて、くれてるんだよね。

トモは本当にいいヤツ。

それに比べて、自分がすごく不甲斐(ふがい)なくて嫌になる。

トモはこんなあたしを好きになってくれて、こうやってなぐさめてくれて。

なのに、あたしは好きになった人でさえも元気づけられない。大切な友達がつらい思いをしているのに、何も言ってあげられない。

変わるって決めたのに、やっぱりうまくいかない……。
　明るくふるまうこともできなくなったあたしから、トモは空へと視線を移した。
　夏風で、紺色(こんいろ)のスカートが揺れる。
　空の青が、制服の白へと落ちてきそう。
　トモはふいに憂(うれ)えた瞳をして、空を見つめながら、「利乃ちゃんさ」と言った。
「たぶん、慎也から離れようとしてるんだと思う」
　……え？
　はな、れる……って。
　目を見開いたあたしを、トモはまっすぐに見つめてくる。
　そして、「麗奈ちゃんも気づいてるでしょ」と言った。
「利乃ちゃんが、麗奈ちゃんと慎也をくっつけようとしてること」
　心臓が、ドキンと鳴る。
　……薄々、感じていたことではあったけど。
　他人から言われると、こうもモヤモヤするものなんだ。
「……なんで……」
「利乃ちゃんは、慎也の気持ちにも俺の気持ちにも、麗奈ちゃんの気持ちにも。最初からぜんぶ、気づいてた」
　……うん。利乃は、鋭い子だ。
　みんなの気持ちにいちばんに気づいた彼女は、何を思っていたんだろう。
「慎也と、離れようとしてるっていうのは……？」
　あんなに仲がいいのに。

……ほれたひいき目かもしれないけど、慎也くらいに優しくてカッコいい男の人、そうそういない。
　気づいてるなら、利乃はどうして応えてあげないんだろう。
　トモは「あのふたりはさ」と言った。
「家庭の事情とか、俺らが想像できないようなつらいこと、いっぱい体験してるんだと思う」
「……うん」
　慎也も、そうなのかな。
　あたしにはわからない、つらいことがあったんだろうか。
「俺は中学からのふたりしか知らないけど……おたがいに、すげー大切なんだなっていうのは、伝わってきた」
「うん」
「支え合ってるって感じ。……依存って言っても、過言じゃないくらい。利乃ちゃんはいつも慎也に声かけてたし、慎也も利乃ちゃんのこと気にかけてた」
　依存。
　あたしには、到底想像できない関係だ。
　でもそれくらいに、ふたりは固い絆で結ばれてる。
　利乃が『慎ちゃん』と呼ぶ。
　その言葉の中に、いったいどれだけの想いがつまっているんだろう。
「俺は、ずっとこのふたりは一緒にいるんだろうなって思ってた。……けど中学卒業して、慎也が東京に行くことになってさ。びっくりするくらい、すんなりふたりは離れたんだよ」

……すんなり。

　利乃は、戻ってきた慎也を嬉しそうに迎えていた。仲がよかったからこそ、慎也のことを考えて送りだしたってこと?

　……あれ?

　でも転校してきた日、教室へ入ってきた慎也に、利乃はとても驚いていた。

『まさか1年で帰ってくるなんて、思わなかった』って。

　そうだ。それで、『連絡取り合ってなかったの?』って、聞いたら。

『連絡先、聞くの忘れちゃっててさ。手紙とかはやりとりしてたんだけどねー』

　……依存なんていうほどの関係なら、普通、連絡先を聞き忘れることなんか、ない。

　連絡先は聞いてなくても、手紙はやりとりしてたの?

　……それってなんだか、おかしい。

　おかしいよ、利乃。

　心の中が、ざわざわと騒ぎだす。

　利乃の言葉の、どれが本当でどれが嘘なのかわからない。

　眉を寄せて考えこむあたしに、トモは「……わかんないよな」と苦笑いを浮かべた。

「慎也が東京に行ってからの1年間、ふたりに何があったのかはわかんない。けど利乃ちゃんは、慎也は麗奈ちゃんと幸せになってほしいと思ってる」

　……でも、それで。

それで利乃は、幸せなの？
「でも慎也と利乃、なんかつらそうだよ」
「うん。……慎也もたぶん、利乃ちゃんが自分から離れようとしてるのに気づいてるんだと思う」
「……なんで、離れるの？　利乃は、なんで慎也の気持ちに応えてあげないの……？」
「それはたぶん……これは、俺の憶測だけど」
　トモは、くるしそうな顔をして、言った。
　それはとても、切ない理由で。
「気づいたんだよ。あのままじゃふたりとも、前に進めないって」
　……『依存』。
　その言葉の持つ意味を、あたしは初めて知った。
　切れていた糸が、つながっていく。
　支え合って生きてるふたり。なくてはならない、存在。
　だけど、それは……ひとりじゃ生きていけないって、ことなんだ。

第6章

大切なひとを助ける方法

【利乃side】
「あ、利乃。おかえり」
　家に帰ると、お母さんはめずらしいエプロン姿で私を出迎えた。
「……ただいま」
　驚きながら、ローファーを脱ぐ。
　すると、玄関に昨日と同じ黒の革靴があることに気づいた。
　……また、来てる。
「今日はねぇ、ママが夕飯作ったのよ」
　ニコニコしながら、何年も前から変わらない色の赤い口紅を引いて、お母さんはリビングの扉を開ける。
　そのうしろ姿を、私は呆然と見つめていた。
　今まで、夕飯なんてめったに作ってくれなかったのに。
　お母さんの帰りは遅いから、自分で作って食べてたのに。
　あの人が来たら、エプロンなんか着て、作っちゃうんだね。
「……私、いらない」
「え？」
　お母さんの歩みが、止まる。
　私はカバンを引きずりながら、廊下を歩く。
　そのまま、2階への階段へ向かった。
「夕飯、いらない。気分悪い」
「何、熱でもあるの？」

「……知らない。もう寝る」
　急いで階段をあがり、自分の部屋へ入って扉を閉める。
　ベランダの窓ガラスから、真っ暗な空を眺める。
　……お母さんの恋人は、とても優しい人だ。
　どんなに私が嫌な態度をとっても、顔をしかめることなく『少しずつ、仲よくなっていけたらいいから』なんて言う。
　少しだけ小太りで、ふんわりとした雰囲気をしている人。
　今までのお母さんの恋人には、いなかったタイプ。
　その隣で愛おしそうに目を細めるお母さんは、とてもなごやかで。
　本当に、好きなんだろうな。
　そう、思った。
　離婚したお父さんと違って、あの人はしっかりとした職にもついているみたいだから。
　たぶんあの人と再婚したら、お母さんは水商売をやめるだろう。
　……うん。
　私は絶対に、邪魔できない。
　だけど、今朝の慎ちゃんの言葉が頭の中に響いた。
『言いなよ、それ』
　……言えないよ。言えるわけ、ないよ。
　息が詰まってくるしくなって、叫びそうになる。
　隣のベランダへ、助けを求めてしまいたくなる。
　でも、ダメ。
　呼んだら、ダメ。

『慎ちゃん』
　そう呼べば、彼はあの頃の『約束』を守って、一緒に海へ行ってくれるだろう。
　何も言わずに手をつないで、私の気が済むまでそばにいて、泣かせてくれる。
　だって、そういう人だもの。
「⋯⋯っ」
　胸の奥で、行き場のない感情が暴れまわる。
　いろんな記憶が、頭の中を駆けめぐる。
　⋯⋯ひとりぼっちの、家の中。
　彼と過ごした、海での時間。
　『わたし』のせいで泣いている、ママの背中。
　何があっても一緒にいてくれていた、唯一無二の彼。
　ぜんぶぜんぶ、壊れていく。
　慎ちゃんがいて、さみしさが少しの甘さを帯びて、切なさへと変わっていた、あの日々が。
　壊れていくよ、慎ちゃん。
　⋯⋯でも、それでも耐えなきゃいけないの。
　私は、君から離れなきゃいけないの。
　ぎゅう、と手のひらを握りしめて、精いっぱいに息を吐く。
　そして新しい酸素を吸いこんで、瞳に浮かんだ涙をぬぐった。
　⋯⋯私の中から『青』が、消えていく。
　愛しい愛しい海の『青』が、薄れていく。
　お願いだ。

これ以上、私を弱くしないで。

*

【麗奈side】
　３日目の補習、利乃は学校を休んだ。
　メールをしてみたら、熱があるらしい。
　あたしは帰りに、お見舞いに行くことにした。
　……たぶん今、利乃の家には誰もいないんだろうから。
　不器用なあたしでも作れるようなおかゆのレシピを探して、材料を買っていこう。
　そう思いながら学校を出て、数分後。
　携帯が着信で震えた。
「もしもしー？」
　相手は、利乃。
　彼女はあたしの能天気な声に、ふふっと笑った。
『麗奈ちゃんだぁ』
「……そーだよ。あたしの携帯にかけてきたんでしょーが。で、どしたの？　今からお見舞いに行こうと思ってるんだけど」
　利乃は嬉しそうに、『ホントー？』と鼻声で言った。
『へへ。なんかねぇ、麗奈ちゃんの声が聞きたいなぁって思って、電話したの。以心伝心かなぁー？』
「……何言ってんの。恥ずかしいヤツ」
『そんなこと言わないでよぉー』

……よかった、いつもの利乃だ。
　なんだかホッとして、あたしまで笑みがこぼれてくる。
「あ、買い物してから行くね？　なんか食べたいものとか必要なもの、ある？」
『えっ、いいの？　じゃあねえ、果物食べたい！』
　いつもどおり、明るい利乃との会話。
　そう、いつもどおり、と思っていた。
　その中に、いったい今までいくつの『嘘』がまぎれていたんだろう。
　こんなに一緒にいたのに、あたしは今まで、利乃の何を見ていたんだろう。
　でも、利乃が何も考えずに嘘をつくような子じゃないって、わかるから。
　ちゃんと、知りたいんだ。
　利乃の気持ち、慎也の気持ち。
　あたしはふたりのために、何ができるのか。
　……考えなきゃ、いけないんだ。

　　＊

　利乃の家の前に着くと、ちょうど慎也が利乃の家から出てきたところだった。
「……あ」
　驚いて、思わず立ち止まる。
　目が合って、そらしそうになるのを必死に抑えた。

「……し、慎也も、お見舞い？」
 聞くと、慎也は「うん」と苦笑いを浮かべた。
「部屋の前で、追い返されちゃったけどね」
 ……あ。昨日のトモの言葉を、思い出す。
『利乃ちゃんは、慎也から離れようとしてるんだと思う』
 ……本当、に。
 利乃は、慎也から離れようとしてるんだ。
「じゃあ、麗奈。利乃のことよろしく」
 隣の家へ帰っていこうとする、その背中を見つめる。
 ……あたしに、何ができる？
 でも、何もしないまま黙って見てるなんて、そんなのやだって思ったじゃん。
 大切なひとの大切なひとになるんだって、決めたじゃん。
 その中には慎也や利乃、トモもみんなみんな、入ってる。
 ……大好きなひとたちが今、くるしんでるのに。
 あたしは何もできないなんて言って、立ち止まってるの？
 必死にもがいてる利乃が、何を想って嘘をついているのか、あたしにはわからない。
 ただ、きっと。
 今、きっとふたりには、ふたり以外の誰かが必要なんだ。
「慎也！」
 あふれる感情に任せて、叫んだ。
 慎也が驚いたように、振り返る。買い物袋を、ぎゅっと握りしめた。
 ……今、あたしができるのは。

利乃をなぐさめることでも、ふたりを黙って見ていることでもない。
　だってあたしは、不器用だから。
　うまい言葉も方法も、見つからない。
　だからあたしは、あたしの気持ちで。あたしの、ふたりを想う気持ちで、正面からぶつかるだけだ。
「あたし、あきらめてないからね！」
　慎也が、目を見開く。
　告白したときよりずっと、心臓が音を立てている。
　怖い、受け入れてもらえないかもしれない。
　そう思ったけど、言わなきゃ何も変わらないんだから。
「慎也が、利乃を好きでも。あたしは、慎也も利乃も好きだから……っ、慎也があたしのこときらいになるまで、好きでいる！」
　もしかしたら、あたしが来るのを待っている、利乃に聞こえているかもしれない。
　それでも、いい。
　あたしは、嘘がつけない人間だから。
　そういうあたしを、好きになりたいから。
　慎也は眉を寄せて、とまどった表情であたしを見ていた。
「……麗奈」
「こっち向いてくれるまで、絶対あきらめない！」
　彼が、少しずつあたしの方へ歩いてくる。
　顔が、ひどく熱い。
　ああもう、頭が回らない。

言いたいことが、もっとあったはずなのに。
　ぜんぶぜんぶ吹き飛んでいっちゃって、困る。
「だから……っ」
「麗奈！」
　パシ、と。腕をつかまれて、あたしは口を閉じた。
　見あげると、つらそうに目を細める慎也がいる。
　……違うんだよ。
　あたしは、そういう顔をさせたいんじゃなくて。
　もう一度口を開こうとしたあたしに、慎也は「麗奈」と呼んだ。
「……なんで、そんなこと言うんだよ……俺のことなんか好きでいたって、麗奈は損しかしない」
　……損なんか、しない。
　絶対、しない。するわけ、ない。
　じわじわと、瞳に涙がたまっていく。
　それがまた悔しくて、さらに視界を歪ませた。
　慎也があたしの顔を見て、ハッとする。
　そして、あたしの手首をつかんだ手を、離そうとした。
「……や、やだ！」
　とっさに、その手をつかむ。
　ぶんぶんと首を横に振るあたしに、慎也は「麗奈」とまた呼ぶ。唇を噛んで、彼はあたしを見ていた。
「……ごめん、麗奈」
「やだ、あきらめない」
「麗奈の時間がもったいないよ」

「もったいなくない！」

　ボロボロと、涙がこぼれる。慎也はあたしの涙を、指ですくう。その手はやっぱり、冷たくて。

「……俺じゃ、ダメなんだよ」

　そう言う彼の声が、すごくすごく、さみしそうに聞こえた。

　……やだよ。

　あきらめたく、ないよ。

「……っ、ダメじゃ、ない……っ。あたしは、慎也がいい」

　つかんだ手を、握りしめる。

　ねえ、こっち見て。ちゃんと、見て。

「あたしは、慎也が心の底から笑ってる姿が見たい」

　こぼれる涙に構うことなく、あたしは慎也を見あげて言った。慎也の綺麗な瞳に、たしかにあたしが映ってる。

　この目が素直な感情で細められたとき、その先にいるのがあたしでありたい。

　……そう、想うんだよ。

「いつか絶対、慎也のこと好きになってよかったって、思ってやるから。……あたしは慎也の、好きなひとになりたい！」

　まっすぐで、いい。

　きっとその方が、彼には伝わる。

　慎也が、目を見開いてあたしを見てる。

　あたしはいてもたってもいられなくなって、恥ずかしくて、「じゃ、じゃあ！」と手を離した。

「そっ、そういう、ことだから！　あたしはこれからも、

慎也のことが好きだから！　じゃ、じゃあね！」
　自分でまくしたてといて、何言ってるんだろうか。
　でも慎也、何も言わないから。
　逃げるしか、ないっていうか。
　急いで、利乃の家の門を開ける。利乃に『玄関を開けてるから、入っていいよ』と言われていたから、遠慮なくガチャリと開けた。
　バタンと閉めて、玄関へへたりこむ。はぁ、とため息をついて、目もとに浮かんだ涙をぬぐった。
　……慎也。
　あたしは利乃には到底かなわないし、まだまだダメダメだけど。
　でも、この気持ちは本当なんだ。
　後悔なんて、しない。今頃きっと、慎也は困っていると思うけど。あたしだって、どうしようもないから。
　……好きで、ごめんね。

＊

【慎也side】
「…………」
　麗奈は、逃げるように利乃の家へ入っていった。
　俺は立ち尽くしたまま、動けずにいる。
　さっきの麗奈の言葉が、ぐるぐると頭の中をまわっていた。
『いつか絶対、慎也のこと好きになってよかったって、思っ

てやるから』
　……ホント、まっすぐすぎる。
　なんだ、あれ。
　あんなの、はじめてだ。
「……っ、ふは」
　おかしくて、なんだか笑いさえこぼれる。
　今まで、告白してくれた女の子はいたけど。俺が毎回『好きな人がいる』というと、女の子はみんな怒っていた。『滝本さんでしょ？　あんなののどこがいいの!?』
　……ぜんぜん、違うなぁ。
　今までの子たちとは、ぜんぜん違う。俺のことも、利乃のことも好きだからって。
　めちゃくちゃだよ、麗奈。
　すごいよ、ホント。
「……ヤバいなぁ……」
　その場にしゃがみこんで、額に手の甲を当てる。
　いつも冷たいはずの自分の手が熱くて、困った。
　動悸も激しい。たぶん、顔も赤い。
　自分でも驚くくらいに、揺さぶられたのを感じた。
　いつから、俺が利乃を好きだって気づいていたんだろう。麗奈の目から見ても、わかりやすかったんだろうか。
　それにしたって、麗奈はいつも唐突だ。
　夏祭りの日の告白だって、すごくびっくりしたし。
　まっすぐに伝えてくる麗奈は、俺なんかと違ってカッコよかった。俺は、あんなにまっすぐな子には、きっとふさ

わしくないと思っていたから。
　あきらめて、ほしかった。
　……だけど。
『あたしは慎也の、好きなひとになりたい！』
　涙に濡れた瞳で。
　それでも強く、俺を見つめて。
　堂々と言った麗奈が、俺には少しまぶしかった。
　利乃とは違う、素直な生き方をする女の子。
　俺に好きなひとがいることを知ったとき、彼女は泣きそうな目をしていて。
『池谷くんの、笑顔。ときどき、くるしそうに見える…！』
　あんなにも正面からぶつかってくる子、なかなかいないよ。
　優しくて、それでいて厳しい。
　俺が必死に目を背けていることを、ぶつけてくる。
　……勘弁してよ、麗奈。
　俺の頭の中、麗奈ばっかりだ。
　雨の日、はじめてふたりで帰った日を思い出す。
　雨の青と、海の青が混じりあった。
『ねえ、慎ちゃん』
　……利乃。
　俺は、どうすればいい？

手紙

【麗奈side】
「麗奈ちゃんっ、来てくれてありがとー!」
　玄関にいたあたしに、利乃はニコニコしながら2階へ手招きしてきた。
　さっきのあたしと慎也の会話は聞こえていなかったのか、いつもどおりだ。てゆーか、案外元気そう……?
「あっ、飲み物とってくるね!」
　あたしを部屋へ入れるなり、利乃は部屋を出ようとする。
　あわてて、「ええっ」と彼女を止めた。
「あたしがお見舞いに来たんだから、利乃はそんなことしなくていいよっ」
「いいの!　それに私、もう熱さがっちゃったし。ぜーんぜん平気!」
　言うが早いか、利乃は部屋を出てバタバタと階段をおりていった。
　ちょ……無理しないでよ……。
　はぁ、とため息をつく。
　……やっぱり、家の中はしんとしていた。
　熱が出ても、看病してくれるひとはいないんだ。
　でもきっと、これが利乃の当たり前なんだろうな。
　その場に座って、部屋の中を見まわしてみる。
　利乃の部屋に入るのは、そういえば初めてだ。遊びにいく

ときとか、利乃の家の前まで迎えにくることはあったけど。
　すると、棚にいくつか写真立てが置かれているのに気づいた。
　立ちあがって見てみる。幼い慎也と利乃の写真、あたしと遊んだときの写真……あ、こないだ４人で遊んだときに撮ったやつもある。
　この中に女子が利乃の他にあたししか映ってないから、なんだか自分が利乃にとって、特別な友達なんじゃないかと思えてくる。
　……そう思って、いいかな。
　思い、たいんだけどな。
　もう一度座ろうと思って、足を動かす。
　だけど靴下がフローリングに滑って、あわてて白いカラーボックスの角をつかんだ。
「……う、わっ……あっ！」
　はずみで、２段目に置いていた箱が落ちてきた。
　バラバラと、中にあったものが床に散らばる。
　拾おうと焦って床を見おろしたあたしは、目を見開いた。
「……手紙……？」
　あたしのまわりに散らばっているのは、何十枚もの封筒だった。
　しばらく、呆然とそれらを見つめる。だけどその裏に書かれていた文字を見て、あたしはバッとその１枚を手にとった。
　宛先は……。

「池谷、慎也」
　切手の貼られていない、何十通のもの手紙たち。
　ぜんぶぜんぶ、慎也へ宛てたもので。
　利乃の言葉が、よみがえる。
『連絡先、聞くの忘れちゃっててさ。手紙とかはやりとりしてたんだけどねー』
　……本当に？　利乃。
　だってこれ、ぜんぶ慎也へ出す前のものだよ。
　郵便ポストに、入れてすらいない。
　ぜんぶぜんぶ、書いては封筒にいれて、持っていたもの。
　……この手紙たちに、いったいどれだけの想いが綴られているのかは、わからない。けど、こんなに何通も……。
　まるで、出せずにいたみたいに。
「……利乃」
　今までの、利乃の言葉。
　どれが本当で、どれが嘘？
　本当に、慎也と離れたいと思ってる……？
　ねえ、利乃。
　利乃の気持ちが、知りたいよ。

『強い人』が流す涙は

【利乃side】

元気でいますか。

そんな手紙の1行すら書けなくて、出せずにいた便箋がたまっていく日々。

暑い夏が来ましたね。
寒い日が続きますが、ご自愛ください。

時候のあいさつを書いただけの1行。
出せない手紙と降り積もる想いが、私を日々狂わせていきます。
木々が生い茂る夏を越えて、君のいない時間は過ぎていくけれど。
君がいなければ泣くこともできない私の心は、ますますあの夏の日を恋しくさせました。

君は笑顔でいれていますか。
さみしくはありませんか。

　もしかしたら君はもう、私以外の誰かの手をつないでいるのかもしれません。
　君が帰ってきたときに、どうか笑顔で、おかえりと言える私であれるよう。
　泣かなくったって、君がいなくたって、強くいられる私になれるよう、日々笑顔の練習を重ねています。
　次の夏には、君がいなくても笑うことができる。
　そんな私で、いられますように。
　あの頃にふたりで見あげた、満天の星空に願いをかけて。

私の、大切なひとへ。

　今でも、大好きです。

　＊

【麗奈side】
「おかげさまで滝本利乃、元気いっぱいでーすっ！」

翌朝。

利乃はいつもどおりの明るい笑顔で、学校へ来た。

あたしの机の前で、きゃいきゃいとはしゃぐ。

……よかった、元気そう。

昨日、中身を見てしまったあの箱は、利乃が部屋へ戻る前に急いで片付けた。気づかれてないといいんだけど……。

すると、利乃が教室の扉の方を見て、「あっ」と声をあげた。見ると、そこには慎也とトモの姿。

昨日のことがあって、目を合わせづらい。

……ていうか、ものすごく恥ずかしい。

あたしが縮こまっていると、利乃はふたりに向かって大きく口を開いた。

「慎ちゃん、トモくん！　おはよー」

……おとといのことが、まるでなかったことのように。

慎也へ笑いかけた利乃に、少し驚いた。

トモもあたしと同じように、明るい利乃にとまどいながら「おはよ」と返す。

慎也は利乃のニコニコした表情を見て、しばらく黙っていたけど。

「……ん。おはよ」

すぐに、いつもどおりに微笑んだ。

……ううん、いつもどおりじゃ、ない。つくろった表情だ。

悲しい感情を抑えてつくった、笑顔だ。

思わず慎也の顔を見つめていると、ふいに目が合った。

ドキリとして、心臓が痛くなってくる。
　　……ああ、ダメ。こんなんじゃ、ダメ！
「お……っ、おはよ！　慎也」
　　絶対今、顔赤い。けど、どうせあたしの気持ちはみんなにバレてるんだし、もういいやと思った。
　　慎也はあたしを見て、少しの間固まる。
　　そして、さっきまでのつくろった笑みを崩して、ふわりと笑ってくれた。
「……おはよ」
　　そのやわらかな笑顔と、少しだけ朱色に染まったその頬に、ぎゅううと心臓をつかまれる。
　　たぶん、意識、してくれてる。
　　それがたまらなく嬉しい。すっごく、嬉しい……！
　　涙まで出そうなほど喜びに浸っていると、トモが耳もとで不機嫌な声を出してきた。
「あれー？　麗奈ちゃん、俺は？　俺にはなんも言ってくれないんですかぁー？」
「……ごめんって。おはよう、トモ」
「うわ、何そのあしらい方。ひっでぇ」
　　ぶー、と頬を膨らませるトモに、みんなで笑う。
　　……やっぱり、いいな。
　　いつまでも４人で、笑いあえたらいいのに。
　　そうして放課後になると、あたしは勇気を振りしぼって、慎也に声をかけた。
「し……慎也！」

クラスメイトたちがざわざわと席を立ち、教室を出ていく中。

まだ自分の席で帰りの準備をしている慎也は、あたしを見てびくりと肩を揺らした。

その反応に、ガーンとショックを受ける。

慎也はあわてて「いや、今のはなんでもない！　大丈夫！」と手をぶんぶんと横に振った。

そのあわてようが彼らしくなくて、思わずキュンとする。

……やっぱり、意識、してくれてるんだ。

「え、えっと……きょ、今日」

ドキドキドキと、激しく心臓が脈打つ。

本当なら近くにいるはずのトモは、利乃が気を利かせて教室の外へ連れていってくれていた。

あたしの言おうとしていることに気づいたのか、なかなか言えないあたしを、慎也は黙って待ってくれている。

「えと、できたらで、いいんだけど」

顔が熱くてたまらない。

汗までかきそう、ああ、これは冷や汗かもしれない。

あたしの照れが伝染して、慎也の頬も赤くする。

こんなに緊張するし、恥ずかしくて死にそうになるようなことを、世の中の乙女たちはしてるのか。

むしろ、尊敬すらします。恋って、すごい。

「今日……っ、一緒に、か、帰ってくれませんか！」

あたしに、こんなことを言わせるんだから。

足先から湧きあがってくるような恥ずかしさに、唇を噛

んで耐える。
　慎也は、じっとあたしを見ていた。
　そして、あたしと同じ、照れたようにはにかんで。
「……いいよ。帰ろっか」
　なんて、優しい言葉をくれた。
　嬉しさで飛びあがりそうになるのを、必死に抑える。
「……ほっ、ほんと!?」
「うん」
「うわぁ、ありがと!!」
「ハハ。麗奈、大げさ。あ、お昼どっかで食べて帰る？」
「えっ……うん！」
　お昼ご飯、一緒に食べれるんだ。
　頑張って誘ってみてよかった。神様、ありがとう……！
　急いでカバンを持って、教室を出ようとする慎也のあとを追う。見あげれば、すぐ近くで笑う慎也がいて。
　今まで、あたしにあの切ない笑みしか見せてくれなかったから。
　今、たしかに彼の隣にいるのは自分なんだと。
　……そう思えるのが、すごく幸せだと思った。

　＊

【利乃side】
　しん、と。
　誰もいなくなった教室は、静まりかえっていた。

教室の扉のそばで、麗奈ちゃんと慎ちゃんが廊下を歩いていく、そのうしろ姿を見つめる。
　私の隣には、前と同じようにトモくんがいる。
　茜色に染まった空を見あげて、長いまつげを伏せて黙りこむ彼の隣にいた、あのとき。
　……けど、たぶん。
　今、泣きそうになっているのは私の方だ。
「利乃ちゃん」
　ずっと扉のそばでふたりを見ている私の手を、トモくんが引っぱる。
　教室の中へ入って、ふたりの姿は視界から消えた。
　私とトモくんしかいない、さみしい空間。
　教室の窓に、青空の雲が映っている。
　黙って窓側の席にドカリと座るトモくんを見て、なんだか笑ってしまいそうになった。
　……あのときと、逆だね。
「トモくん、わざとだよね」
　彼の前に立ってそう言うと、トモくんは視線だけをこっちへ動かした。
　開いた窓から、風が吹きこんでくる。
　さわさわと、トモくんの短い髪を揺らした。
「……なにが？」
「今朝。麗奈ちゃんが慎ちゃんにおはよって言ったとき」
　慎ちゃんが、『おはよ』って返して。
　麗奈ちゃんが、嬉しそうに笑う。

そのときの私の表情を見て、トモくんは目を伏せた。
　そして、わざと邪魔をするような形で、麗奈ちゃんの耳もとであんなこと言ったんだ。
　ありがとう、と笑う私を見て、トモくんは「うん」とだけ答える。
　彼の伏せられた長いまつげを見つめて、私は目を細めた。窓から風が吹いてきて、窓の外へ視線を移す。
　彼と過ごしたあの海が、見えた。
「……利乃ちゃんこそ、じゃん」
　トモくんの声にハッとして、彼を見おろす。
　彼は私とまっすぐに目を合わせて、怒ったような顔をした。
「利乃ちゃんこそ、キツイって言ってくんなきゃ、わかんねーよ。……わざと、隠してるんだろうけど」
　……前に私が彼に言った、言葉。
　嘘つきが漏らす、本当の気持ち。
『トモくんがちゃんとくるしいって伝えなきゃ、みんな気づいてあげられないんだからね！』
　……大切なひとに、見破られたくなかった気持ち。
　ふいに、トモくんが私へ手を伸ばす。びくりとしてあとずさる私の手首を、トモくんはしっかりとつかんだ。
　その指は、私の目もとをぬぐう。
　見れば、その指先はうっすらと濡れていて。
　それが私の涙だと理解するまで、数秒かかった。
「……でもさぁ、利乃ちゃん。隠したくても、心は限界なんじゃねぇの」

トモくんがまっすぐに、私の心の奥をのぞきこんでくる。
知られたくない、私の本当の気持ちを暴きにくる。
……やだ。やだ、やだ……！
「違う！」
つかまれた手首を振りほどいて、「違う」と叫ぶ。
ぜんぜん、限界なんかじゃない。私は平気。
泣かなくったって、彼がいなくたって、平気。
大丈夫だもん、私は強いから。
いつだって笑って、いられるもん。
ぐいっと手の甲で、目もとをぬぐう。
少しだけ濡れているそれが、悔しくて。唇を噛む私に、トモくんは「逃げんな」と厳しい声で言った。
「慎也からも自分からも！　俺からも麗奈ちゃんからも逃げてさぁ。嘘ばっかで、利乃ちゃんの本音はどこ行ったんだよ！」
……だっ、て。
私の本音なんか、知らなくていい。
こんなワガママ、誰にも知られずに、消えてしまえばいい。
トモくんにつかまれた腕が、痛いはずもないのに痛む。
……離してよ。
私を弱く、させないで。
「……ち、がう、もん……」
じわじわとにじんでくる涙と一緒に、膝が崩れ落ちる。
トモくんがとっさに支えてくれたけど。
ボタボタとこぼれ落ちる涙を、私は信じられない思いで

見つめた。
　……なんで、私。
　慎ちゃんがいないのに、泣いてるの。
「……利乃、ちゃん……？」
　支えられながら、それでもうつむいたままの私を、トモくんが心配そうに見つめてくる。
　私は、彼のいないところで泣いている自分が、信じられなかった。いつのまにか彼との『約束』を破ってしまった、自分が。
　そして、そのことにショックを受けている自分が、すごくすごく情けなくて。
「……もう、やだ………」
　止まらない涙が、手の甲から流れ落ちる。
　身体の中で、暴れまわっている。
　ひたすらにさみしくてくるしい感情が、私の身体の中を駆けめぐっている。耐えなきゃ、耐えなきゃって思っているのに。
　なんで、できないの。
　幼いあの頃のように、なんで私はいつも笑っていられないの。
「利乃、ちゃ……」
「なんで私、こんなに弱いんだろう」
　震えた声が、自分の口からこぼれ落ちる。
　トモくんは私の言葉に、口を閉じた。
「なんで、強くなれないんだろ……」

悔しくて悔しくて、歯を食いしばる。
ボタボタと、涙が落ちる。
……幼かった、あの頃。慎ちゃんの優しさと甘さにしがみついて、生きていたあの頃。
私は本当に、不安定だった。
ときには、ひとりぼっちの家の中、過呼吸に陥ることもあった。
中学2年生の夏の夜、私は荒い呼吸の中、どうしていいかわからなくて。
とっさに電話をかけたのは、慎ちゃんだった。
電話越しにでもわかるくらいに、私の呼吸は荒くて。
すぐに慎ちゃんがベランダを乗りこえて、私の家へ来てくれる。
『利乃！』
部屋の中は、私の手で荒らされていた。
棚に置かれていたはずのものがあらゆる場所に落ち、洋服が散乱している。たしかそのとき、お母さんとの写真を入れた写真立ても割った。
その部屋の壁に寄りかかり、息をする私。
……慎ちゃんは、青ざめていた。
おかしくなってしまった私の背中を、慎ちゃんは瞳に涙を浮かべながらさすってくれた。
……ねえ、ごめんね。
弱い私で、ごめんね。
「強く、なりたいのに」

なれない自分が、情けない。
離れるって、決めた。
彼がいなくても笑うことのできる、私になるんだって。
決め、たのに。
トモくんは、眉を寄せて私を見つめていた。
「……利乃ちゃんは、強いよ。誰よりもみんなのこと考えてんの、わかる」
……ずるいよ。
トモくんのほうがずっとずっと、まわりのことを見ているくせに。
だって、壊したくない。
麗奈ちゃんがいつも一緒にいてくれて、トモくんがおもしろそうに笑いながら、声をかけてくる。
……そして、帰ってきた彼と心の底から、笑い合うことができる。
やっと手に入れた、この幸せすぎる日常を。
どうやったって私は、壊すわけにはいかないんだ。
大切なひとが私のまわりで笑っていてくれる、この日常を。私なんかのワガママで、壊したくない。
「……私、慎ちゃんと離れるって決めたの！　だから泣いちゃダメ、強くなるの…！」
トモくんがつらそうに、私を見つめる。
そんな目、しないで。
甘えてしまいたくなる。
「……利乃ちゃんは、なんで慎也と離れたいの？」

上を向くと、トモくんの顔が見える。
　その向こうに、真っ青な空が見えて、くるしくなった。
「私がいると、慎ちゃんがダメになる。……私が慎ちゃんを、ダメにする」
　私の言葉に、トモくんはハッとした顔をする。
　……トモくんだって、気づいていたでしょう。
　中学の頃、慎ちゃんのそばで、いちばん近くで私たちを見てた。私たちが、ただの仲のいい幼なじみじゃなかったこと。
　……知って、いるでしょう。
「慎ちゃんを東京へ行かせたのは、私なの」

＊

　中学を卒業する、数ヶ月前。
　慎ちゃんのご両親が、離婚することになって。
　父親は、単身赴任で東京へ行くという。それについてこいと言われた慎ちゃんは、迷っていた。
　仕事ばかりで家を空けることが多かった父親。
　それなのに、いきなりそんなことを言われて、迷わないはずがない。
　ちょうどその頃、私の母親もまた、何日も帰ってこないことが続いて。どんどん不安定になっていく私は、ついこぼしてしまった。
　『慎ちゃんが東京に行ったら、私はどうしよう』と。

私の言葉を聞いた彼は、悔しそうに唇を嚙んで。
　私がハッとして気づいた頃には、もう遅かった。
　いつものように夜、ベランダ越しに会話をしていた私たち。
　慎ちゃんはもう、ベランダから姿を消して、階段を駆けおりていた。
　私が急いで彼の家を訪ね、とまどうおばさんに構わずリビングの扉を開けたとき。
『の、こる』
　……震えた声が、響いていた。
『ここに、残る！　ひとりで、残る……！』
　普段声を荒げることのない慎ちゃんが、まるで我慢していた想いを吐きだすかのように、叫んだ。
　おばさんは驚いた様子で、慎ちゃんを見ている。リビングのソファに腰かけていた父親は、慎ちゃんを見て眉を寄せた。
『……なに言ってるんだ。ひとり暮らしなんか、お前にはまだ』
『できる！　料理も家事も、俺は今までいくらだってやってきたんだ！』
　……慎ちゃん。
　慎ちゃん、慎ちゃん。
　リビングの扉の前で立ち尽くす私の横で、おばさんが眉をさげて慎ちゃんをなだめる。
『……慎也、落ち着いて』
『俺は落ち着いてるよ！　だいたい、東京ってなんだよ。

受験は？　友達は？　俺のことも考えてよ！』
　慎ちゃん。
　声を出したくて、出せなくて。
　残ると言ってきかない彼を見て、私は呆然とした。
　……今、慎ちゃんを動かしているのは、まちがいなく私だ。
　それがわかるから、嬉しくて。
　すごくすごく、くるしい。
　……ダメだ、と思った。
　私が、慎ちゃんをダメにする。
　私がいれば、慎ちゃんは前に進めなくなる。
　ご両親から逃げて、向き合えないまま。
　こんなにも優しい、男の子が。いつもいつもそばにいてくれた、大好きなひとが。
　私の、せいで。
『慎ちゃん！』
　ビク、と。
　慎ちゃんの口が、閉じた。
　目を見開いて私を見つめるその顔は、信じられないという思いに染まっていて。
　……胸が、痛む。
　くるしいよ。私だって、くるしいよ。
　でも、でも。
　私は震えそうになる声を抑えて、言った。
『……行って。東京』
　そのときの私は、なかなかうまく嘘をつけたと思う。

まっすぐに、鋭いくらいに彼を見つめて。
　きっと、意志が固いように見えただろう。もう、何を言っても無駄だと、思っただろう。
　慎ちゃんは、それ以上何も言わなかった。
　ただ静かに、うつむいて。
『……わかった。行くよ、父さんと』
　それから私たちは、いっさい話さなかった。
　離れてしまうという事実から目を背けたくて、私は彼を避けた。
　彼ももう、ベランダには出てこなくなった。

　　＊

「…………」
　私の話を黙って聞いてくれていたトモくんは、つぅ、と私の頬を流れ落ちる雫を見つめて目を細める。
　静かに手を伸ばして、その雫をぬぐった。濡れたまつげが、重たい。私はうつむいたまま、顔をあげなかった。
「利乃ちゃんは、慎也のこと、ほんとに好きなんだね」
　……うん。
　きっと、この世界でいちばん綺麗なひと。
　私のことをいちばんにわかってくれる、愛しいひと。
　……でも。
「……利乃ちゃんは慎也のこと、恋愛として好きなの？　それとも、友達として……？」

その言葉に、私はくすりと笑った。
　私は涙に濡れた目を細めて、「さぁ」と笑う。
　トモくんはそんな私に、困ったように苦笑いを浮かべた。
　そして、何も言わずに頭をなでられる。
　ふたりで床に座りこんだまま、窓から見える空が、彼の瞳に反射した。
「……利乃ちゃん」
　優しい優しい手が、私の髪をなぞる。
　涙は、いつのまにか引いていた。だけど、胸の奥底で暴れるどうしようもない感情は、消えなくて。
　さみしいって叫んでる。
『慎ちゃん』と叫んで、助けを求めたくてたまらない。
　でもそんなことをしたら、きっとあの頃と同じだから。
　……慎ちゃんを檻の中に閉じこめて、逃がすことができない。こうやって無理やりにでも離れないと、私は彼から離れられない。
　だから、引っぱってほしかった。
　私なんかとは比べ物にならないほど強い彼女に、慎ちゃんを捕まえて欲しかった。
　……でもやっぱり、うまくはいかない。
「もっと、強くなれたらいいのになぁ」
　何があっても泣かずに、彼の前で笑えていたら。
　もう心配いらないよって言えたら。
　どんなに、幸せだろう。
「なぁ、利乃ちゃん」

トモくんが立ちあがって、私へ手を差し出す。
　その手をとって立ちあがると、彼は思い切り伸びをした。
　そして、ドカッとさっきと同じ席に座る。
　私はそのうしろの席へ、座った。
　私を優しい瞳で見つめてくるトモくんの横顔は、ふ、と笑って。
「"強い人"って、泣かない人じゃないんだよ」
　射抜くような視線をして、そう言った。
　驚いて何も言えなくなる私に構わず、トモくんは窓の外の空を見つめて、目を細める。
　そして、静かに目を閉じた。
「泣くことは悪いことじゃないし、いくらでも泣けばいいじゃん。ただそのあと、ちゃんと前さえ向ければ」
　……前、さえ、向ければ……。
「"強い人"って、たぶんぜんぜん泣かないわけじゃない。泣いて泣いて、それでも前向いて、ちゃんと自分の力で立ちあがれる人のことをいうんだと思う」
　ふたりきりの教室で、窓の向こうには青空が広がっていて。
　トモくんはまっすぐに、前を見ている。
　私はだんだんと視界が歪んでいくのを感じながら、思った。
「だから利乃ちゃんは、俺から見たら十分『強い』よ」
　そう言って、歯を見せて明るく笑う。
　……麗奈ちゃん、みたいだ。
　まっすぐで素直で、しっかりとその足で立っていて。
　……まぶしい。

私がずっと見ていた、彼の姿。
　　私が憧れた、誰かを元気にする笑顔。
　　いいな。私、この人みたいになれたらいいのに。
　　この人みたいに、強くなれたらいいのに。
「だから、泣きたいの我慢しなくていいよ」
　　……ダメだよ。
　　そんなこと言われたら、私、泣いちゃうよ。
　　じわじわと、目の奥が熱くなってくる。
　　ああ、喉が痛い。
「……もぉー、トモくんのバカー……」
　　再びあふれてきた涙を、必死にぬぐう。
　　トモくんは笑いながら、「泣け泣け〜」なんて言ってきた。
　　そして、ふいに憂えた瞳で微笑む。
　　優しい優しい、目の細め方で。
「……前に、たくさん泣かせてもらったからさ。いくらでも付き合うよ」
　　身体中を暴れていた感情が、綺麗に溶かされていくのを感じた。それから私は、気が済むまで窓側の席で泣いて。
　　目が腫れて、トモくんにからかわれるくらいにはひどい顔になって。
　　それでも、心地よかった。
　　彼と歩く道は、息が詰まることもなかった。
　　……だけど。
『泣いてないんだろ、ずっと。俺が、東京行ってから』
　　慎ちゃんは、いつだって心の底から心配してくれる。

だけど、私はそれに見て見ぬふりをしなきゃいけない。
だって私は、きっと、もう。
彼の、"いちばん"じゃない。

第7章

『天泣』

【利乃side】

　——ピンポーン。

　再びあの人が家へ来たのは、その日の夜だった。

　お母さんが嬉しそうに玄関へ駆けていくのを、おりる途中だった階段で立ち止まり、見つめる。

「連絡なしにごめんね。仕事が思ったより早く終わったから」

　お母さんが、優しく目を細める。

　その人は玄関で靴を脱ぐ前に、私に気づいた。

「……あ。こんばんは」

　やわらかな、微笑み。

　私は逃げてしまいそうになるのを必死に抑えて、小さく息を吸った。

　………わかってるの、私。

　慎ちゃんとの『約束』も、おたがいのためのものだったって。

　私も慎ちゃんも、明日大切なひとの前で笑えるようにするためだったって。

　ちゃんとわかってるの、私。

　覚えて、いるよ。

　だけどその『約束』が、彼を縛ってしまうなら。

　私が、彼の障害になってしまうなら。

離れなきゃいけないと思った。
だけど私はまだ弱い。
やっと、彼の前じゃなくても泣くことができるようになったけど。同時にそんな私を、許せない私もいる。
だってずっとふたりきりだったのに。
ふたりで、生きていたのに。
……それに、麗奈ちゃんと慎ちゃんがふたりでいるところを見ると、やっぱりさみしくなってしまった。
なんでこんなに、弱いんだろう。
もっともっと、強くならなきゃ。
強がりだっていい、今このときだけの、ごまかしだったとしても。それでもいい。
彼がいなくても笑うことのできる私になったと、彼に伝えなきゃいけない。だから。
『いくらでも泣けばいいじゃん。ただそのあと、ちゃんと前さえ向ければ』
トモくんの、強い声が耳に残ってる。
……うん。
そうだよね、泣いたっていいんだよね。
ちゃんとそのあと、向き合うことができれば。
私はその場から動かずに、その人をまっすぐに見つめて、口を開いた。
「こ……こんばん、は」
声が少し、震えてしまったかもしれない。
彼はもちろん、お母さんも驚いたように振り返る。

私は気恥ずかしくなって、「……じゃあっ」と言うと階段を駆けあがった。
　２階の廊下で立ち止まり、息をする。ぎゅっと目をつぶって、バクバクと激しく脈を打つ胸を押さえた。
　……ダメだ、緊張してどうにかなりそう。
　こんなのが、しばらく続くのかな。大丈夫かな、私。
　そう思ったとき、慎ちゃんの言葉が頭をよぎった。
『今の、利乃の気持ち。ちゃんと、言いなよ。おばさんにさ』
　……言えないよ、やっぱり。
　言えるわけないよ、ふたりのあんな顔、見ちゃったら。
　あいさつを返したときに見えた、あの人の嬉しそうな顔。
　お母さんの瞳には、涙さえも浮かんでいたような気がして。
　……胸の底が、灼けるような感覚だった。
　恥ずかしくてむずがゆくて、息が詰まるような。
　そんな、感じ。
　頭の中がごちゃごちゃして、いろんな感情が行きかって、おかしくなりそう。
　あの人がいる生活に、怖いと感じる私もいる。
　慎ちゃんから離れるためにも、我慢して耐えなきゃいけないと思う私もいる。
　……どうすればいいのか、わかんないよ。
　自分の部屋へ戻ると、課題もやらずにベッドへもぐった。
　それからしばらく、私はシーツの上でゴロゴロと寝返りを打っていたけど。

……眠れなくて落ち着かなくて、起きあがった。

空はもう真っ暗で、時計を見ると12時を過ぎた頃だった。

「…………」

おもむろにベッドからおりて、部屋を出る。

ぼうっとする意識の中、階段をおりた。

……リビング、電気ついてる。

お母さん、まだ起きてるのかな。

何か飲もうかなと思い、リビングの扉を開けた。

視界に飛びこんでくる、照明の明るさ。

その下で、椅子に座るお母さん。

テーブルで家計簿をつけるその姿は、水商売なんかとは縁のない、普通の『母親』のようで。

……私は、目を細めた。

何も言わずに台所へ行き、冷蔵庫を開ける。お茶のペットボトルを取り出したとき、テーブルの方から声がした。

「……どうしたの。眠れないの？」

家計簿から目を離さず、お母さんは化粧(けしょう)を落とした素顔で口を動かす。

私はパタンと冷蔵庫を閉めて、「…うん」とだけ返事をした。

コップにお茶をつぐと、また何も言わずにお母さんの正面の席に座る。それについては何も言わず、お母さんはボールペンを動かずばかりだった。

……チクタクと、時計の秒針の音だけが響く。

壁にかかっている時計は、私が小学生のとき、お母さん

とふたりで買ったものだ。

　幼い私が選んだものだから、デザインも子供っぽい。

　それでもお母さんは、一度だって『他のものに変えようか』と言ったことはなかった。

「……あのね、利乃」

　ふと、前から声がして、目線を向ける。

　お母さんはやっぱり家計簿から目を離さずに、言った。

「お母さんね、夜のお仕事、やめようと思うの」

　……うん。

　知ってる。わかってる。

　小学生の頃から使っている幼い柄のコップを見つめながら、「うん」と返した。

　お母さんはまた、何も言わなくなる。

　今度は私が、「ねえ」と言った。

「……あの人と、いつ知り合ったの」

　お母さんは、ピタリとボールペンを動かすのをやめた。

　そしてまたすぐに、動かしはじめる。

　だけどさっきまでのような、忙しなさはなくなっていた。

「……3年前。会社の取引先でね、偶然に」

　……そんな、早くに。

　ぎゅ、とコップを握りしめ、3年前のことを思い出す。

　心当たりがないわけじゃ、ないけど。

「……付き合いはじめたのは、いつから？」

「そうねえ、1年……半、前くらいかしら」

「……お母さん、あの人のこと、好きなの？」

「好きじゃなかったら、利乃に紹介なんてしてないわ」
　その言葉に、胸が痛んだ。
　……お母さんが私に男の人を紹介したのは、あの人が初めてだ。
　それくらいに、本気で。
　心の底から、好きってことで。
　お母さんはやっぱり家計簿から目を離すことなく、おだやかに微笑んでいる。
　その顔には、日頃の疲れが現れていた。
　私はコップを見つめて、思い出す。
　毎日、家を空けて仕事に出ていたお母さん。
　毎日、私が憧れる綺麗な見た目をして、外へ出かけていたお母さん。
　……どんなに忙しくても、月に一度は私のために休みをとってくれていた、お母さん。
『今の、利乃の気持ち。ちゃんと、言いなよ。おばさんにさ』
　……うん。
　言いたい、けど。
　でもね、慎ちゃん。私、思うんだ。
　私が本当に望んでいるのは、そんなことじゃなくて。
　ずっと、見ていてほしかった。
　いつだって笑おうと努力していた私の弱さに、気づいてほしかった。
　家でひとり、食べる夕食もさみしかった。

……でも。でもね、慎ちゃん。
「お母、さんは」
　少しだけ震える声と、不安な心が私の瞳を揺らす。
　優しく笑うお母さんを見て、喉の奥が痛むのを感じた。
　……あのね。
　私が本当に、望んでいるのは。
「……今、幸せ……？」
　ボールペンが、ぴたりと止まる。
　下を向いたお母さんの目が、少しだけ見開かれた気がして。
　私は、震える手でコップを握る。お母さんはやっぱり、私の方は見ずに。
　心の底から安心したような顔で、やわらかく、笑った。
「……うん。幸せ」
　……ああ。
　私はずっと、この言葉が聞きたかったんだと思った。
　私のために、毎晩心を削って働いていたお母さん。
　きつくない、はずはなかった。
　くるしくない、はずもなかった。
　お父さんが家へ帰ってこなくなって、家には私とお母さんだけになって。
　いつも私は、家にひとりきりでいたけど。
　……それでもさみしくなかったのは、ここにちゃんともうひとり、家族がいると知っていたからだ。
　自分の他に、帰ってくるひとがいるとわかっていたからだ。
　たとえば週に一度くらいに、家に帰ると用意されていた

夕飯とか。
　朝起きたら台所に置かれている、食べ終わったあとの食器とか。
　……たしかにそこに、お母さんがいた跡が。
　ちゃんと、あったから。
　私は、ひとりじゃなかった。お母さんとふたりで、暮らしてきたんだって。そう、思えるから。
「……そっか」
　痛む喉を押さえて、にじみそうになる涙をこらえて、つぶやく。
　コップをぎゅう、と握りしめた。
　……『幸せ』、なんだね。
　お母さんは今……幸せ、なんだよね。
「そっかぁ……」
　そう言って、私はへなりと笑った。
　ああ今、私、すごくすごく安心してる。
　今まで抑えていたいろんなものが、あふれだしてしまいそうなくらいに。
　肩の力が抜けて、崩れてしまいそう。
　あの頃、私のせいで泣いていたお母さんのうしろ姿が、目に焼きついている。
　私はその背中へ、なぐさめの言葉をかけることはできなかった。
　けどもう、いいんだね。
　お母さんは今、いろんなものを抱えこんだその肩を、抱

いてくれる人がいるんだね。
　……慎ちゃん。
　慎ちゃん、慎ちゃん。
　今、すごくあなたに会いたい。
「……うん。じゃあお母さん、寝るから。……利乃も早く、寝なさいね」
　その言葉へ、返事はできなかった。
　今にも喉の奥から、嗚咽が漏れてしまいそうで。
　お母さんが、2階へあがっていく。
　私は携帯を取り出して、電話をかけた。
　……まるで、衝動。
　それでもあの頃の私たちには、当たり前のことだったから。
『……はい』
　やっぱり君は、出てくれる。
　私がいつ助けを呼んでもいいように。
「……慎、ちゃん」
　こんな風に涙声で、その名前を呼ぶことができるように。
「玄関の扉、開けてて」
　彼は私の言葉を聞くと、何も聞かずに『わかった』と言った。
　私はリビングを出て、廊下を歩いて、靴を履く。
　そっと玄関の扉を開けると、隣の家へ走りだした。
　彼の家の玄関の前につくと、ちょうどよく扉が開く。
　彼は心配そうに瞳を揺らして、私を出迎えてくれた。
「何があったんだよ、利乃……」

けど。
　私は何も言わず、その胸へ飛びこむ。
　慎ちゃんが目を見開いて受け止めてくれたけど、うしろへドサリと倒れこんだ。
「……り、利乃？　どした…」
「お母さんがぁっ」
　私の声が、廊下に響く。
　彼のシャツを涙で濡らしながら、嗚咽を漏らして言った。
「お母さんがぁっ、幸せって言ったの。今、幸せって言ったんだよぉ……！」
　うわぁあぁん、と子供のように声をあげて、泣いた。
　慎ちゃんは目を見開いて、そしてそっと抱きしめてくれる。
　仕事でまだ帰ってきていない、彼のお父さん。
　さみしいこの家の中があの頃を思い出させて、さらに涙があふれてきた。
　……お母さん、お母さん。
　わたし、ずっとさみしかったよ。
　くるしくてくるしくて、どうしようもなかったよ。
　でも不思議なくらいに、お母さんがつかもうとしている幸福を、邪魔する気にはなれないんだ。
　だってその幸福の中には、いつだって私がいるから。
　私が生まれて、健康に生きて、笑っている。
　お母さんの幸福の中にはきっと、そんな私が必要だから。
　私はやっぱり、笑っていなきゃいけないね。
　こんなにもお母さんの『幸せ』の言葉が、私を安心させる。

よかった、よかった。
お母さんが幸せになれて、よかった。
「うわぁぁあん……」
……だからせめて、隠れて泣くことには、気がつかないでいて。
久しぶりに彼にしがみついて、大声で泣く。
慎ちゃんは眉を寄せて、目を細めて。
泣きやむまで、ずっと抱きしめてくれていた。

*

【麗奈side】
慎也と一緒に帰った日から、2週間。
補習も終わり、あたしは慎也を遊びに誘ったり、一緒に図書館に行ったりした。
行動力のないあたしにしては、本当によくやった。
今なら、普段情けないばかりの自分を、ほめることができる。
まだ志望校は具体的に決まらないけど、とりあえず大学は行くんだ、と思ってるから。
勉強していて損はないよね、と図書館で頭のいい慎也に国語を教えてもらったりした。
夏の太陽に肌を灼かれて、時折汗がにじんで。
高い気温とは違う原因で、顔が熱くなったりもしたけど。
少しずつ、けど着実に、慎也との距離は縮まっている気

がした。
「はぁ、あっつい！　ずっと図書館にいたーい」
　そんな8月の、下旬。
　お昼過ぎ、あたしは慎也と図書館から出て、街を歩いていた。
「ね、慎也」
　前を向きながら、少しうしろで歩いているはずの彼へ声をかける。
　だけどなかなか返事がないから、不安になって振り返った。
「慎也？」
「……え、あっ、なに？」
　慎也はハッとして、すぐに苦笑いを浮かべる。
　……なんだか最近、よく上の空だな。
　どうしたのかな、また利乃のことで悩んでるのかな。
　補習の日以来、利乃とはメールのやりとりはしてるけど、会ってない。トモとも、同じ。
　……また4人で、遊びたいんだけど。
　そういうわけにも、いかないんだろうか。
「もうすぐ、夏休みが終わるね」
　人通りの少ない道を、うしろ向きに歩く。
　数時間前に降った、小降りの雨でできた水たまりがパシャンと跳ねた。
　あたしたちを囲うように立ち並ぶ木々が、コンクリートに影を落とす。
　それは時折さわさわと風に揺れて、形を変えた。

「……そうだね」
 慎也は木々を見あげて、目を細める。
 あたしはその姿を見つめながら、「ねえ」と言った。
「利乃から手紙、もらったことある?」
 慎也の目が少しだけ、変わった。
 ぼうっとしていた瞳が、ハッとする。
 あたしを見て、困ったように眉を寄せた。
「……ない、けど……」
 ……やっぱり。
 あのとき利乃の家で見た手紙たちは、慎也のもとへ届けられることはなかったんだ。
 だけど利乃は、あたしに『手紙のやりとりはしていた』と言っていた。
 あんなにまで多くの、届かずにしまわれてしまった手紙たち。
 あの中には、いったいどんな想いが綴られていたんだろう。
 どうして利乃は、出せなかったんだろう。
 あたしは「そっか」とだけ言って、目を伏せる。それ以上何も言わないあたしに、慎也は焦ったように声をあげた。
「手紙って……麗奈、なんか知ってんの?」
「……利乃のことだから。あたしは、何も言えない」
 自分から聞いといてごめん、と言うあたしに、慎也は何か言いたげに眉を寄せる。
 その表情の中に、きっといろんな感情が入り混じっているんだろうと、思った。

「……あたしは、何も言えないけど。もし慎也と利乃の間に、何かあったんなら……無遠慮だけど、知りたいって思う」

 パシャン、とスニーカーが水たまりの端っこを踏む。

 布地が、ジワリと水を吸った。

「ふたりのこと、好きだから。……知らないまんま、見てるだけなのは、くるしい」

 まっすぐに見つめると、慎也はあたしから逃れるように、目をそらした。

 ……まただ。彼はあたしの想いから、少しずつ、逃げようとする。

「麗奈が聞いたって、たぶん困るだけだよ」

「……なんで？」

「俺と利乃は、弱いから」

 そう言った慎也の瞳は、揺れていた。

 風に揺れる木々が、彼に影を落とす。

 慎也はさみしそうに、言った。

「……俺は利乃がいなきゃダメだったし、利乃もそうだった。どうしようもないからさ、……このままでいいんだよ、俺たちは」

 ……『このままでいい』なんて。

 本当にそうだったら、君は今、どうしてそんなにくるしそうに笑っているの。

 あたしの、ワガママかもしれない。

 何もしないままなのはもう嫌だ、なんて、あたしの自己

満足だ。
　だけど慎也と利乃は、それでいいの？
　トモが言ってた、『依存』関係。
　ふたりがもし本当に、そうだったとしたら。
　そしてそこから、利乃が前に進もうと思ってるんなら。
　今までの利乃の行動だって、わかるから。
　あたしと慎也をくっつけようとした、その意図。
　あたしはきっと、彼女にとってちょうどいい存在だったんだろう。
　うまく、利用されてしまったのかもしれない。
　……でもそれに対しては、不思議なほど嫌だとは思わなかった。
　ただただ切なくて、さみしい。
　言ってくれたらよかったのに。
　慎也がいなかった１年間、あたしはずっと利乃のそばにいたのに。利乃のくるしい気持ちのひとつも、知らないでいたなんて。
　あたしはさみしいんだよ、利乃。
　利乃に嘘をつかせてばかりのあたしは、そんなに信用がない……？
「本当に、このままでいいの？」
　顔をあげて、彼を見つめる。
　慎也はあたしを見て、まぶしそうに目を細めた。
「……麗奈」
「あたしといても、ときどき上の空なのは、利乃のこと考

えてるからでしょ？」
　ぎゅう、と胸が締めつけられて、痛い。
　慎也は眉を寄せて、あたしを見ている。
　……そりゃ、あたしがどう頑張っても、慎也は利乃のことが好きだって言うなら、わかるけど。
　だって、逃げるんだもん。
　彼はあたしの気持ちから、逃げようとしているから。
　あたしは、彼のもとへ駆け寄る。
　驚く彼の顔を、のぞきこんで。
　じ、と見つめた。
「……目ぇ、そらさないで。ちゃんと見て」
　あたしの言葉に、慎也がくるしそうに目を細める。
　……君は前に、言ってたね。
『俺は、まっすぐじゃないよ』
『だから少し、小城さんがうらやましい』
　それは、自分だって『まっすぐになりたい』って、思ってるからでしょう。
　だからあたしから、目をそらす。逃げようとする。
　ねえ、ちゃんと見て。
　あたしのこと、見て。
「……麗奈はほんと、優しいね」
　ぽつり、と。
　慎也は切なげに笑って、そう言った。
　そして、あたしの頬に手を添える。
　彼の冷たい手は、夏の温度で熱くなった体温には、心地

よかったけど。
　……でも。
「俺のことなんか、放っといてもいいのに……なんでこんなヤツ、好きになったんだよ」
　その言葉に、あたしは唇を噛んだ。
　自嘲するように笑う、慎也。
　だって。
「言ったじゃんか、あたし」
　雨が降って、ふたりで傘を半分こにして。
　はじめて距離が縮まったあの日。
　あたしは彼の、『特別』になった。
　そしてあたしを『おもしろい』なんて言って、楽しそうに笑う。
　……君の、こと。
「慎也はあたしの『特別』になったって……言ったじゃん」
　だから、放ってなんかおかない。
　さみしく笑う、君のままでいさせたくない。
　あたしはあたしの『特別なひと』を。
　……あたしの『大切なひと』を。
　放ってなんか、おかない。
「……ふは。そう、だったね」
　慎也は、笑った。
　あたしの頬に手を添えたまま、おもしろそうに笑う。
　……ああ、あのときと同じ。
　あたしが惹かれた、笑顔。

ほっとしたあたしの頬を、慎也の指がなぞる。
　びくりすると、愛おしそうに目を細められた。
　……え？
　どう、したの。何、何。
　とまどうあたしに、彼は眉をさげて、笑った。
「ほんと素直で、優しすぎ」
　その笑顔に驚いている間に、慎也の綺麗な顔が近づいてきて。
　……慎、也……？
　手の添えられた頬が、熱い。
　唇が触れる数秒前、慎也はつぶやくように言った。
「……優しすぎるから、俺、甘えちゃうんだよ」
　重なる、唇。
　甘いはずのそれは、少しだけ苦くて。
　嬉しいなんて、思えなかった。
　だって慎也の瞳は、すごく切なそうに細められていて。
　唇が離れると、じわりと涙のにじんだ目で、彼を見つめる。
　震えた手で、すぐそばにある慎也の頬に手を当てた。
「……甘えて、いいよ」
　なんで、そんな目をするの。
　なんで、あきらめたように笑うの。
　彼は、その頬に添えたあたしの手に自分の手を、そっと重ねた。
　そして、「ダメだよ」と言う。
　その瞳にはたしかに、あたしが映っていた。

「俺は、麗奈につりあわない」
　なんで。
　なんで、そんなこと……。
「……慎也」
　たくさんの『なんで』が、あたしの中を埋め尽くす。
　歪む視界の中で、慎也が悲しそうに笑うのが見えた。
　その目は、泣くことをこらえているようで。
「ごめん、麗奈」
　違うよ。
　あたしはそんな顔、させたいんじゃない。
　必死に首を横に振るあたしに、慎也は「ごめん」と言う。
「ごめん、な」
　その言葉は、あたしの想いまでぜんぶ、否定しているようで。
　ドン、とその胸を押しのけた。
　あふれる涙をこらえることができずに、唇を噛む。
　表情の変わらない彼を見て、くるしくなった。
「……慎也はそれでっ、幸せになれるの!?」
　ぎゅう、と手のひらを握りしめて、慎也を強く見つめる。
　眉を寄せて立ちすくむばかりの彼に、あたしは「答えて！」と叫んだ。
「目ぇそらさないで、ちゃんと見てよぉ……！」
　くるしくなって、息が詰まって。
　あたしはその場から、離れた。
　走って走って、学校の近くまで来ると、立ち止まる。

追ってこない足音が、さみしさを募らせて。目をきつく閉じて息を整えていると、ぽつりぽつりと、雨が降ってきた。
　驚いて見あげると、そこには真っ白な雲と、青空が広がっていて。雲間から、白いくらいの太陽の光がのぞく。
　あたしは傘もささずに、それを目を細めて見つめた。
　天気雨。
　……ああ、違う。
　『天泣』だ。
　あの雨の日、彼があたしに教えてくれた言葉。
『ホラよく、雨は神様とか空が泣いてるって、言うでしょ。泣きたくても泣けない人のために』
　頬に当たる雨粒が、冷たい。
　あたしの涙と一緒になって、こぼれていく。
　……きっとこれは、彼のための涙だろうと思った。
　泣くことを耐えて笑う、慎也の代わりに。
　空が、泣いていた。

君の嘘、海の名前

【慎也side】
『慎也はそれでっ、幸せになれるの!?』
　麗奈の言葉が、耳の奥に残って、離れない。
　……『幸せ』、か。
　そんなの、考えたことなかった。
　家に帰る気にもなれず、街中をひたすら歩きまわる。
　あのあとすぐに降ってきた雨は、すぐにやんだ。
　けど、傘もささずにいたせいで、髪はびしょ濡れだ。
　……麗奈、折りたたみ傘持ってるって言ってたっけ。
　ちゃんと傘、さしたんだろうか。
　今頃、俺みたいにびしょ濡れになってなきゃいいけど。
　そんなことを思って、さっき突きはなしたばかりなのに、と気づき、思わず笑いがこぼれた。
　……結局もう、ダメなんだ。
　あんな風に突き放したって、結局気持ちをごまかすことなんかできない。
　好きだよ。
　麗奈のこと、好きだけど。
　……俺じゃ、ダメだ。
　東京からこっちに戻って、転校してきてから約2ヶ月。
　そんな短い間に、麗奈はずいぶんと大きな存在になって、俺の中に入ってきた。

俺以外に心を開くことがなかった利乃が、あんなにまで懐いてる。気になったのは、そんな理由からだ。
　だけど。
　見ていたら、よくわかる。
　利乃とは違う、『麗奈』という女の子。
　笑ってごまかしたりせずに、素直に感情を表に出していて。
　わかりやすくて、まっすぐ。
　驚かされることも多いけど、いつだって彼女は自分の想いを、正面からぶつけてくれたから。
　……つい、俺まで素直になって。
　麗奈に、利乃への想いをこぼしていく。その度に真剣に考えてくれるのが、嬉しかったのかもしれない。
　優しいから。
　誰よりも、優しいから。
　だから。
「……泣きそうに、なる」
　誰に聞かれるでもなく、つぶやきは空気に溶けて消えた。
　泣いてもいいのかなって、思ってしまう。
　甘えてみても、いいんじゃないかと思えてしまう。
　……麗奈なら、俺のどうしようもない弱さだって、受け止めてくれそうな気がして。
　でも、そうしたら。
　俺が麗奈のところへ行ったとして、利乃はどこへ行くんだろう。
　このあいだ、深夜に俺の家へ来て、泣いていた利乃。

最近、母親の恋人との距離感に悩んでいたけど、それでもずっと憧れていた母親の幸せを優先すると言っていた。
　きっと、幼い頃の利乃なら、何も言えなかっただろう。
　ただただ状況に流されて、不安定になって、俺のそばで泣く。
　そんな、利乃が。
　……あんな風に、泣いていた。
　くるしいから、泣くんじゃない。
　母親が、今『幸せ』だと言った。それが嬉しくて嬉しくて、泣くなんて。
　初めてだったから、驚いて。
　俺にしがみついて泣いていたけど、もうその手は俺を必要とはしていなかった。
　そのことが、弱い俺は受け止められない。
　あのさみしくて愛しい夏が、色褪せて消えていく気がする。
　利乃が俺じゃない誰かの手を握り、先へ先へと歩いていく。
　あの夏の、海の水に浸かったままの俺を残して。
　そんなことをぐるぐると考えては、麗奈と過ごすうちに、惹かれていく。
　立ち止まったままの俺なんかとは違う、その強さがまぶしかった。
　だから、突きはなした。
　俺じゃ、麗奈にはつりあわない。麗奈を泣かせるだけだ。
『目ぇそらさないで、ちゃんと見てよぉ……！』
　瞳に涙をためて、訴えてくる麗奈。

……わかってる、はずなのに。

　その優しさが心地よくて、触れたくなって、キスをして。

　自分のことなのに、あきれる。

　どれだけ麗奈を振りまわしたらいいんだろう。

　どれだけ傷つければいいんだろう。

　あたりに広がる水たまりに、青い空が映っている。

　揺れる緑の木々から雫が落ちて、水たまりが跳ねた。高い温度が、俺をあの頃へ還す。肌を灼く太陽のまぶしさが、麗奈と重なった。

『約束だよ』

　利乃。

　もうすぐ、夏が終わるけど。

　俺たちは、いったいどこへ行けばいいんだろう。

＊

【麗奈side】

「もしもし、利乃？」

　天気雨があがったあと、あたしは利乃に電話をかけた。

「今、家？　……うん、ちょっと話したいことあるんだけど、お邪魔していいかな」

　利乃の家へと歩きながら、なんでもない風を装って話をする。

　だけど少しの間話をしただけで、利乃には気づかれてしまった。

『……麗奈ちゃん、何かあったの？』

その心配するような声が、身体の中を駆けめぐる。

……やっぱりあたし、利乃のこと、好きだなぁ。

「うん、ちょっとね……あ。それと、あたしさっきの雨で髪びしょびしょになっちゃってさ。タオル貸してくれる？」

『えっ、それはもちろんいいけど……もう、何してんの麗奈ちゃんっ。風邪引いちゃうよー』

「アハハ、雨に濡れたい気分だったのっ」

『何それー』

いつもどおりの会話。それなのに、こんなにも心地よく感じるのは、なんでなのかな。

家へつくと、利乃は心配してシャワーを貸してくれた。雨で冷たくなっていた身体が温まる。

あたしの髪は短いから、すぐに乾いてきた。リビングへ入ると、利乃が冷たい麦茶を用意してくれていた。

「わ、ありがとー」

「はーい」

麦茶を飲みながら、リビングを見渡す。

母親はきっと、仕事に行ってるんだろう。

「それで、話したいことって？」

リビングのソファに座って、麦茶が揺れる透明のグラスを見つめる。

利乃は近くの椅子に座って、こっちを見た。

あたしは「うん」と返事をして、手のひらを握りしめる。

一度深呼吸をして、そして「あのね」と言った。

「……慎也のこと、あきらめようかなって」
　そう言ったとき、利乃の顔は見れなかった。
　少し経っても返事がなくて、ちらりと利乃の方を見る。
　……彼女は呆然として、あたしを見ていた。
「……なんで……？　何かあったの？」
　焦ったように眉を寄せて、口を動かす。利乃を見て、ああやっぱりかと思った。
　彼女は、あたしと慎也がくっつくことを望んでるんだ。
「……うん。あたしじゃ、ダメみたい。まぁ、わかってたけどさー」
　アハハと笑うけど、利乃は笑ってはくれない。
　眉をさげて、何か言おうと必死になってる。
「それ……慎ちゃんが言ったの？」
「言ったっていうか……ごめんって、何度も言われた。そういうことじゃん？」
　利乃は何も言えなくなって、口を閉じる。
　あたしじゃダメなんだよ、利乃。
　そう心の中でつぶやいて、握りしめた手を見つめる。
　麦茶に入った氷が、カラン、と音を立てた。
「……麗奈、ちゃん」
　利乃は顔をあげると、唇を噛んであたしを見つめる。
　あたしも、まっすぐに見つめ返した。
「まだ……あきらめるのは、早いと思う」
「早くないって。そもそも、慎也には好きなひとがいるんだし」

「でも……」
「いいの、もう。利乃も、いろいろ協力してくれてありがと。いやー、あたし、高校のうちは彼氏できないかもなぁー」
　んーっと伸びをして、はぁ、とため息をつく。
　利乃は「麗奈ちゃん」と震えた声で言った。
「……まだ、あきらめないで。きっと慎ちゃんは、麗奈ちゃんのことを好きになるから」
　その言葉に、コップをきつく握りしめる。
　あのときのキスを思い出して、胸の奥が痛んだ。
　……もしも、あのキスが。
　あたしを好きになってくれたから、したものだったとしても。
　あたしは、ダメだった。
『ごめん』と、言われてしまった。
「……ならないよ。なっても、慎也はあたしの方には来ない」
「なんで？　そんなのわかんないよ」
「わかる！」
　あたしの声が大きくなると、利乃はびくりと肩を震わせた。
　でも、こらえられなくて。
　今まで抑えていたいろんなものが、あふれだしてしまう。
　怒り、じゃない。ただただ悲しくて、悔しくて。
　……利乃、利乃。
　あたしは、あんたにとってどういう存在……？
「だって、慎也はあたしのこと見てくれないもん！　頑張っ

てぶつかっても、ぜんぜん……っ、もう、あきらめるしかないじゃん！」

　ダメだ、また涙が出そう。

　喉が痛くなるのを必死にこらえるあたしに、利乃は首を横に振った。

「そんなこと、ない……！　見てる、慎ちゃんはちゃんと、麗奈ちゃんのこと見てるよ！」

　……わかってる。

　はじめのころは、隣にいてもあたしは彼の瞳に映ってなかった。

　だけど今はもう、彼の中にちゃんと『あたし』がいる。

　慎也のことが好きな、『あたし』がいる。

　……でも、でも。

　利乃の言葉に何も言わないあたしに、彼女は唇を噛んで。

　迷うように瞳を動かして、そしてきつく目を閉じる。

「お願い」と言った声は、震えていた。

「お願い、麗奈ちゃん。慎ちゃんのこと、あきらめないで。もっともっと強く、慎ちゃんのこと引っぱって……！」

　……だって、無理だったんだよ。

　あたしだって、もっと揺さぶって、引っぱって。

　あのさみしい笑顔を、変えたかった……けど。

　できなかったんだ。

　大きな瞳を揺らしてうつむく利乃に、あたしは震えそうになる声と一緒に、暴れだしそうな感情も抑えつけた。

「……あたしは、奪えなかった」

利乃が、目を見開いて顔をあげる。
……あたしから目をそらす、慎也にも。
何も言ってくれない、利乃にも。
悔しくて、自分が情けなくて。
もう、やだよ。
なんで何も言ってくれないの？
「あたしは……っ、利乃から慎也、奪えなかった！　わかってるでしょ、慎也の好きなひと！」
利乃の瞳が、揺れる。
何も言えなくなった彼女を見て、言ったことを後悔した。
けど、もう抑えられなくて。
あたしは、声にしてしまった。
いちばん言っては、いけないこと。
「そうやって何も言わずに嘘ついてさぁ！　……ずるいんだよ、利乃はいつも！」
……言ってよ。
嘘なんかつかないで、ちゃんと言ってよ。
くるしいとかさみしいとか、ぜんぶぜんぶ。
言ってくれないのは、ずるい。何も言わずに笑ってるのは、ずるいんだよ、利乃。
利乃の瞳が、くるしげに揺れて。
その唇からは、震えた声が出た。
「れな、ちゃん」
「……ごめん。話したいっていうのは、あきらめるって言いたかっただけだから。……今日はもう、帰るね」

シャワーありがと、と言って、カバンを持つ。
 足早に利乃の横を通り過ぎて、リビングを出た。
「……麗奈ちゃん！」
 靴を履く途中で名前を呼ばれたけど、振り返らなかった。
「お邪魔、しました」
 それだけ言って、扉を開ける。
 パタンと閉めて、あたしは駆けだした。
 パシャンと跳ねる、水たまり。
 反射して見える青い青い空が、悔しい。
 ……あたしは、ふたりにとってなんなんだろう。
 友達って、なに？
 ……どうしたら、いいの。
 あたしは、どうすべきなの。

　　＊

【利乃side】
 麗奈ちゃんが家にきた日の、翌日の昼。
 私は、慎ちゃんの家を訪ねた。
「……どしたの、利乃」
 玄関の扉を開けてくれた慎ちゃんの横をすり抜けて、靴を脱ぎ「お邪魔します」と言ってスタスタと中へ入る。
 そんな私の背中へ、慎ちゃんはあきれたようにため息をついて「おい、利乃」と声をかけた。
「……お腹すいた。何か食べたい」

「は?」
「昨日の夜から何も食べてないの。何か作って、慎ちゃん」
　もう昼だっていうのに、まだお母さんは帰ってきていない。
　麗奈ちゃんとのことがあって、昨日は部屋でふさぎこんでいたし。
　料理する気にも、なれなかったから。
　リビングへ入る前にそう言うと、慎ちゃんは少しの間私を見つめて、すぐに「……わかったよ」と言ってくれた。
「慎ちゃんのお料理、食べるの久しぶりだね」
　今はもうふたりしか座ることのない、食卓。
　そのひとつの席に座って、私は台所に立つ慎ちゃんに笑いかけた。
「……そうだね」
　エプロンつけて、目を伏せて。
　彼は慣れた手つきで、チャーハンを作っていく。
　私はそれを、ぼうっと見つめていた。
　そうしていると、昨日のことを思い出してくる。
　いつから麗奈ちゃんは、慎ちゃんの好きなひとを知っていたのかな。
　いつから、私だと……気づいて、いたのかな。
　慎ちゃんに直接言葉で、『好き』だと言われたことはない。
　だけど、いくら幼なじみだからって、『好き』の種類くらい見分けがつく。
　私はとうの昔から、慎ちゃんにとっての『女の子』が私だけなことくらい、わかってた。

……私の慎ちゃんへの『好き』と、慎ちゃんの『好き』には、違いがあることにも。
『あたしは……利乃から慎也、奪えなかった！』
　……本当に？
　本当に、奪えなかった？
　だって私、わかるよ。
　慎ちゃんのことなら、誰よりも知ってる自信があるもん。
　……彼が誰かに心を開く瞬間なんて、見ていたらわかる。
　だから私は、さみしくなった。
　補習の日、一生懸命に帰りのお誘いをする麗奈ちゃんは、可愛くて。あのときの、慎ちゃんの安心しきった笑顔は、忘れられない。
　……ごめんね、麗奈ちゃん。
　私のことを『ずるい』と言った、彼女。
　そのとおりだとわかっているから、私は何も言えなかった。
　麗奈ちゃんが、私のことをきらいになったわけじゃないって、わかってる。
　だからこそ、くるしい。
　今まで、あんな風に女の子とケンカすることなんて、たくさんにあったけど。
　それはぜんぶ、私がきらわれていたからだ。
　けど、麗奈ちゃんは違う。
　彼女は、こんな私のことを好きでいてくれる。
　だから、どうしたらいいのかわからない。
　……私だって麗奈ちゃんのことが好きだから、正直きら

われなかったことに安心してる。
　ほんと、ずるいヤツ。
　……最低だ、私。
　できあがったチャーハンが、皿に盛られてテーブルへやってくる。
　私は精いっぱいの笑顔で「わーい、ありがとー！」と言った。
「いただきまーす」
　私がニコニコして食べはじめると、慎ちゃんは正面の席について、おだやかに微笑んだ。
「利乃は、調子いいよなぁ」
　……慎ちゃん。
　素直に、なって。
　気持ちを認めて、麗奈ちゃんのところに行ってよ。
　……それで、こんな最低な女、早くきらいになって。
　お願い、慎ちゃん。
「ふふ。慎ちゃんが優しいからだもん。私を甘やかす、慎ちゃんがわるーい」
　細められた彼の瞳から目をそらし、チャーハンを食べる。
　やがて慎ちゃんも食べはじめると、会話もなく、静かになった。
　だけど、気まずくはなくて。
　ゆったりと進む時計の中で、彼と過ごす優しい時間。
　……そしてそれは、きっともうすぐなくなってしまう時間なんだろうと思った。

「……ねえ、慎ちゃん」
　流し台で、使った食器を洗う。
　慎ちゃんの家でご飯を食べたら、洗い物は私がする。
　彼のお母さんが、まだこの家にいた頃からの決まりごと。
　キュッと蛇口の水を止めて声をかけると、リビングのソファに座って携帯を眺めている慎ちゃんは、「ん？」と声だけ返してきた。
「麗奈ちゃんのこと、フったって本当？」
　ぴた、と。
　携帯を触るその手が、止まった。
　私はあくまで、静かにそれを見つめる。
　慎ちゃんは携帯を置いて、私を見つめた。
「……うん」
　麗奈ちゃんが、彼に夏祭りの日に告白したことは、次の補習の日に気づいた。
　気まずいふたりの様子を見て、フラれてしまったことも。
　だけどそのときに何も言わなかったのは、まだ麗奈ちゃんはあきらめないでいてくれると思ったからだ。
　……そして、慎ちゃんもそれに応えてくれるだろうと、思ったから。
「……なんで？」
　タオルで手をふき、台所を出る。
　慎ちゃんはクッションを抱いて、私から目をそらした。
「慎ちゃん」
「…………」

慎ちゃんの気持ちは、もうわかってる。
　なのになんで、彼は認めてくれないの。
　じっと見つめる私へ、慎ちゃんはゆっくりと視線を戻した。
　強く強く、見つめられる。
　そして、何年も彼と一緒にいたはずなのに、声にのせられることなかった言葉を、告げられた。
「……わかってるだろ。利乃が好きだからだよ」
　その瞬間、私は近くにあったクッションを思い切り投げつけた。
　……なんで。
　なんで、なんで。
　唇と手が、震える。
　なんで今、そんなこというの。
　何年も何年も、私に告げずにいた言葉を。
　なんで今、言うの。
「……っ、そんな嘘つく慎ちゃん、だいっきらい！」
　瞳からボタボタと、涙がこぼれる。
　慎ちゃんは何も言わず、投げつけられたクッションを、目を伏せて見ていた。
　………わかるに、決まってる。
　めったにつくことのない、君の嘘。
　わからないはず、ない。だから悔しい。
　ねえ、気づいてないでしょう。
　最近、慎ちゃんの視線はいつも、麗奈ちゃんの方ばっかり向いてるんだよ。

どうしようもなくなって、リビングを出る。
　靴を履いて、いつも欠かさない『お邪魔しました』の言葉も言わずに玄関の扉を開けた。
　……慎ちゃんのいちばんが、私じゃなくなっていく。
　そう望んだのは、私。
　そう仕向けたのも、私。
　だから何も言えないし、言うつもりもない。
　ただただ、彼から告げられる『好き』の言葉は、嘘であってほしくなかった。
　私のことだけを好きな、慎ちゃんの口で言ってほしかった。
　……それだけ。
　それだけ、だよ。
　バタンと自分の家の扉を閉め、玄関に崩れ落ちる。
　慎ちゃんの家へ行っている間に帰ってきていたお母さんが、心配そうにリビングから出てきた。
「……利乃？　あんたどこ行って……利乃!?」
　驚いて、私のもとへ駆け寄ってきてくれる。
　何も言えずに泣きじゃくる私に、お母さんは困ったように背中をさするばかりで。
　そのとき、ああ今の彼には、この手がないんだと思った。
　ご両親が離婚して、慎ちゃんは家にひとりぼっちになって。
　あの頃の私と、同じ。
　すがるように慎ちゃんの手を求めた、あの頃の私と同じなんだと。
　それなのに私は、彼から離れようとしてる。

だって、どうしようもないじゃない。
　私のワガママな想いなんか、誰も知らない方がいい。
『利乃ちゃんは慎也のこと、恋愛として好きなの？　それとも友達として？』
　……ねえ、トモくん。
　それは絶対に、決めなきゃいけないことなの？
『好き』って気持ちに名前をつけなきゃいけないなんて、誰が決めたの。
　私のこの想いに、名前なんかいらない。
　誰にも言わないんだから、必要ない。
『そうやって何も言わずに嘘ついてさぁ！　ずるいんだよ、利乃はいつも』
　そうだよ。
　私、ずるいの。逃げてばっかりの、最低なヤツなの。
　そんなこと、私がいちばんよく知ってる。
　でも、一度声にしてしまったら、もう強くはいられない気がして。
　この気持ちに名前なんか、つけたくない。
　そんなの、いらない。
　幼い頃、無邪気に彼へ想いを伝えていた、バカみたいな私。
　簡単に言えた『好き』の言葉が、こんなにも重みを持つようになった。
　先に大人になったのは、どっちなんだろう。
『わたし、きっと慎ちゃんがいてくれたら、もう何もいらなくなっちゃうね』

あの言葉が、すべて。
ワガママで誰にも知られたくない想いの、すべて。
彼さえいれば、それでよかった。
だけどもう、それじゃダメなんだ。ふたりきりのままじゃ私たち、どこへも行けない。
ねえお願いだよ、みんな。
『逃げんな』って。
『利乃はずるい』って。
わかってるよ、わかってるから。
お願いだから、目を背けさせて。
東京へ行く前、私のために『残る』と言った慎ちゃんの姿が、頭から離れない。
私は彼を、ダメにする。
だから私は、彼がいなくても笑うことができる女の子にならなきゃいけないんだ。
私は私の力で、幸せになるって決めたから。
……離れなきゃ、いけない。
私と慎ちゃんが、前へ進むために。

空は勇気を出して

【利乃side】

　いろんな柄の便箋を取り出しては、時候のあいさつだけを書いて。送る勇気なんて出ないまま、想いごとしまいこむように封筒へ入れる。

　切手を貼られることのないそれらは、君への想いそのもの。

　君は今、どうしていますか。

　君がいない夏はさみしくてさみしくて、いまだにうまく息をすることができません。

　そういえば、高校に入学してすぐに、新しい女の子の友達ができました。

　小城麗奈ちゃんっていって、ちょっとクールで、でもとても可愛い女の子です。

　私に女の子の友達ができたんだと思うと、今でも信じられません。麗奈ちゃんとおしゃべりするのを楽しみに、毎日学校へ行っています。

　そこでペンを置いて、書いた文章を眺める。

　封筒へ入れて、これだけでも出してみようかと悩んで。

　けどどうしても、出せなかった。

麗奈ちゃんがいれば、君のいないこの空間が埋まるかもしれないと。そう思ってはみたけど、やっぱり無理だった。
　君がいない夏はさみしくて、私はひとりで海にも行けません。

───────────────────────

　ずっとずっと、君だけでした。
　私には、君だけでした。

───────────────────────

　ワガママで嘘つきで、だいきらいな私。
　そんな私を愛してくれていた、優しい君。
　たがいにないものを補い合って、依存していたバカな私たち。
　それでも、よかった。
　君がいれば、生きていけた。
『約束だよ』
　愛しい愛しい、君だけ。
　かけがえのない夏を過ごしたのは、まちがいなく君だけでした。

　＊

【トモsaide】
「トモー、今日も慎也、来ねえの？」

クラスの友達の家に入り浸るのは、夏休みの恒例（こうれい）みたいなもので。
　今日も、たまりにたまった課題をこなすという口実のもと、友達の家でゲームをする。
　そんな俺の夏休みには、慎也もいることが当たり前のはずだった。
　去年は、慎也が東京に行ってたから遊べなかったけど。
　……今年も、慎也は俺の近くにはいない。
「んー、なんか、最近メールしても返信ねえ。電話しても出ねえ」
「マジかよ。嫌われたんじゃねえの、お前。ウザいから」
「ウザい言うな。俺と慎也の仲に誓って、それはないね」
　……なんて。
　いつもどおり、根拠（こんきょ）のない自信を言葉に乗せてみる。
　いや、中学の頃はあったんだ、根拠。
　慎也は俺にとって、いちばん仲のいい友達で。
　カッコいい容姿持ってるくせに、ぜんぜん鼻にかけてないし。
　それでいて性格よすぎるから、逆に憎（にく）らしくなるほどだ。
　今年の夏休みは、慎也も隣でゲームしてるはずだった。
　けどあいつ、最近になってメールにも電話にも反応しない。
　どうなってんだよ、ほんと。
　補習の日、麗奈ちゃんと慎也が一緒に帰った放課後。
　利乃ちゃんは、いつも明るい彼女とは思えないほど、泣き崩れていた。

俺は今まで、強くて気丈な利乃ちゃんしか知らなかったから。
　原因は、慎也と麗奈ちゃん。
『なんでこんなに弱いんだろ』って、言ってた。
　麗奈ちゃんとは、何かあったように見えなかったし。
　たぶん、慎也。
　俺は中学の頃から慎也と利乃ちゃんをいちばん近くで見てきたから、勝手に理解してるつもりでいたけど。
　まだ俺は、ふたりのことを何ひとつわかってあげられてないんだ。
　慎也を東京へ行かせたのは利乃ちゃんで、その理由も知って。
　けど、俺にはどうすることもできなかった。
　その華奢な背中を、なぐさめてあげることしかできなかった。
『私っ、慎ちゃんと離れるって決めたの！　だから泣いちゃダメ、強くなるの……！』
　……中学の頃、慎也に支えられて生きていた利乃ちゃんが。
　慎也より先に、その関係から１歩踏みだす決意をした。
　大人になったって、ことなのかな。
　前へ進むために慎也から離れるっていう利乃ちゃんの選択が、正しいのかはわからない。
　けど、慎也が東京へ行く前に、そんなやりとりがあったなんて。
　……知らなかったから。

悔しくて、悲しかった。

俺だって、ふたりのこと見てきたんだ。

心配だってしたいし、相談にだってのりたい。

そう思ってメールしてんのに、慎也はぜんぜん返信してこないし。そりゃ、自称親友の俺としては、落ちこみますよ。

利乃ちゃんのあんなに泣いてる姿を見ちゃったわけだから、あんまりお節介も焼けないし。

人って、変わるもんなんだな。

漠然（ばくぜん）と、そう思う。

慎也と利乃ちゃんは、きっともう前のような関係には戻れない。

どっちかが離れようとしてるんだから、すでにバランスは崩れてる。

なんか、さみしいな。

このまんま、ふたりは離れていくんだろうか。

麗奈ちゃんと慎也が、付き合って。

そしたら、利乃ちゃんはどうなるんだろう。

そう思うと、急に不安に駆られた。

……あんな状態の利乃ちゃんを残して、麗奈ちゃんだって安心してられないだろ。

麗奈ちゃんのことだから、慎也より利乃ちゃんを心配するかもしれない。

だって、麗奈ちゃんに片想いしてた頃、俺は誰に妬いてたかって、利乃ちゃんだ。

あのふたり、見てるこっちが照れるくらいに仲がいい。

カップルかよって言いたくなるほど。
 俺が見てた限り、利乃ちゃんは中学の頃に特定の女の子の友達はいないみたいだったから。
 きっと、ものすごく麗奈ちゃんのことを大切にしてるんだろうな、と思った。
 だけど、麗奈ちゃんは気づいてしまった。
 利乃ちゃんが、しようとしてること。
 もしも麗奈ちゃんが、今頃何か行動してるとしたら。
 ふたりの関係は、崩れてるはずだ。
 麗奈ちゃんはいつだって正直だから、嘘なんてつかれたくないだろうし。
 ……こうやって、バラバラになってくのかな、俺たち。
 その中で、俺は見てることしかできないのかな。
 テレビゲームの画面を見つめながら、利乃ちゃんの言葉を思い出す。
『私がいると、慎ちゃんがダメになる。私が慎ちゃんを、ダメにする』
 ……ほんとに、そうでしかないんだろうか。
 こんな風に、たがいにくるしみながら離れるって方法しか、ないんだろうか。
 それってなんか、すげえ悔しい。
 もっと４人で遊びたいし、ホントは夏祭りだって、４人で行きたかった。
 俺はみんなのこと、好きだから。みんなも４人でいるのが好きだって、思ってるって信じたい。

きらいになったわけじゃないのに、こんな風にバラバラになってくのは……嫌だ。
　そう思ったとき、携帯が震えた。
　見ると、1件のメール。
　送ってきたのは、麗奈ちゃん。
　俺はメールを開いて、そしてすぐにコントローラを置いた。
　急いで、リュックサックを持つ。
「俺、ちょっと用事！」
　まわりでゲームしたり漫画読んだり、くつろいでる男どもの足の間を通る。友達は「は!?」と文句を言ってきたけど、「ごめん！」とだけ言って、外へ出た。
　携帯を見ながら、思わず眉をさげて笑ってしまう。
《相談したいことがあります》
　……ほら。
　やっぱり俺たち、気が合うね。

　　＊

【麗奈side】
　メールをすると、トモはすぐに返信してくれた。
　待ち合わせは、学校の近くの公園。
　場所を決めてから家を出たあたしは、急いで電車に飛び乗った。
　トモはすでに外に出ていたみたいだったから、場所につくのも早くて。

頑張って走ったけど、30分も待たせてしまった。
「ご、ごめっ……はぁ、はぁ」
「アハハ、超息切れてんじゃん。俺が会って話したいって言ったんだし、俺こそごめんな」
　公園に生い茂る、緑色の木々。
　あたしはその陰が覆うベンチに座って、トモは近くの木の幹に寄りかかる。
　走ったせいもあって汗だくになったあたしを、トモはおもしろそうに笑った。
「麗奈ちゃん、顔真っ赤」
「……悪かったね。だって暑いんだもん」
　ふー、と息をついて、パタパタと手で顔を扇ぐ。
　公園では、小さな子供たちが楽しそうにボールで遊んでいたり、虫取りをしたりしていた。
　残りの夏を精いっぱいに生きる蝉たちが、わんさか鳴いている。あたしはそんな、どこにでもある夏の光景を、目を細めて見ていた。
「で、相談したいことって？」
　トモの声は、落ち着いていた。
　……たぶんもう、わかってる。
　あたしは「うん」と言って、さわさわ揺れる木の葉を見つめた。
「利乃と、慎也のことなんだけど」
「うん」
「……どっちとも、ケンカしちゃったっていうか……怒っ

ちゃった、っていうか」
「……うん」
　苦笑いしながらトモを見ると、彼も眉をさげて笑っていた。
　……わかってた、って顔だ。
　さすがトモだなぁ、なんて思った。
「ダメだね、あたし。正面からぶつかりすぎたわ」
　小さく笑って、眉をさげる。
　もっとあたしが、うまく言えたらよかったんだろうけど。
　つい、抑えられなかった。
　まだまだあたし、コドモだなぁ。
「……しょーがないよ。俺だって、利乃ちゃんに『逃げんな』って言ってやったし」
「えっ!?」
　驚いて、トモを見る。彼はつーんと唇を尖らして、「だって逃げてばっかだもん、あいつら」なんて言った。
　嘘、ほんとに？
　あたしと、同じこと考えてたってこと？
　そう思うと、なんだか嬉しくなって。
　……こんなにもぐるぐるとふたりのことを考えてるのは、あたしだけじゃないんだと思った。
「……ふは。なんだ、トモもかぁ」
「そー。でも俺、まだ慎也には何も言ってねえんだよな。あいつ、今連絡とれねえの」
　……トモにも？
　あたしはあんなことがあった手前、連絡なんてとろうと

もできなかったけど。
　トモにまで連絡絶つなんて、どうしたんだろう。
「……そっか。あたしは家に行っても話してくれないだろうし、トモ、家に行ってみてよ」
「……うん」
　まるで他人事のように、笑ってしまう。
　トモはそんなあたしを、笑わずに見ている。
　……笑ってよ。
　いつもみたいに明るく笑ってよ、トモ。
「麗奈ちゃん、無理して笑ってる」
　気づけば、強い目をしたトモと目が合っていた。
　ドキリと心臓が音を立てて、あたしを揺らす。
　トモにまでそんな顔されたら、もうどうしていいかわかんないよ。
「……そんなこと、ないよ」
「あるよ、見てたらわかる。……泣きたいなら、泣けばいいのに」
　トモの言葉に、あたしはふるふると首を横に振った。
「泣けないよ」
　蝉の声が、遠くに聞こえる。
　あたしはトモを見つめて、そして夏の空気を吸って、精いっぱいに笑った。
「あのふたりの方が、あたしなんかよりずっとつらい」
　平凡な家庭に生まれた、あたしにはわからない。
　ふたりのくるしい気持ちも、無理をして笑う理由も。

きっとその悲しみは、あたしなんかが想像すらできないものなんだろうな。
　たとえば、ささいなことで親とケンカしたとか。
　ちょっと言い合いになって、家出をしてみたとか。
　……それはぜんぶ、家に両親がいるからできることだ。
　そんなことすらできずに、親の前では笑ってるなんて、そんなのさみしいよ。
「あのふたりに比べたら、あたしなんか『つらい』のうちにも入んない。あたしが弱いだけ」
「……比べるもんじゃないよ、そんなの」
　悲痛そうに、トモが眉を寄せる。
　……わかってるけどね。
　あたしはあのふたりの間に、入りこめないから。
　『悲しい』って感情を、共有できない。
　それがどれだけ大きな溝になるか、あたしはもう知ってるんだ。
「慎也も利乃も、くるしいって言ってくれないんだもん。だから、怒っちゃった。……あたし、失敗したのかな」
　わかん、ないな。
　ふたりじゃないから、ふたりの気持ちなんかわかんない。
　当たり前のことだけど、それがこんなにも切ないなんて、思わなかった。
　トモは何も言えずに、黙っている。目を伏せて、どうしようない事実を、静かに受け止めている。
　……きついね。

大切なひととわかり合えないって、こんなにもつらいんだね。
「でも、あたしがつらいって言ったら、絶対ふたりは心配してくれるんだよね。……優しいから」
「うん」
「ふたりの負担にだけは、なりたくないな」
　大切だから、頼ってほしくて。けど、いざ自分がつらくなると、負担になりたくないと思う。
　だから、何も言えなくて。
　……あ。
　そこで、あのふたりもそうなんだと思った。
　だから、何も言ってくれないのかな。
　あたしとトモのことを大切に思ってくれてるからこそ、何も言えないでいるのかな。
　それってなんか、切ない。
　大切に思ってるからこそすれちがうなんて。
「もっと俺らに、頼ってくれてもいいのにな」
　見ると、トモは公園を見渡して、目を細めていた。
　まぶしい、太陽。
　……うん。
　もっと、頼ってほしい。くるしいって、言ってよ。
　あたしたちは弱いから、その想いの重さにへこたれちゃうかもしれないけど。
　でも絶対、あきらめたくないから。
　……ふたりのこと、大切だから。

「これからどうしよっか、トモ」
　高い気温が、あたしの肌を熱くする。
　汗がたらりと、首筋を伝った。
　トモはあたしの言葉に、ちらりとこっちを見て。
　ニカ、と笑った。
「ぶつかるしか、ないでしょ」
　……やっぱり、最高。
　さすがだよ、トモ。
　彼のうしろに、まっさらな青空が見える。あたしは泣きそうになるのをこらえながら、眉をさげて笑った。
「ぶつかって、それでも伝わらなかったら、どうしよう？」
「……それでも、だろ。伝わるって信じないと、やってらんねえよ」
　あたしとトモは、泣かないように頑張って、笑う。
　あのふたりの方がずっとつらいはずなのに。
　おかしいね。あたしたち、今とってもくるしい。
　あたしたちが弱いからかな。
　つらいよって、今にも口からこぼれてきそうだけど。
　……でも。
「強くならなきゃ、いけないね。頑張ろうね、トモ」
　涙があふれて止まらないほど、くるしいわけじゃない。
　さみしいなんて言ったって、この世界にひとりぼっちなわけでもない。
　それなのに、時折無性に泣きたくなるのは、なんでだろう。
　ふたりに比べたら幸せなはずなのに、ふたりのことを考

えたら、こんなにもくるしい。
　つらいよって泣き叫べるほど、つらいわけじゃない。
　だから、逃げ場がなくて。
　つらいってこぼせば、大人たちは『みんなつらいんだから頑張れ』って言う。
　そりゃ、知ってるけどさ。
　泣かないでいられるほどできた子じゃないし、そんなに強くもない。
　どこかでつらいよってこぼさなきゃ、頑張れない。
　……こんなあたしたちは、ダメな子なのかな。
「ん。麗奈ちゃんはやっぱ、カッコいいなぁ」
「……それ、ほめてんの？」
「当たり前じゃーん」
　明るく笑う、トモに救われる。
　あたしたち、ひとりじゃないから。
　たぶん大丈夫。
　空の青は変わらず優しくて、あたしは目を細めて見あげた。
　……だから、どうかお願い。
　大切なひとを助けるための勇気が、出せますように。

　＊

　トモと話した日から、1週間。
　夏休みが終わる今日、あたしは図書館へと歩いていた。
　利乃とはケンカ中……だし、遊びに誘うことはできない。

あたしはこれといって趣味もないし、最近は課題を終わらせに図書館へ通っていた。
　……2週間前は、慎也と歩いていたはずの道。
　あたし、強くなれるかな。
　明日、ちゃんと慎也と利乃に、話しかけられるかな。
　青空を見あげて、あたしは目を細めた。
　もうすぐ、夏が終わる。
　蟬の音も小さくなって、照りつける陽射しも弱くなって。
　……なんだかさみしいな、と思った。
　結局あれから、利乃と慎也には会えなかった。
　明日のことをあらためて考えると、ものすごく気まずい。
　昨日の夜、トモとメールしてみたけど、相変わらず慎也からの連絡は途絶えてるみたいだ。
　家まで行ったけど、居留守を使ってるのか、出てこなくて。
　明日、学校に来るかな。
　それすらも、なんだか不安になってくる。
　キィ、と図書館の二重扉を開く。
　課題はもうほとんど終わってるし、今日はどうしようかな。
　本でも読もうかな……。
　いろんな本が詰めこまれた高い本棚を見あげながら、意味もなく図書館を歩きまわった。
　その間に気になった本を手にとっていると、気づけば大量になっていて。いったん机のある場所へ移動しよう、と振り返って、歩きだしたときだった。
「……えっ」

目の前に、人がいて。

　あたしよりも背の高いその人の上半身を見つめながら、あわてて立ち止まる。

　けどその拍子に、持っていた本を勢いよく落とした。

「あ、すみません……！」

　足に当たったりしなかったかな。

　急いでしゃがんで、落ちた本を拾いあつめる。

　けど、その人もしゃがんで拾うのを手伝ってくれた。

「……あ、ありがとうございま……」

　お礼を言おうと思って、顔をあげる。

　……その瞬間、あたしは目を見開いた。

「し、んや」

　目の前にいるのは、慎也。

　明日まで会えないだろうと思っていた、慎也だった。

　呆然としたあたしのつぶやきは、彼の耳に届いて。

　彼の口から、ため息をつかせた。

「……気づくの、おっそ」

　固まるあたしに構うことなく、すねたように唇を尖らせて、彼は本を拾っていく。

　……な、なんで、なんで。

　口をパクパクとさせるあたしを見て、「本、返しにきたんだよ」と言った。

「前に、借りた本。返却期限そろそろだったから」

　……あ。あたしと図書館に行ったとき、そういえば本を何冊か借りてたっけ。

「そ……そっか」

　かろうじて返事をしたときには、彼はもう本をきっちりと積みあげていて。

　そして、「どこ？」と言った。

「……え？」

「どこに持ってくの」

　ひょいっと積みあげた本を持ちあげて、あたしを見てくる。

　ドキッとして、声が震えないように抑えながら、「……あっち」と机のある場所を指さした。

　すると、慎也は何も言わず歩きはじめる。

　トン、と机に本が置かれると、あたしは「ありがと」と懸命に目を合わせて言った。

　慎也は10冊ほどある本を眺めたあとに、あたしを見る。

　そして、小さく笑った。

「……麗奈、こんなに読めるの？」

　……うわ。なにその、笑顔。

　『ごめん』なんて言って、突きはなしたくせに。

　……ずるいよ、それは。

「……よ、読めるかもしれないじゃん」

「ハハ、頑張って」

　その笑顔に、胸の奥が痛む。

　……慎也。

　慎也。

　伝えたい言葉があるのに、息が詰まってうまく声が出ない。

　もどかしさに眉を寄せるあたしを見て、慎也は目を細めた。

「……じゃあ、また明日」
　そう言って、彼はあたしの目の前から消えていく。
　図書館から出ていくうしろ姿を、あたしは目を見開いて見つめていた。
　……『また明日』なんて。
　すごく素敵な、別れの言葉だけど。
　今の君には少し、頼りなさすぎるよ。
「……っ」
　急いで駆けだすと、あたしは図書館を出た。
　まだ図書館の階段をおりる途中だった慎也へ向かって、大きく口を開ける。
「慎也！」
　……だけど、彼は振り返らない。
　静かに階段を降りていくうしろ姿が、さみしくて。
　ねえ、待って。
　お願いだから、こっち見て！
「……なんで、キスしたの!?」
　どうにかして引き止めたくて、あたしの口から出たのはそんな言葉だった。
　意図せずピタリと、慎也の動きが止まる。
　……さすがにこれは、慎也も気にしてたり……？
　そう思ったけど、慎也は立ち止まっただけで振り返らない。
　……ちょっと。
「慎也」
　何か、言ってよ。

「……っ、あたしのこと、好きってことじゃないの!?」
　いてもたってもいられずに叫ぶと、慎也は今度こそ目を見開いて振り返った。
　自分で言ってて恥ずかしいけど、もう気にしない！
「キスするって、そういうことだよね？　好きじゃない相手になんか、しないもんね!?」
　慎也の顔が、赤くなっていく。
　図書館の階段をあがってくる人は、あたしたちを見て、微笑ましいものを見るような目で見てきた。
「もしかして、好きじゃないのにキスしたの!?　最初からフるつもりで、キスしたの!?」
「ちょ、麗奈っ……」
「だって、わかんないもん！　慎也、何も言ってくれないから……」
　焦った顔をして、慎也があたしに向かって階段をあがってくる。
「なんで、キスし……っ」
「麗奈！」
　もが、と。
　慎也の手で口をふさがれ、それ以上は言えなかった。
　手が離され、むーっとにらむと、慎也は赤い頬に手の甲を当てて、ため息をつく。
　……なにさ。
　慎也が悪いんじゃん。
「……何も言わずにしたのは……その、ごめん」

あたしと目が合わせられないのか、慎也は赤い顔をして、逃げるように声を出す。
　　その姿が可愛くて、こんなときなのに胸がぎゅうっとなった。
　　すると、そらされていた彼の瞳と、目が合う。
　　ドキリと、心臓が鳴った。
「麗奈のことが……っていうのも、否定は、しない」
　　……それって。
　　顔が、一気に熱くなっていく。
　　けど慎也は、目を伏せて「でも」と言った。
「……まだ、待って」
　　力なくつぶやかれた言葉に、あたしは何も言えなくなった。
　　待って、って……？
　　あたしは、眉を寄せる。
　　慎也は手のひらを、ぎゅっと握りしめた。
「俺はまだ、利乃から離れられない。……ごめん」
　　また、『ごめん』。
　　慎也、あたしに謝ってばっかりだよ。
　　……何も、悪くはないのに。
「慎、也」
「この先、麗奈の気持ちに応えたとしても、俺は麗奈を後悔させることしかできないかもしれない」
　　眉を寄せて、くるしそうに。
　　彼はそんなことを言う。
　　あたしは必死に、首を横に振った。

「後悔なんか、しない」
「……利乃のこと、引きずってるかも」
「前にも言ったでしょ、あたしも利乃が好きだからいいの!」
「……けど」
　……ああ、もう!
　いい加減もどかしくて、彼の両頬にぱちんと手を当てる。
　背伸びをして、こつんと額を重ねた。
「後悔するかしないかは、あたしが決める!　慎也が隣で安心して笑ってくれたら、あたしはそれでいいの!」
　目を、そらさないで。
　あたしは、ここにいる。
　慎也のことが好きな、『あたし』がいるから。
　頬から手を離して、びしっとその鼻先に指をさした。
「いい?　わかった!?」
　慎也はそんなあたしを見て、目を丸くして。
　……そして眉をさげて、おだやかに笑った。
「ん」
　その笑みはやっぱりさみしそうで、あたしはくるしくなる。
　伝わった、の……?
　不安になって、見あげる。
　慎也は目を細めて、あたしを見た。
「麗奈の気持ちは、わかったから。……あとは、俺の問題」
　慎也の、問題。
　それは、あたしには何もできないってことで。
　あたしは、無言でうつむくことしかできなかった。

それから、あたしは図書館に戻って本を棚へ戻した。
慎也も手伝ってくれて、そのあとは一緒に帰った。
……伝わったのかな。あたし、ぶつかれたのかな、トモ。
でも、慎也の表情は晴れなくて。
……あとは、何が足りない?
彼が前を向くための、決定的な何かは……。
そのとき、近くの海の潮風が香って、あたしは目を見開いた。
……そうだ、海。
海の『青』が、足りないんだ。

*

【慎也side】
午後8時。
帰りついた家の前には、なぜかトモの姿があった。
「よっ、慎也。久しぶり」
Tシャツ姿で、俺の家の門に寄りかかって立っている。
俺は驚いたけど、すぐに平静を装って「どしたの」と返した。
すぐそばの街灯が、トモの顔を照らす。
トモは俺の反応を見て、不満げに頬を膨らませた。
「お前、ぜんぜん連絡返してこねえんだもん。こうやって待ち伏せるしかないだろ?」
「……それは、ごめん」

それだけ言って、門を開けようとする。
　　だけどトモは横目に俺を見ながら、「お前さぁ」と言った。
「……何が、怖いの？」
　　カシャン、と。
　　黒い鉄格子の門が、音を立てる。
　　立ち止まった俺に、トモは続けた。
「麗奈ちゃんと付き合って、利乃ちゃんがひとりになると思ってんの？」
　　……昔から、トモは人の気持ちを見抜くのがうまかった。
　　よく、見てるから。まわりのことを、人一倍。
　　ぎゅ、ときつく門の鉄を握りしめる。
　　俺は感情を精いっぱい抑えて、声を出した。
「……べつに何も、怖くない」
　　静かな夜の空間に、俺の声が響く。
　　トモはいつになく厳しい瞳をして、俺を見ていた。
「今さら、ごまかすなよ。もう俺も麗奈ちゃんも、わかってんだよ。お前の気持ちも、利乃ちゃんの気持ちも」
「……だから、なんだよ。利乃とのことに、麗奈は関係ない」
「慎也！」
　　門を開けて歩きだした俺に、トモはイラついたように名前を呼ぶ。
　　そして、聞いたことのない低い声をして、俺の背中へ言った。
「……勘ちがいすんなよ。お前が無理したって、誰のため

にもならないし、誰も喜ばない」

振り返らない俺に、トモはさらに声を荒げる。

家の鍵を取り出して、扉の鍵穴にさした。

「お前がそばにいなきゃ、利乃ちゃんは幸せになれないわけじゃない。……お前が無理しても、麗奈ちゃんのためにはならない！」

知ってるよ、トモ。

だからこれは、俺の問題だ。

ガチャン、という音とともに、鍵が開いた。

扉を開けて、中へ入る。

「……俺だって、嫌だからな！　お前が幸せになんないのは！」

扉を閉める間際、トモの声が耳に滑りこんできた。

パタン、と扉を閉めて、俺は目を閉じる。

消えた夏の夜の匂いが、懐かしくて。

……あの頃の夏が、頭から離れない。

俺はまだ、あの季節にいる。

利乃とふたりきりだった、かけがえのない夏の日。

利乃が俺を求めたように、俺も利乃を求めてた。

唯一居心地がよくて、安心できる場所。

……そうだった、はずなのに。

いつの日からか、利乃は少しずつ俺から離れていった。

ひとりで大人になろうとする彼女は、俺の前でも笑うようになって。

無理をして笑っているのなんか、すぐにわかったから。

あの頃のように、そばで泣いてほしかったのに。
……それを利乃は、拒んだんだ。
しん、と静まりかえった家の中。
もうあの頃のように、すすり泣き声は聞こえない。
それでも俺のくるしさは、増すばかりで。
『わたし、きっと慎ちゃんがいてくれたら、もう何もいらなくなっちゃうね』
……俺だって、いらなかったよ。
利乃以外、何もいらなかったよ。
けど少しずつ、確実に、ズレていって。
俺と利乃の間には、いろんなものが埋まるようになっていった。
玄関にかけてあるカレンダーは、俺に夏の終わりを突きつけてくる。
教室から見る海は、あの頃過ごしたものとは、まるで別の場所のように感じた。
あんなにも大きくて広く感じた海が、すごく小さいもののようで。
……利乃。
俺が願うのは、いつもひとつだけだよ。
『約束だよ』
夜に俺のそばで、思い切り泣いて。
そうして君が大切なひとの前で、今日も無邪気に笑ってる。
……それだけで、よかったんだ。

第8章

「さぁ、助けに行こう」

【麗奈side】
　今日から、9月。
　つまりは夏休みが明けて、また学校が始まる。
　……のに。1限目の始業式が終わった今も、まだ慎也と利乃は学校に来ていない。
　ざわざわと騒がしい生徒たちの中、まわりを見まわす。
　利乃の姿は、ない。
　……本当に、不安が的中してしまった。
　利乃はあたしに会いたくなくて、休んだんじゃ……。
　そう思って、始業式のあとの休み時間に思わず机にうつぶせていると、突然、教室の端っこから、ガタッと勢いよく席を立つ大きな音がした。
「麗奈ちゃん！」
　名前を呼ばれて、びくりと肩が跳ねる。
　……案の定、そこにいたのはトモだった。
　携帯を持ってあたしを見つめる彼は、焦った顔をしてあたしのもとへ来て、バッと携帯を見せてくる。
　そこにあったのは、メールの文章。
　あたしは、目を見開いた。

＊

【利乃side】

「……今日から、9月」

　家を出る前に、カレンダーをめくってみる。

　私はその『9』という数字が、やけにさみしく感じた。

　……8月が終わって、今日から9月。

　2学期がスタートする日。

　なのに私は、早くも始業式をサボり、いつもより1時間遅く家を出ようとしていた。

　だってちゃんと今日、笑うことができるか不安で。

　眠れなくて、寝坊したなんて。

　立派な遅刻だけど、もう気にする気も起きない。

　今から行ったら、2限目が始まる頃には間に合うかな。

　そう思いながら、学校へ行って。

　予想どおり、始業式のあとの休み時間に、靴箱へたどりつく。

　先生への言い訳を考えていた頭は、突然呼ばれた声にハッとした。

「……あっ、利乃！」

　見ると麗奈ちゃんとトモくんが、あわてた様子で階段をおりてきていた。

　とまどっていると、ふたりは私の前で立ち止まって。

　麗奈ちゃんが震えた声で、言った。

「……慎也が、まだ来てないの」

　……え。

　靴を履き替えていた、動きが止まる。

もうすぐチャイムが鳴るからか、生徒たちがぞろぞろと教室へ入っていく。
　　その中で、私たち3人は靴箱の前で立ち止まっていた。
「……来てないって……」
「毎朝俺、学校の近くの横断歩道んとこで、慎也と待ち合わせしてるんだけどさ。なかなか来ないと思ったら、メール来て」
　　携帯を見せられると、そこには《先に行ってて》という簡潔な文章があった。
　　トモくんが、眉を寄せて携帯を見つめる。
　　悔しいって、顔だ。
「どしたのって聞いても、あいつ、大丈夫としか返してこない。……絶対、大丈夫じゃねぇ」
　　……慎ちゃん。
　　何、してんの。
　　ふたりに心配かけて、どこ行ってるの。
　　カバンの持ち手を、ぐっと握りしめる。
　　……慎ちゃん、慎ちゃん。
「……利乃」
　　呼ばれて顔をあげると、麗奈ちゃんが私を見ていた。
　　その強くてまっすぐな視線は、思わずそらしてしまいたくなるほどで。
「慎也のとこ、行って。利乃」
　　そう、静かに言った。
　　私は靴を脱ぐこともできないまま、立ちすくむ。

……慎ちゃんとは、あの日『だいきらい』と言ってから、会ってない。
　鳴るチャイムの音が、遠くに聞こえる。
　私はゆっくりと、首を横に振った。
「……ダメ、だよ……私、行けないよ」
　唇が、震える。
　私が行ったら、今度こそ離れられなくなる。
　離れるって、決めた。もう甘えないんだって、決めた。
　だから、私は……。
「利乃」
「……麗奈ちゃんが、行った方が」
「あたしじゃダメなの！　慎也は今、あんたを求めてる！　あんたじゃなきゃ、ダメなの！」
　……違うよ。
　慎ちゃんが今本当に好きなのは、私じゃない。
　麗奈ちゃん、でしょう。
　このまま私のことを、忘れてくれたら。
　それで、よかったのに。
　迷う私を見て、麗奈ちゃんは握りしめた手を震わせる。
　……だって。
　もう、慎ちゃんのいちばんは私じゃないんだよ。
　私にできることなんか、きっとほとんどない。
　なのに、なんで私が……。
「……っ、この世界で、慎也を『慎ちゃん』って呼べるのは、これからも利乃だけなんだよ!!」

その言葉に、ハッとした。

顔をあげて、麗奈ちゃんを見つめる。

彼女はその瞳から、ボロボロと涙をこぼしていた。

唇を噛んで、手の甲で涙をぬぐう。

「……なんで、わかんないのぉ……」

私の目の前で、私の大切なひとが泣いている。

麗奈ちゃんの背中を、トモくんが目を伏せてさする。

そして私を見て、「利乃ちゃん」と言った。

「利乃ちゃんのほんとの気持ち、慎也にぶつけてきなよ」

私の、本当の気持ち。

……でも、言ったら。

それを言って、しまったら。

「言ったら、前に進めない。私と慎ちゃん、ずっとずっとふたりっきりになっちゃう……!」

「ならないよ、バカ!」

その声に、びくりと肩が揺れる。

麗奈ちゃんは必死に涙をぬぐいながら、「ねえ、利乃」と涙声で言った。

「たしかにあたしは、あんたとまだ1年と少ししか、一緒にいないけどさ。……いっぱい、しゃべってきたじゃん、遊んだじゃん」

麗奈ちゃんは私を、涙に濡れた綺麗な瞳で、見つめた。

「ちょっとくらい、本当の気持ち見せてよ。……ふたりきりになんか、ならない。絶対、ならないよ」

……ねえ、慎ちゃん。

私たち、何を怖がっていたんだろう。
　もう、違うんだ。
　私たちはもう、ふたりきりじゃないんだ。
　……慎ちゃん、慎ちゃん。
「今、慎也のとこに行けるのは、利乃ちゃんしかいないから」
　トモくんはあの明るい笑みで、私に勇気をくれた。
「行ってきて。俺らの気持ちごと、伝えてきて」
　……うん。
　私たち、前に進みたいから。
　私たち、強くなりたいから。
「行って、くる」
　唇を噛んで、そう言った。
　ふたりは大きく、うなずいて。
　私は荷物を置いて、走りだした。
　学校を出て、見慣れた通学路を駆ける。
　……夏の香りはもうほのかになっていて、あんなにも強く私たちを灼いていた太陽も、優しくなって。
　あの頃、ずっと私たちを包んでいた蝉の鳴き声も、もう遠くに聞こえる。
　……夏の、終わり。
　君との季節の、終わり。私はもう一度、あの夏へ帰る。
『約束だよ』
　ふたりでもう一度、手をつなぐんだ。
　そして今度は、お別れをしなきゃ。
　手を離すために、手をつながなきゃ。あの頃、泣いてい

た私を抱きしめてくれた、慎ちゃんのように。
　今度は私が、慎ちゃんを抱きしめるんだ。
『ちょっとくらい、本当の気持ち見せてよ。ふたりきりになんか、ならない。絶対、ならないよ』
『行ってきて。俺らの気持ちごと、伝えてきて』
　私たちにはもう、大切なひとがたくさんいるから。
　……さみしいさみしい、ふたりきりの夏。
　置き去りにされた君を、今度は3人で助けに行くよ。

君という海

【利乃side】

 熱いコンクリートの坂を、駆ける。

 彼の家を訪ねてみたけど、やっぱりいなくて。

 ……もう、あの場所しかない。

 ふたりきりで過ごした、『約束』の場所。

 私はぎゅっと手のひらを握りしめて、息を小さく吸った。

 そして、青がどこまでも広がるあの場所を見つめる。

「……慎ちゃん」

 つぶやいて、私は駆けおりた。

 久しぶりに通るこの道は、懐かしくて。

 君も、思ったかな。

 懐かしいと、思ったのかな。

 息を切らして、堤防から砂浜を見おろす。そして、見つけた。

 あの頃と同じ、テトラポッドに座って海を眺める彼。

 懐かしい、潮の匂い。

 あの頃と変わらない景色で、海は私の前に広がってる。

 ……ああでも、あの頃とはやっぱり、少し違うね。

 ここから見える君の背中は、あの頃よりずっと広くて。

 背だって髪の長さだって、違う。

 ……もう戻れない、あの夏。

 それでも私は、もう一度。

君と手を離すために、手をつなぐ。
　この夏の終わりに、もう一度あの夏へ帰るんだ。
「……っ、慎ちゃん！」
　叫ぶと、彼は驚いて振り返る。
　私を見あげて、目を見開いた。
「やっぱり、ここにいた。……あーあ慎ちゃん、『約束』破っちゃった。ふたりで行くって言ったのに」
　ふざけるようにそう言って、私は階段をおりて砂浜へと足をつけた。
　テトラポッドへと歩いていく私を、慎ちゃんは眉を寄せて見ている。
「……利乃、なんで」
「来たくなったの」
　砂に足をとられながら、テトラポッドに座る彼の前に立つ。
　目を合わせて、私は精いっぱいに微笑んだ。
「来たくなったの。最後に、慎ちゃんと」
　最後。
　自分の口からこぼれた言葉は、思いのほか私の胸に突き刺さった。
　慎ちゃんの瞳も、見開かれる。
　朝の太陽が照らして、海が白くキラキラと輝く。
　最後の夏の風が、私の髪を揺らす。
　私は泣いてしまわないようにこらえて、「あのね」と言った。
「……だいきらいなんて、嘘だよ」
　きらいになんか、ならないよ。

私だって、私だって。
「私だって慎ちゃんと、ずっと一緒にいたかったよ」
　　声が、震える。
　　慎ちゃんが眉を寄せて、くるしげに私を見つめる。
　　……信じてたよ、私だって。
　　慎ちゃんがいれば、何もいらなかった。
　　慎ちゃんさえそばにいてくれたら、生きていけた。
　　なんて。
　　それだけは、嘘じゃなかったから。
　　私たちはこの先もずっと、一緒にいるんだろうって。
　　……信じて、疑わなかったよ。
　　慎ちゃんは私を見つめて、静かにテトラポッドから降りた。
　　ザク、と砂浜が音を立てる。
　　慎ちゃんの黒髪が、風に揺れる。
　　彼はうつむいて、「……俺は」と言った。
「利乃のこと、好きだった」
　　……知ってる。
　　もうずっとずっと前から……知ってるよ。
「……うん」
「誰よりも、大事だった」
「うん。でも、私より好きな人、できちゃったんだよね」
　　彼の手のひらが、きつく握りしめられる。
　　……慎ちゃん。
　　私は目を細めて、彼を見つめた。
「いいんだよ、もう。慎ちゃんがしたいように、して」

「……けど」
「慎ちゃんが笑ってくれなきゃ、私、やだよ」
　慎ちゃんがいなきゃ、私は今頃笑えてなかった。
　だから慎ちゃんも、笑っていて。
　無理した笑顔じゃなくて、心の底からの笑顔を。
　どうか、見せて。
　眉を寄せて泣くのをこらえている慎ちゃんを見ていると、私までくるしくなってくる。
　本当は今だって、喉の奥が痛い。息が詰まってくるしい。
　でも、伝えたいから。
　私の気持ち、みんなの気持ち。
　……君に、伝えたいから。
　私は右手を差し出した。
「手、つなごう。慎ちゃん」
　彼は顔をあげると、私を見つめた。
　そして『約束』を守って、何も言わずにつないでくれる。
　それが愛しくてくるしくて、やっぱり泣きそうになった。
　……昨日のことのように思い出せる、ふたりきりで過ごしたあの夏の日を。
　おたがいが、おたがいだけだった。
　支え合って生きていた、さみしいさみしい夏の夜を。
　たくさん泣いたね、たくさん笑ったね。君との思い出は、私たちだけのもの。
　あの夏の日に、ふたりでもう一度帰るんだ。
　それぞれの道へ、歩いていかなきゃ。

……お願いだよ。
　ひとりで歩きだすために、手をつながせてよ。
「夏が終わるね、慎ちゃん」
　ああ、ダメだ。
　握る手の感覚が懐かしくて、海の優しさが心地よくて。
　泣くのを、こらえられそうに、ない。
「ねえ、今年はどんな夏だった？　何を見て、何を感じた？……慎ちゃんの目に、何が映ってた……？」
　涙が、頬を伝う。
　それでも一生懸命に、私は笑った。
　慎ちゃんは目を細めて、「なんでそんなの、聞くんだよ」と言う。
　……だって、だって。
「だってもう、わかんないんだもん」
　目をきつく閉じて、涙をこぼす。
　私はもう、慎ちゃんのことがわかんないんだよ。
　あの頃のように、ぜんぶわかってあげられない。
　離れていた１年が、どれだけ大きなものだったか、今になって痛いほどわかる。
　慎ちゃんのいちばんじゃなくなった私はもう、慎ちゃんをいちばんにわかってあげられない。
「もういいんだよ、慎ちゃん」
　手のひらから伝わる温もりが、私を弱くする。
　でも、こらえなきゃいけないから。
　前に進むって、決めたから。

「慎ちゃんだって、気づいてるでしょう？　もう私たち、ふたりきりじゃないんだよ」

　目をそらさずに、前を向いて。
　私たち、ふたりきりだったね。
　ふたりで、生きてたね。
　だけど、もう、違うんだよ。
　慎ちゃんが唇を噛んで、「……利乃」と呼ぶ。
　今まで、何度呼ばれただろう。
　君が呼んでくれる名前は、それだけで大切にされているような気がして、私はいつだって嬉しかったよ。
　誰より愛しい響きをして、私の中に残ってるよ。
　大好きだよ、今でも、ずっと。
　私はこぼれる涙をぬぐうことなく、「ねえ、慎ちゃん」と呼ぶ。
　だって、きっともう最後だから。
　君の前で泣くのも、きっと最後だから。
　……思い切り、泣かせてね。

「今年の夏、楽しかった……？」
「……楽しかったよ」
「慎ちゃん、いっぱい笑ってたもんね」
「……うん。利乃がいっぱい、笑ってたからね」

　だから笑えた、なんて。
　涙声でそう言う君にさみしさが募って、どうにかなりそう。
　離れたく、ないよ。
　ずっと一緒に、いたかったよ。

でも、もうすぐこの手は離されてしまうから。
ぎゅ、と強く握ると、同じ強さで握り返してくれる。
愛しい愛しい君の瞳には、いろんな青色がにじんでいた。
それを見て、私は目を細める。
そして、口を大きく開けた。
……ねえ、慎ちゃん。
最後に、私のワガママを聞いて。
「好きだよ、慎ちゃん。大好きだよ」
涙が覆う、彼の目が見開かれて。
波の音でかき消されないように、私は精いっぱいの大声で、想いを告げる。
「私のこと、ずっと好きでいてくれてありがとう。……っ、そばにいてくれて、ありがとう。……い、いつもいつも、あり、がとうっ……」
彼は涙をこぼして、唇を噛んで、私の手をきつく握った。
いつもなら、抱きしめてくれていただろう。
けど、彼は私の手を握るだけ。
それで、いいの。
もう、いいの。
「私はもう、大丈夫だよ。慎ちゃんがいてくれたから、私、こんなに強くなれたの。……もうっ、大丈夫だから」
ひとりだって、笑えるよ。
君じゃない誰かの前でも、泣くことができるようになった。
だから、大丈夫。
もう、この手を離しても、大丈夫。

「慎ちゃんが本当に好きな人のところへ行って。それでいっぱい、笑ってね。誰よりも……っ、幸せに、なってね」
 慎ちゃんは目を閉じて、「うん」と涙のにじんだ、かすれた声で、うなずいた。
 好きだよ、慎ちゃん。
 大好きだよ。
 世界一幸せになってほしいって、願ってる。
 慎ちゃんは私を見つめると、涙の浮かんだ目を細めて、言った。
「強くなったね、利乃」
 ……他の、誰より。
 慎ちゃんから言ってもらえるその言葉が、嬉しくて。
 また、涙があふれる。
 私は唇を噛んで、震えた声を出した。
「……本当?」
「うん」
「そっか。……ありがとう」
 私がそう言って笑った瞬間、つないでいた手は離れた。
 覚悟していたことなのに、心臓の奥底がドクンとなって。
 涙があふれた私の両頰を、彼は大きな手のひらで包んだ。
 目を見開く私の顔をのぞきこんで、君は誰よりも優しく笑う。
 ……それは見たことないほどに、無邪気な笑顔で。
「好きだよ、利乃。今までずっと、ありがとう。……利乃がいたから俺、さみしくなかったよ」

……慎ちゃん。
　慎ちゃん、慎ちゃん。
　彼は私の頬から手を離して、切なげに微笑んで。
　……私の前から、消えていく。
　駆けていくその先にいるのは、私にとっても大切なひと。
　慎ちゃんが海からいなくなっていくのを、私は見つめることができなかった。
　砂浜にしゃがみこんで、涙を流す。
　……君とふたりだけの『約束』と、お別れ。
　朝になっても、無理に笑わなくていいよ。
　さみしいさみしい夜は、きっと君の大切なひとが、愛してくれるから。
　……どうか。幸せになって。
　そのとき、近くでジャリ、と砂が踏まれる音がした。
　驚いて、振り返る。
　私の前に立って、何も言わずに見おろしてくる。
　……そこに、いたのは。
「トモ、くん」
　彼は目を細めて、ふ、と笑った。
「あーあ。こんなに泣いたら、目ぇ腫れちゃうね」
　私と一緒にしゃがみこんで、涙に濡れた私の目もとに触れる。
　私が目を見開いて「なんで」と言うと、彼は歯を見せてニッと笑った。
「たぶんまた、ひとりで泣くんだろうなと思ったから」

そんなトモくんの笑顔を、私は目を細めて見つめた。
……慎ちゃん。
私たち、きっと前へ進めるね。

僕らの『青』

【麗奈side】
　利乃が学校を出てから、もうすぐ２時間が経つ。
　あのあと、いつのまにかトモまでいなくなってて。
　直前まで一緒にいたあたしは、先生に理由を聞かれてしまった。
　くるしまぎれに、『屋上でサボりだと思いますー』なんて言っておいたけど。
　あたしは、いつ連絡が入ってもいいように、携帯の電源を切らずに授業を受けてる。
　……大丈夫、かな。ちゃんと話せてるかな。
　心配で、授業どころじゃない。
　そんな３限目の、途中。
　ふいに、携帯がメールを受信した。
「！」
　あわてて机の中から携帯を取り出し、確認する。
　……送ってきたのは、慎也。
《会って話したい》
「先生」
　あたしの判断は、早かった。
　ガタンと席を立って、手をあげる。
　面食らった先生は、「なんだ!?」と肩を跳ねさせた。
「お腹が痛いので、保健室に行ってきます！」

言うが早いか、先生の返事も待たずに教室を出た。
　　うしろから先生が何か言ってるけど、気にしない。
　　だってあたしの青春の、一大事だ。
　　あとでいくらでも、怒られるから。
　　今だけ見逃してください、先生。

　　＊

「もっ……もしもしっ、慎也!?」
　学校を出ると、あたしはすぐに電話をかけた。
　見つからないよう、隠れながら通学路を歩く。
『……あ、もしもし。麗奈？』
「はい、小城麗奈です！」
『ぶっ』
　うわ、笑われた。
　この様子だと、なんかあんまり心配ないのかな。
　……利乃とちゃんと、話ができたのかな。
『ごめん、いきなり。授業とか、大丈夫？』
「だ……大丈夫！　たぶん！」
　電話ごしなのに、思わずコクコクとうなずいてしまう。
　そしたら、また笑われた。
『うなずきすぎでしょ』
　……え……。
　顔をあげて、前を見る。
　こっちを見て笑う、慎也の姿があった。

「……慎也!」
「ごめん、心配かけて」
　駆け寄って、顔を見あげる。
　目が少し腫れてる。泣いたん、だろうな。
　利乃が一緒じゃないってことは、ひとりであたしに会いにきてくれたって、思っていいのかな。
　利乃は……たぶん、トモがいてくれてる。
　あたしは砂のついた彼のズボンを見て、小さく笑った。
「……おかえり」
　すると、慎也はあたしの頬に手を添えた。
　見あげると、しっかりと目が合う。
　……映ってる。
　慎也の瞳には、ちゃんとあたしが映ってるんだ。
　彼はあたしを見つめて、そしてふわりと笑った。
「ん。ただいま」
　……その笑顔には、もう。
　さみしいって感情も、無理をして笑う様子もなくて。
　夏の終わり。
　ひとつの恋の、終わり。
「……麗奈」
　ふと、彼が名前を呼んだ。
　慎也はまっすぐにあたしを見ていて。
　そらされることのない視線が、嬉しい。
　慎也は少しだけ頬を染めて、それでも真剣な表情で、言った。

「麗奈のことが、好きです。……俺と、付き合ってください」

　……あの、雨の日。

　この通学路で、君に恋をした。

　夏の青色が、あたしの心を透明にする。

　あたしは利乃に負けないくらい、慎也の大切なひとになってみせるから。

　瞳に涙がじわりとたまる。

　それでも精いっぱいに、笑ったら。

「はい」

　君も、やわらかく笑い返してくれるから。

　……たくさんの『青』が、あたしたちを包む。

　また4人で、笑いあえるように。

　どうかあたしの大切なひとが、明日も笑っていますように。

あとがき

はじめまして、相沢ちせと申します。このたびは、『青に染まる夏の日、君の大切なひとになれたなら。』をお手にとっていただき、誠にありがとうございます。

高校生4人の夏の青春物語でしたが、いかがでしたでしょうか。
この物語を書いた当時、作者である私も、主人公たちと同じ高校2年生でした。進路に悩んだり、友人関係にもやもやしたり……。そんな当時の私の想いをもとに出来たのが、この作品です。

タイトルにもある通り、この作品の中では何度も『大切なひと』という言葉が出てきます。高校2年生だった頃の私は、「自分が大切だと思うひとを大切にする」ことが苦手でした。
大学生になった今も、ちゃんとできているかはわかりません。ただ、進学に合わせて地元を離れ、高校時代に仲のよかった友達と会えなくなって、「大切なひと」のありがたみを実感しています。

「自分ばかりが大切だと想っているかもしれない」という思いが、私の中にありました。だからどこまで近づいて

いいのか、想いを伝えていいのか、わかりませんでした。
　けれどこの物語を書いていく中で、「相手の大切なひとになれなくても、それでも自分なりに大切にしていきたい」と思いました。相手に想いが伝わらなくても、自分が誰かを大切だと思った気持ちを、なかったことにしたくないと。

　そして同時に、自分を大切に想ってくれるひとの気持ちに、もっと真剣に向き合いたいと思いました。
　離れていても私のことを考えてくれる家族、友人……この場を借りて、お礼を言わせてください。いつも私を大切に想ってくれてありがとう。

　この作品を読んでくださった方が、「大切なひと」のことを思い返してくださったら。そして、何かを感じていただけていたら、幸いです。

　最後になりましたが、書籍化にあたり、担当の飯野さまには大変お世話になりました。この作品に対してとても真剣に考えてくださり、本当に感謝しています。
　また、飯野さまをはじめとしたスターツ出版の方々、素敵な表紙を描いてくださった花芽宮るるさま。
　そして、いつも応援してくださる読者の皆さま、この物語に関わってくださったすべての方に、感謝を込めて。

2016.7.25　相沢ちせ

この物語はフィクションです。
実在の人物、団体等とは一切関係がありません。

相沢ちせ先生への
ファンレターのあて先

〒104-0031
東京都中央区京橋1-3-1
八重洲口大栄ビル7F

スターツ出版(株)書籍編集部 気付
相沢ちせ先生

KEITAI
SHOUSETSU
BUNKO
SINCE 2009

青に染まる夏の日、君の大切なひとになれたなら。
2016年7月25日　初版第1刷発行

著　者	相沢ちせ ©Chise Aizawa 2016
発行人	松島滋
デザイン	カバー　平林亜紀（micro fish） フォーマット　黒門ビリー&フラミンゴスタジオ
ＤＴＰ	株式会社エストール
編　集	飯野理美
発行所	スターツ出版株式会社 〒104-0031 東京都中央区京橋1-3-1　八重洲口大栄ビル7F ＴＥＬ 販売部03-6202-0386（ご注文等に関するお問い合わせ） http://starts-pub.jp/
印刷所	共同印刷株式会社

Printed in Japan

乱丁・落丁などの不良品はお取替えいたします。上記販売部までお問い合わせください。
本書を無断で複写することは、著作権法により禁じられています。
定価はカバーに記載されています。

ISBN 978-4-8137-0126-2　C0193

ケータイ小説文庫　2016年7月発売

『愛して。』水瀬甘菜・著

高2の真梨は絶世の美少女。だけど、その容姿ゆえに母からは虐待され、街でもひどい噂を流され、孤独に生きていた。そんなある日、暴走族・獅龍の総長である蓮と出会い、いきなり姫になれと言われる。真梨を軽蔑する獅龍メンバーたちと一緒に暮らすことになって…？　暴走族×姫の切ない物語。

ISBN978-4-8137-0124-8
定価：本体580円＋税

ピンクレーベル

『だから、好きだって言ってんだよ』miNato・著

高1の愛梨は、憧れの女子高生ライフに夢いっぱい。でも、男友達の陽平のせいで、その夢は壊されっぱなし。陽平は背が高くて女子にモテるけれど、愛梨にだけはなぜかイジワルばかり。そんな時、陽平から突然の告白！　陽平の事が頭から離れなくて、たまに見せる優しさにドキドキさせられて…！？

ISBN978-4-8137-0123-1
定価：本体580円＋税

ピンクレーベル

『白球と最後の夏』rila。・著

高3の百合子は野球部のマネージャー。幼なじみのキャプテン・稜に7年ごしの片想い中。ふたりの夢は小さな頃からずっと"甲子園に出場すること"で、百合子は稜への気持ちを隠し、マネとして彼の夢を応援している。今年は甲子園を目指す最後の年。甲子園への夢は叶う？　ふたりの恋の行方は…？

ISBN978-4-8137-0125-5
定価：本体570円＋税

ブルーレーベル

『絶対絶命！死のバトル』未輝乃・著

高1の道香は、『ゲームに勝つと1億円が稼げる』というバイトに応募する。全国から集められた500人以上の同級生とともにゲーム会場へと連れていかれた道香たちを待ち受けていたのは、負けチームが首を取られるという『首取りゲーム』だった…。1億円を手にするのは、首を取られるのは…誰！？

ISBN978-4-8137-0127-9
定価：本体580円＋税

ブラックレーベル

ケータイ小説文庫　好評の既刊

『キミを想えば想うほど、優しい嘘に傷ついて。』 なぁな・著

高2の花凛は、親友に裏切られ、病気で亡くなった父のことをひきずっている。花凛は、席が近い洸輝と仲よくなる。明るく優しい洸輝に惹かれていくが、洸輝が父を裏切った親友の息子であることが発覚して…。胸を締めつける切ないふたりの恋に大号泣！　人気作家なぁなによる完全書き下ろし!!
ISBN978-4-8137-0113-2
定価：本体570円＋税

ブルーレーベル

『君の世界が色をなくしても』 愛庭ゆめ・著

高2の結は写真部。被写体を探していたある日、美術部の慎先輩に出会い、彼が絵を描く姿に目を奪われる。今しかないその一瞬を捉えたい、と強く思う結。放課後の美術室は2人だけの場所になり、先輩に惹かれていく結だけど、彼は複雑な事情を抱えていて…?　一歩踏み出す勇気をくれる感動作！
ISBN978-4-8137-0114-9
定価：本体580円＋税

ブルーレーベル

『1495日の初恋』 蒼月ともえ・著

中3の春、結は転校生の上原に初めての恋をするが、親友の綾香も彼を好きだと知り、言いだせない。さらには成り行きで他の人と付き合うことになってしまい…。不器用にすれ違うそれぞれの想い。気持ちを伝えられないまま、別々の高校に行くことになった2人の恋の行方は…?　感動の青春物語！
ISBN978-4-8137-0100-2
定価：本体610円＋税

ブルーレーベル

『あなたがいたから、幸せでした。』 如月双葉・著

家庭の問題やイジメに苦しむ高2の優夏。すべてが嫌になり学校の屋上から飛び降りようとしたとき、同じクラスの拓馬に助けられる。拓馬のおかげで優夏は次第に明るさを取り戻していき、ふたりは付き合うように。だけど、拓馬には死が迫っていて…。命の大切さ、恋、家族愛、友情が詰まった感動作。
ISBN978-4-8137-0102-6
定価：本体570円＋税

ブルーレーベル

ケータイ小説文庫 好評の既刊

『好きになれよ、俺のこと。』SELEN・著

高1の鈍感&天然の陽向は、学校1イケメンで遊び人の安堂が告白されている場面を目撃‼ それをきっかけにふたりは仲よくなるが、じつは陽向は事故で一部の記憶をなくしていて…? 徐々に明らかになる真実とタイトルの本当の意味に大号泣‼ 第10回ケータイ小説大賞優秀賞受賞の切甘ラブ‼
ISBN978-4-8137-0112-5
定価:本体580円+税

ピンクレーベル

『サッカー王子と同居中!』桜庭成菜・著

高校生のひかるは、親の都合で同級生の相ケ瀬くんと同居することに! 学校では王子と呼ばれる彼はえらそうで、ひかるは気に入らない。さらに彼は、ひかるのあこがれのサッカー部員だった。マネになったひかるは、相ケ瀬くんのサッカーへの熱い思いを感じ、惹かれていく。ドキドキの同居ラブ!
ISBN978-4-8137-0110-1
定価:本体570円+税

ピンクレーベル

『手の届かないキミと』蒼井カナコ・著

地味で友達作りが苦手な高2のアキは、学年一モテる同じクラスのチャラ男・ハルに片思い中。そんな正反対のふたりは、アキからの一方的な告白から付き合うことに。だけど、ハルの気持ちが見えなくて不安になる恋愛初心者のアキ。そして、素直に好きと言えない不器用なハル。ふたりの恋の行方は!?
ISBN978-4-8137-0099-9
定価:本体580円+税

ピンクレーベル

『スターズ&ミッション』天瀬ふゆ・著

成績学年首位、運動神経トップクラスの優等生こころは、誰もが認める美少女。過去の悲しい出来事のせいで周囲から孤立していた。そんな中、学園トップのイケメンメンバーで構成される秘密の学園保安組織、SSOに加入することに。事件の連続にとまどいながらも、仲間との絆をふかめていく!
ISBN978-4-8137-0098-2
定価:本体650円+税

ピンクレーベル

ケータイ小説文庫　2016年8月発売

『*いいかげん俺を好きになれよ*』青山そらら・著

高2の美優の日課はイケメンの先輩観察。仲の良い男友達の歩斗には、そのミーハーぶりを呆れられるほど。そろそろ彼氏が欲しいなと思っていた矢先、歩斗の先輩と急接近！　だけど、浮かれる美優に歩斗はなぜか冷たくて…。野いちごグランプリ2016 ピンクレーベル賞受賞の超絶胸キュン作品！
ISBN978-4-8137-0137-8
予価：本体500円+税

ピンクレーベル

『キミ色スカイ（仮）』空色。・著

中2の咲希は、チャットで出会った1つ年上の啓吾にネット上ながら一目ぼれ。遠距離で会えないながらも、2人は互いになくてはならない存在になっていく。そんなある日、突然別れを告げられ、落ちこむ咲希。啓吾は心臓病で入院していることがわかり…。涙なしには読めない、感動の実話！
ISBN978-4-8137-0139-2
予価：本体500円+税

ブルーレーベル

『はつ恋』善生茉由佳・著

高2の杏子は幼なじみの大吉に昔から片想いをしている。大吉の恋がうまくいくことを願って、杏子は縁結びで有名な恋蛍神社の"恋みくじ"を大吉の下駄箱に忍ばせ、大吉をこっそり励ましていた。自分の気持ちを隠し、大吉の恋と部活を応援する杏子だけど、大吉が後輩の舞に告白されて…？
ISBN978-4-8137-0138-5
予価：本体500円+税

ブルーレーベル

『鏡怪潜（仮）』ウェルザード・著

葉月が通う高校には、3つの怪談話がある。その中で一番有名なのは、「鏡の中のキリコ」。ある日、人気者だった片桐が突然首を切られて死んだ。騒然とする中、葉月は友達の咲良とトイレの鏡の奥に、"キリコ"がいるのに気づいてしまって…？　「カラダ探し」のウェルザード待望の新作!!
ISBN978-4-8137-0140-8
予価：本体500円+税

ブラックレーベル

書店店頭にご希望の本がない場合は、
書店にてご注文いただけます。